MÉMOIRES SECRETS

POUR SERVIR A L'HISTOIRE DE LA RÉPUBLIQUE DES LETTRES

EN FRANCE,

DEPUIS M. DCC. LXII JUSQU'A NOS JOURS;

OU

JOURNAL D'UN OBSERVATEUR,

CONTENANT *les Analyses des Pieces de Théâtre qui ont paru durant cet intervalle ; les Relations des Assemblées Littéraires ; les Notices des Livres nouveaux, clandestins, prohibés ; les Pieces fugitives, rares ou manuscrites, en prose ou en vers ; les Vaudevilles sur la Cour ; les Anecdotes & Bons Mots : les Eloges des Savants, des Artistes, des Hommes de Lettres morts, &c. &c. &c.*

TOME TRENTE-TROISIEME.

. . . . *huc propius me,*
. . . . *vos ordine adite.*
Hor. L. II, Sat. 3. v. 81 & 82.

A LONDRES,
CHEZ JOHN ADAMSON.

M. DCC. LXXXVIII.

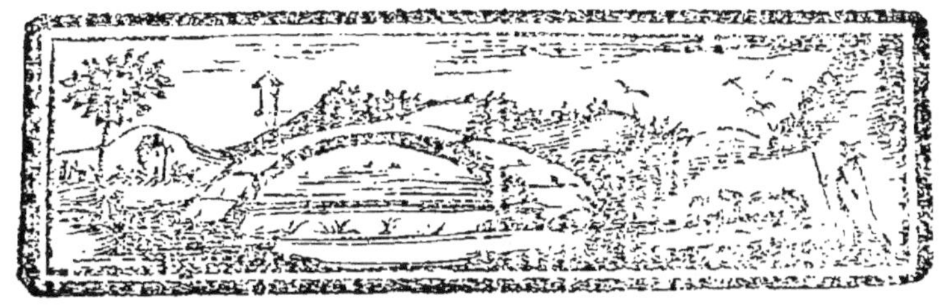

MÉMOIRES

SECRETS

POUR SERVIR A L'HISTOIRE DE LA RÉPUBLIQUE DES LETTRES EN FRANCE, DEPUIS M. DCC. LXII, JUSQU'A NOS JOURS.

ANNÉE M. DCC. LXXXVI.

6 Septembre 1786. MADAME de Randan est une veuve qui pleure son mari depuis deux ans, sans que rien la puisse consoler de cette perte : elle ne veut voir personne & refuse principalement de paroître à la cour ; en un mot, elle vit dans la solitude la plus profonde ; cependant à la fleur de la jeunesse, belle comme un astre ;

elle captive tous les cœurs; cinq aspirants entre autres sont sur les rangs; le capitaine, depuis le maréchal de la Palisse; l'amiral Bonnivet; Sottomayor, gentilhomme Espagnol; le chevalier Bayard, & même François premier.

Dans le premier acte, les différentes prétentions de ces amants, ainsi que leur caractere, se dévoloppent. *La Palisse*, qui a toute la franchise, toute la loyauté d'un chevalier françois, prend volontiers son parti; comme il est ami de *Bayard* & s'apperçoit que celui-ci pourroit bien avoir la préférence, ils conviennent ensemble que, dociles au choix de leur maîtresse, l'expulsé servira l'autre envers & contre tous: *Bonnivet* est un petit maître, qui ne doute de rien, & par des compliments, des fleurettes, des assiduités, des galanteries, compte triompher facilement de la résistance de sa cruelle: *Sottomayor*, fier & fougeux, a toute la jalousie d'un Espagnol, & s'il n'obtient la main de la belle, est disposé à pousser les choses à toute extrémité: enfin le Roi, qui connoît tous les avantages de son rang, demande une entrevue à madame *de Randan*, persuadé que voir & vaincre sera pour lui la même chose. Avant la fin de l'acte, le penchant de madame *de Randan* pour le chevalier *Bayard* s'annonce, en ce qu'elle le fait se cacher dans le jardin à l'arrivée de *Sottomayor*. Celui-ci, qui a dans ses intérêts un valet de chambre de la dame, évente le secret vis-à-vis de ses rivaux survenus successivement. De-là le germe d'un combat, differé cependant par une fête que donne l'amiral *Bonnivet* à madame *de Randan*, à son insçu & malgré elle; il a gagné aussi le jardinier; il a fait entrer une foule de musiciens & de danseurs: il faut que madame *de Randan* & ses rivaux assistent à ce spectacle, quelque ennui qu'il leur cause. Il consiste en une pantomime allégorique à la situation; & l'amour qui, le flambeau à la main, sort d'un tombeau & incendie le cœur d'une nymphe cédant par degrés aux efforts de son vainqueur, est l'image de la victoire que se promet le modeste *Bonnivet*.

Au second acte, l'épisode très-connu de la veuve *de Bresse*, qui vient exprès pour payer sa rançon au chevalier *Bayard*, que celui-ci refuse, & les éloges adroits qu'elle en fait devant madame *de Randan*, le témoignage qu'elle rend à l'amour de *Bayard* pour elle, à sa fidélité, à sa constance, au point que, durant ses maux, il la nommoit souvent, il l'appelloit, il l'invocuoit; dispose merveilleusement la veuve ébranlée à se rendre. Le défi qu'on vient lui porter en sa présence de la part de l'Espagnol, les craintes qu'elle éprouve sur son compte, augmentent sa passion, qu'elle ne peut plus se dissimuler à elle-même ni aux spectateurs : enfin le soin de sa gloire, qui va être compromise par le cartel dont la publicité entraîne nécessairement celle de son aventure avec *Bayard*, lui fournit un prétexte de céder à celui-ci qui, pour le même motif, veut s'unir à elle avant d'aller au combat : ils prennent le ciel à témoin de ce mariage secret. Suit le tournois, où *Sottomayor* vaincu est prêt à recevoir le coup mortel, lorsque le nom de *Randan*, qu'il prononce en ce moment, lui sauve la vie.

Le perfide *Sottomayor*, sensible à la générosité de son vainqueur, persiste dans son projet d'enlever la veuve & l'exécute avec le secours du valet-de-chambre, toujours dans ses intérêts à force d'argent : heureusement pour elle, *François* I.

qui venoit lui rendre une visite, se rencontre lors de l'enlévement & la sauve. Il croit le moment favorable pour se déclarer, mais elle lui ferme la bouche en lui montrant la promesse de mariage réciproque entre *Bayard* & elle, & le monarque applaudit à son choix. Sur ces entrefaites, *Bayard* qui, instruit de la trahison lâche de *Sottomayor*, étoit allé à sa poursuite, l'atteint & le tue. Le Roi unit les deux amants. Leur bonheur fait naître le troisieme intermede, qui consiste dans les hommages que viennent leur rendre les différentes corporations de la ville de Paris, actrices nées de pareilles fêtes.

6 *Septembre*. On a parlé des remontrances du parlement concernant de nouveaux incidents survenus dans l'affaire des Quinze-vingts. Le Roi a répondu qu'il avoit statué sur tout cela dans son conseil, que son parlement étoit mal informé & qu'il ne vouloit plus en entendre parler; ce qui a provoqué un arrêté assez vif de la part du parlement, qui persiste à connoître de l'affaire & à informer, mais dont les effets auront le temps de se modérer d'ici à ce qu'ils éclatent.

6 *Septembre*. On ne peut concevoir comment Me. *Linguet*, si naturellement odieux à toute la robe, en devient aujourd'hui la merveille & attire à sa suite ses plus cruels ennemis. Il n'est pas jusques à M. *d'Epremesnil*, dont la dénonciation aux chambres assemblées contre cet écrivain est encore pendante devant elle, qui a voulu l'entendre; mais, craignant d'en être apperçu, s'est tapi dans le fond d'une lanterne.

6 *Septembre*. Me. de la Croix, qui dans son désœuvrement se jette à travers les affaires où il n'est point appellé par les parties, a jugé à

propos d'intervenir dans la cause de madame de Cabris ; & comme si cette cause, partagée entre trois avocats, (Mes. de Seize pour le mari, Duveyrier pour la femme, & Blondel pour la fille) n'étoit pas suffisamment défendue, il a rajeuni son ancien mémoire, en y ajoutant cet énoncé intéressant : *Sur une demande qui a pour objet de préserver son mari de l'interdiction, de lui donner ses soins, & de présider à l'éducation de sa fille.* Il dit que c'est *le bouquet de la cause.*

Madame la marquise de Cabris n'en a pas pensé de même ; elle lui a su très-mauvais gré de reparoître dans l'arene comme son chevalier, & en conséquence pour arrêter la publicité de ce mémoire autant qu'elle a pu, elle est allée chez l'imprimeur payer son travail & retirer tous les exemplaires qu'il avoit en sa possession : elle veut qu'il ne se publie que le seul plaidoyer de Me. de Seize pour le marquis de Cabris, chef-d'œuvre de raison, de sensibilité & d'éloquence.

7 *Septembre.* Quoiqu'il y ait eu moins de désordre au palais hier, cependant il est encore arrivé des malheurs & un essentiel ; comme Me. Linguet alloit entrer à l'audience, la foule ayant foncé avec lui, les gardes ont été obligés d'en venir à la violence & de donner des coups de crosse de leurs fusils, dont un a frappé sur la tête de Me. Linguet, qui s'est retiré & a fait dire à la chambre qu'il ne pourroit plaider. Le président lui a fait répondre qu'il vînt lui-même déduire ses excuses à la cour ; il a paru & a raconté son accident ; il a demandé que la cause fût renvoyée au lendemain jeudi : sur quoi M. d'Ormesson a prononcé, *à demain à 4 heures de l'après-dînée, les portes fermées.* Me. Linguet a fait

une remontrance, il s'est récrié sur ce qu'on le privoit de la présence du public, si essentielle dans une cause où son honneur étoit encore plus intéressé que sa fortune. Le président a repris, *à demain quatre heures de relevée, les portes fermées :* alors l'orateur a dit que dans la crainte de mécontenter l'illustre assemblée, qui avoit sacrifié son repos pour l'entendre; il alloit ramasser ses forces & plaider comme il pourroit, & il a repris son discours.

Il a commencé par rendre compte encore d'un troisieme incident : il nous a appris qu'on lui avoit bien restitué ses effets par l'entremise d'un autre commissaire que Me. Chenon, & en montrant un manuscrit relié, il a ajouté : Messieurs, *voilà un des prisonniers de Valenciennes*; mais en même temps il s'est plaint qu'on ne lui ait pas rendu tout ce qu'il demandoit, & qu'on ait fait plus en lui remettant ce qu'il ne demandoit point. Il ne s'est pas expliqué davantage; mais il a annoncé des changemens, des interpolations si graves, qu'il regardoit comme indispensable d'en rendre plainte; ainsi voilà le germe d'un nouveau procès qui se couve.

La partie de son plaidoyer d'aujourd'hui rouloit sur la discussion de ses moyens & l'on sait que ce n'est pas en fait de raisonnements que brille Me. Linguet. Il a prétendu que le duc d'Aiguillon lui-même n'avoit dans le principe jamais cru être quitte envers lui, puisque les cinq sommes qu'il lui avoit fait donner, avoient toujours été qualifiées d'à-compte; puisque depuis le duc d'Aiguillon lui avoit fait offrir 2000 livres de rentes viageres, par l'entremise du garde des sceaux. De-là une anecdote curieuse.

Me. Linguet a fait interroger le duc d'Aiguillon sur faits & articles ; & à l'égard de celui-ci, le client a répondu qu'il avoit bien fait offrir à Me. Linguet, non deux mille livres de rentes, mais quinze cents livres de rentes, non pour paiement d'honoraires, mais pour une chose exigée, qui, n'ayant pas eu lieu, rendoit l'offre nulle. Me. Linguet n'a point nié cette condition, il a seulement prétendu qu'elle n'étoit qu'accessoire.

Entre les différentes graces demandées par Me. Linguet au duc d'Aiguillon, étoit celle du privilege d'une nouvelle édition de ses ouvrages; privilege qu'avoit refusé le chancelier Maupeou, parce que Me. Linguet étoit un fauteur du despotisme, & que lui étoit fait pour s'y opposer comme garde suprême des loix : on ne refusoit plus ce privilege, mais on exigeoit pour condition que Me. Linguet mît à la tête de ses œuvres une épître dédicatoire au duc d'Aiguillon : il s'y étoit refusé & l'accord projeté n'avoit pas eu lieu.

Après une heure environ de plaidoierie, Me. Linguet, se sentant fatigué, a demandé la remise : sur quoi le président a dit : demain jeudi 4 heures de l'après-dînée, les portes fermées. L'orateur s'est récrié de nouveau contre cette expulsion du public. M. d'Ormesson a repris *les portes fermées* & a levé la séance.

7 Septembre. L'opéra de *la Toison d'Or*, exécuté avant-hier, n'est pas sans mérite, mais ne répond nullement à la haute opinion qu'on en avoit donnée. Il est triste, noir d'un bout à l'autre ; point de divertissement.

Les directeurs ayant prévu que ce manque de ballet pourroit donner de l'humeur au public, y ont joint la pantomime de *la Chercheuse d'Esprit.*

7 septembre. On vient de recevoir des nouvelles de MM. de la Peyrouse & de Langle, commandants les vaisseaux destinés au voyage du tour du monde. Les lettres sont du 24 du mois de mars & datées de la rade de la Conception sur la côte du Chily. Les deux bâtiments ont doublé le cap Horn avec un bon temps; & tout le monde à leur bord se portoit parfaitement bien. On se trouvoit mieux disposé & en quelque façon en meilleur état qu'au départ de Brest.

8 septembre. Il auroit été surprenant que l'explosion de Me. Linguet n'eût pas fourni sujet à quelque pamphlet. Il paroît : *Lettre d'un jeune clerc à Me. Linguet sur sa plaidoierie des 26 août & 2 septembre* 1786. C'est une plaisanterie sur la fureur incroyable du public d'entendre cet orateur, & sur les accidents qui en ont résulté. L'auteur en a sué pendant trente heures & attend une fluxion de poitrine. Cette facétie n'est que du bavardage, sans sel & sans faits.

8 Septembre. Les juges qui avoient accordé mardi une audience extraordinaire à Me. de Seize pour entendre sa réplique dans l'affaire de Cabris, étoient si pressés, que le président lui avoit coupé la parole, en l'obligeant de retrancher de son plaidoyer tout ce qui n'étoit qu'oratoire. Hier est intervenu le jugement, après un long délibéré, pendant lequel Me. de Seize ayant fait imprimer sa réplique à la hâte, la leur avoit fait passer. Ils y ont lu sur le champ l'essentiel & elle les a déterminés, non à ne pas prononcer l'interdiction du marquis de Cabris, mais à accorder le mari à sa femme, à lui confier le soin de sa personne, à lui donner la curatelle honoraire des biens, & à remettre également la fille entre les mains de sa mere, sauf quand il s'agira de lui faire prendre un parti, à ne rien déterminer sans un avis de parents. Cet arrêt a été jugé très-sage.

8 *Septembre.* Hier après l'arrêt rendu dans l'affaire de Cabris, l'on a appellé la cause de Me. Linguet. Son procureur s'est présenté, & a dit que l'accident arrivé la veille à son client avoit eu des suites si graves & si fâcheuses, qu'il ne pouvoit comparoir; sur quoi la cause remise au lendemain de Saint-Martin; ce que desiroit Me. Linguet, qui ne vouloit pas plaider les portes fermées. On ne peut qu'admirer la complaisance de la cour, qui se laisse ainsi jouer depuis un mois par ce farceur.

9 *Septembre.* C'est le 22 du mois dernier que M. de la Porte, intendant de Lorraine, ayant été nommé par le Roi pour assister à l'élection de l'abbesse de l'insigne chapitre de l'église de Saint-Pierre de Remiremont, les suffrages se sont réunis en faveur de mademoiselle *de Bourbon-Condé*, qui a été élue d'une voix unanime. Cette princesse avoit été apprébendée la veille dans la personne de la comtesse de Mostejouls, à qui elle avoit envoyé sa procuration; & sur la présentation de la comtesse de Messey de Bielle.

9 *Septembre.* Extrait d'une lettre de Saint-Malo, du premier septembre.... C'est le 9 du mois dernier qu'une blanchisseuse par distraction se laissa cerner sur un rocher par les flots, qu'elle ne pouvoit plus traverser à pied à cause de leur profondeur, & elle ne savoit point nager : deux enfants, dont l'un de douze ans & demi, &

l'autre de onze ans & demi, traversent un bras de mer, large comme le passage de la Seine, des Invalides aux Tuileries, & rapportent sur le rivage cette pauvre femme sans connoissance; c'étoit l'heure du dîner des ouvriers, en sorte que ces deux jeunes héros citoyens n'eurent que douze témoins de leur belle action. L'un se nomme Dominique Tredan, & est fils d'un porte-faix, & l'autre Etienne Metin, qui a pour pere un tailleur de pierre. Le lieutenant de Roi & sa femme ont donné quelque petite récompense à ces enfants, & l'on en a instruit la cour, qui n'a encore rien fait.....

9 *Septembre*. Dans une lettre imprimée de M. l'archevêque de Lyon, en date du 24 août dernier, il rend compte lui-même de ce qui a donné lieu de l'inculper de l'émeute arrivée dans cette ville, quoiqu'il n'y ait été pour rien & se soit conduit avec tout le désintéressement, toute la charité & tout le zele qui conviennent à un prélat.

Il appartient à l'archevêché de Lyon un droit de *Ban d'Août*, droit patrimonial, régalien, & d'ailleurs si ancien qu'on en ignore l'origine. Il consiste en une rétribution pécuniaire sur tous les vins qui se vendent dans la ville pendant le mois d'août. Les marchands de vin ont toujours beaucoup de répugnance à payer ce droit, & depuis dix-huit ans ont renouvellé contestations sur contestations à ce sujet, soit aux jurisdictions inférieures, soit au parlement, soit au conseil; ce dernier avoit rendu encore un nouvel arrêt à ce sujet, confirmant le droit de l'archevêque, le 11 avril dernier.

Les marchands de vin ne pouvant plus reculer, avoient envoyé leurs syndics à M. l'archevêque pour lui représenter que la somme qu'ils devoient à ses fermiers, grossie par de longs arrérages, étoit très-onéreuse, & pour le prier de les en décharger.

On étoit en pourparler à cet effet le 5 août, lorsque le prévôt des marchands vint à la campagne de M. de Montazet lui apprendre, qu'il y avoit des voies de fait de la part des marchands de vin; que les uns n'approvisionnoient pas les ports; que d'autres fermoient leurs cabarets : qu'il y avoit d'ailleurs une grande fermentation dans presque tous les corps & métiers pour une augmentation de salaire, & qu'il craignoit une émotion populaire, si l'affaire des marchands de vin ne s'accommodoit pas par les sacrifices du prélat. Celui-ci déclara qu'il étoit disposé à prendre tous les engagements en son pouvoir, capables d'arrêter la fermentation.

Le lendemain 6 août, M. le prévôt des marchands vint annoncer à M. de Montazet que la négociation avoit réussi, que les cabarets étoient ouverts, que les ports commençoient à s'approvisionner; cependant, au préjudice de tous les titres que le prélat à en faveur de son archevêché, des sacrifices qu'il venoit de faire & des nouvelles paroles données de part & d'autre, la plupart des contribuables se sont encore refusés au paiement du droit.

Du reste, l'émotion populaire du 8 a pris sa source dans une cause tout-à-fait étrangere aux marchands de vin. Il y avoit depuis long-temps une grande fermentation dans presque tous les corps de métiers : cordonniers, maçons, teinturiers, chapeliers, bonnetiers, ouvriers en soie, tous se plaignoient, ou de ce que le paiement de leurs ouvrages étoit renvoyé à des époques arbitraires & trop reculées, ou de ce que le prix de leur travail & de leurs journées étoit insuffisant : tous demandoient une augmentation de salaire. Ils avoient donné des requêtes depuis plusieurs mois, restées sans effet ; enfin, aux mois de juin & juillet derniers, les garçons cordonniers & maçons abandonnerent leurs atteliers, pour se présenter en foule à l'hôtel-de-ville, & ils obtinrent ce qu'ils demandoient. D'autres suivirent cet exemple ; & comme ils étoient en beaucoup plus grand nombre, leur attroupement devenoit aussi plus dangereux ; cependant le lundi 7 août, il n'eut aucunes suites fâcheuses ; mais le lendemain mardi, les ouvriers en soie & les chapeliers étant venus tumultueusement à la porte de M. le prévôt des marchands, il y eut entre eux & des soldats de la garde quelque voie de fait, qui ne fut pas d'abord fort considérable. La maréchaussée se présenta, & quoiqu'elle n'eût d'autre but que de contenir & de disperser la multitude, une grêle de pierres & de cailloux qu'essuyerent les cavaliers, engagea la scene tragique dont les papiers publics ont rendu compte, mais un compte étrangement défiguré.

Il y eut encore des attroupements les deux ou trois jours suivants, mais sans aucune explosion. Le présidial, sur la plainte de M. le procureur du Roi, rendit une ordonnance pour les défendre sous des peines séveres. Il fit aussi le procès à trois de ces malheureux ouvriers en soie ou chapeliers qu'il jugea les plus coupables : ils furent pendus : des troupes arriverent, le calme fut rétabli.

Cette lettre très-instructive sur l'événement est fort intéressante, aujourd'hui que le prélat étoit généralement calomnié ; elle est d'ailleurs écrite avec beaucoup de sagesse & de circonspection à l'égard des officiers municipaux, dont le prélat semble très-mécontent.

10 *Septembre*. Tout se présente avec appareil à présent, & les institutions les plus ennuyeuses attirent la foule par l'importance qu'on y met & par celle des personnages qui vont y bailler. C'est ainsi que le 4. de ce mois a été faite en quelque sorte l'inauguration des séances publiques commencées cette année à l'école royale vétérinaire. On sait que cette école se tient au château d'Alfort, près Charenton ; l'éloignement n'a point arrêté le zele des curieux : un grand nombre de personnes de distinction, de savants & d'amateurs s'y est rendu. Cette école paroît réunie en quelque sorte aujourd'hui à la société royale d'agriculture, qui présidoit à la séance.

Une chaire d'économie vétérinaire & rurale, une d'anatomie comparée & une de chymie, sont des augmentations considérables faites à cet établissement, qui ont fourni matiere aux discours prononcés par les divers professeurs.

Un jardin de botanique économique, un théâtre anatomique très-vaste, un laboratoire immense & une ferme proportionnée au local & aux besoins de l'école, extensions très-importantes faites à cet établissement, ont été visités après la séance & admirés des connoisseurs en ces parties.

Durant cette séance académique, où ont assisté plusieurs ministres, on a mis sous leurs yeux des pieces anatomiques, des résultats chymiques & des productions du jardin de botanique & de la ferme, qui les ont très-satisfaits.

Les lecteurs étoient M. le Noir, subdélégué de l'intendant de Paris à Alfort ; messieurs d'Aubenton, Vicq d'Azir, de Fourcroy, Broussonet, & M. de Chabert, le directeur de l'école.

M. le contrôleur général a daigné faire lui-même des questions aux éleves, relativement à l'anatomie des animaux. L'on conçoit bien que cette fois ce n'étoient pas les réponses, mais les demandes, qui étoient suggérées.

Les prix de ces concours consistoient en médailles & instruments d'usage dans l'art vétérinaire.

10 *Septembre.* On a fait au Roi de Prusse l'épitaphe suivante. *Hic cinis, ubique fama.* Outre le défaut d'être en latin, elle a celui de ne point assez caractériser son objet : nous préférons celle de M. de Sancy, qui, quoique plus longue & moins vague, ne pourroit s'attribuer à tout autre, & est d'ailleurs en françois :

Le voilà donc au monument,
Ce Roi, digne de l'épopée ;
Qui sut tenir également
Le sceptre, la plume & l'épée.

10 *Septembre. L'Ecole de Natation* commence à prendre consistance, sur-tout depuis que le prévôt des marchands, assisté du corps municipal & de plusieurs membres de l'académie des sciences, est venu en grand appareil visiter cet établissement le 10 du mois dernier. On lui a donné l'idée de signaler sa prévôté, en consolidant un genre d'instruction qui devroit faire partie de l'éducation publique. En conséquence

il a autorisé le sieur Turquin, l'inventeur de cette école, à annoncer que l'intention de la ville est d'accorder, pour l'année prochaine à pareille époque, un prix en faveur de ceux qui voudront concourir à cette école; les objets & les conditions en seront alors déterminés.

11 *Septembre.* Les aspirants au prix de l'*Eloge de Léopold*, savent très-mauvais gré à M. Marmontel d'avoir couru la même carriere; d'avoir eu la bassesse de se transporter à Versailles pour lire sa piece à M. le Comte d'Artois, qui jugeant que ce poëte mendioit quelque chose, lui a fait, dit-on, donner son portrait sur une boîte de carton; enfin de l'avoir fait passer dans les cours de l'Allemagne par le même espoir d'obtenir quelque présent plus solide; & ensuite d'avoir affiché la modestie hypocrite de ne pas vouloir lire son poëme à l'académie, où en effet il n'auroit pu lui valoir que de vains applaudissements.

11 *Septembre.* Extrait d'une Lettre de Lyon, du premier septembre... Il est certain qu'on a calomnié étrangement notre archevêque à l'occasion de l'émeute de cette ville. Sa querelle avec les marchands de vin suscitée peu de jours avant, l'a fait croire l'auteur du désordre, quoiqu'il soit né d'une autre cause; mais ce concours de circonstances l'a empêché de se montrer, comme il avoit fait autrefois.

En effet, en 1770, quarante mille personnes étoient rassemblées dans un des quartiers de la ville, & le danger paroissoit d'autant plus grand, que, s'agissant de la cherté du pain, cette cause intéressoit le peuple tout entier. M. de Montazet s'y transporta & appaisa seul l'orage. Il vouloit cette fois donner les mêmes marques de zele ; mais on lui a représenté qu'il se compromettroit gratuitement par la méchanceté de ses ennemis, lui attribuant le mal auquel il desiroit remédier, en sorte que sa présence augmenteroit la fermentation, loin de la calmer.

Réduit à soulager les maux dont il n'avoit pu arrêter le cours, notre archevêque écrivit aux magistrats, pour les prier avec instance de surseoir à de nouveaux jugements; à la cour, pour implorer la clémence du Roi; aux curés de la ville, pour les inviter à lui faire connoître les familles qui avoient éprouvé des malheurs dans la journée du 8, afin de les consoler & soulager.

On assure que le Roi a fait écrire à M. l'archevêque de Lyon par le secrétaire d'état de la province, non-seulement qu'il étoit bien content de sa conduite, mais qu'il l'en remercioit.

11 *Septembre.* On parle encore de Me. Linguet, & l'on ne cesse de s'étonner de son audace; elle est si incroyable, que de fins politiques prétendent y avoir un dessous de cartes; ils veulent que ce cruel persécuteur du duc d'Aiguillon ne soit qu'un prête-nom, mis en œuvre par des puissances pour ramener sur la scene cet ex-ministre & le vilipender, au point qu'il ne soit plus possible de le remplacer au ministere, où l'on craint que ses talents & l'éloge qu'en auroit fait autrefois au Roi le comte de Maurepas, ne le ramenent. Ils s'appuient encore plus dans leurs conjectures par le dépit non moins singulier que le duc d'Aiguillon témoigne de ce procès, qui au fond ne devroit pas l'inquiéter : tout cela semble tiré de bien loin

& ceux qui connoiſſent le caractere taquin, opiniâtre, vindicatif de Me. Linguet, ne veulent pas d'autre cauſe de ſon agreſſion. Par le crédit qu'il a obtenu auprès de l'empereur, il a conçu l'eſpoir d'avoir la protection de la Reine, & avec ce ſecours il n'a pas craint de reparoître ici, ſous le prétexte ſpécieux d'obtenir une juſtice qu'on lui avoit toujours refuſée.

On a oublié d'ajouter que, lorſque Me. Linguet fit demander par ſon procureur, à l'audience du 7, la remiſe de ſa cauſe, le préſident lui dit de prendre avant ſes concluſions, que ſon client, contre tous les uſages, n'avoit pas priſes : alors il conclut à 12000 livres contre le duc d'Aiguillon, pour les honoraires de Me. Linguet & indemnité de la perte de ſon état qu'il lui attribue.

12 *Septembre.* Comme la conduite de M. Dupaty dans ſon affaire avec le parlement eſt marquée à un caractere fort extraordinaire, il faut en ramaſſer tous les détails & toutes les circonſtances. Avant d'aller chez M. le premier préſident & de parler d'oppoſition, inſtruit que le procureur général étoit chargé d'informer, il fut chez ce magiſtrat pour faire ſa déclaration. M. de Fleury ne voulut pas la recevoir, & après une conteſtation aſſez longue entre eux, M. Dupaty ſe rendit chez le premier préſident, auquel il raconta la difficulté du procureur général. M. d'Aligre avoit en ce moment chez lui quelques magiſtrats ; il tint ſur le champ un commité avec eux, & le réſultat fut de convenir que M. le procureur général avoit eu tort : en conſéquence il fut ordonné à l'huiſſier nommmé Renaud de recevoir la déclaration de

M. Dupaty, de lui donner une forme judiciaire & de la porter au procureur général. Ce n'est qu'ensuite qu'il fut question d'un procureur & d'opposition.

12 *Septembre.* Entre les divers édits, déclarations, &c. portés ou enrégistrés au parlement, les chambres assemblées, dans la longue séance du mardi 5, qui dura une partie de la nuit, il a été sur-tout question des portions congrues, sur lesquelles le clergé s'est enfin accordé. Le parlement y a mis beaucoup de modifications, qu'on verra lors de la publication du nouvel arrangement.

12 *Septembre.* Après avoir rendu compte du plan, de l'ensemble & de la marche de la comédie héroïque de *Bayard*; il faut en observer les défauts, du moins principaux, car les autres sont innombrables.

1o. L'auteur, qui se proposoit d'offrir du neuf & de l'extraordinaire, a sacrifié le fond à la forme, le principal aux accessoires; préférant d'éblouir les yeux par une foule de tableaux de toute espece, plutôt que d'émouvoir le cœur par un grand intérêt, il semble avoir imaginé la fable pour en amener les intermedes, plutôt que d'avoir fait naître ceux-ci de son action, comme accompagnements naturels.

2o. Par cette raison il a choisi son sujet dans un roman, au lieu de le tirer de l'histoire: de là un *Bayard* phantastique, absolument éloigné du vrai *Bayard*; c'est un petit-maître, un damoiseau, un amant doucereux, très-opposé sans doute au personnage austere, dont on a comparé la continence à celle de *Scipion*: de là encore le titre ridicule de la piece, *les Amours de Bayard*, comme si le chevalier sans peur & sans reproche eût été le *Letoriere* de son siecle.

3°. Les autres caracteres ne sont pas mieux conservés historiquement : quoi de plus absurde, que de nous représenter l'amiral Bonnivet, comme un avantageux qui ne doute point de la défaite d'une femme, dès qu'il se présente devant elle & s'attache à lui faire sa cour ? Fanfaronnade également contraire au temps, au caractere & à l'état du personnage. Le maréchal de la Palisse, qui se détache si facilement de sa passion pour servir celle de son ami, dément aussi toutes les notions du cœur humain : & Sottomayor est d'une bassesse, d'une infamie, d'une lâcheté non-seulement que ne lui ont point reproché les contemporains, mais qu'il faudroit écarter de la scene, si le personnage eût été dépravé à ce point.

4°. Quant à Mde. de Randan, l'héroïne principale, que l'on annonce si profondément concentrée dans sa douleur, que depuis deux ans elle ne veut voir personne, il se trouve que sa porte s'ouvre à tout le monde ; qu'elle concilie quatre & même cinq amants à la fois ; qu'elle donne des rendez vous & fait cacher ses amants comme une fille. D'ailleurs sa défaite n'est point assez filée ; & quoique le poëte ait prétendu mettre & ait mis réellement quelque adresse dans les moyens qui font éclater sa passion, & la déterminent, la forcent à l'avouer & à brusquer son hymen ; le spectateur ne peut que lui savoir mauvais gré de tromper son attente, en lui annonçant une femme aussi extraordinaire, qui finit bientôt comme toutes les autres.

5°. Ces moyens même ne sont pas satisfaisants à bien des égards ; car, si Mde. de Randan se fût comportée avec la dignité convenable & à son rang, & à son sexe, & à son caractere donné, elle ne se seroit pas compromise au point de faire promener Bayard dans son jardin, lorsque Sottomayor lui vient faire sa cour; ce n'étoit pas même nécessaire: il auroit suffi que l'Espagnol eût rencontré le François sortant de chez sa belle veuve, pour concevoir de la jalousie, pour qu'il en fît part à madame de Randan, & la hauteur dont celle-ci auroit reçu ses reproches, en conservant la décence de son rôle, auroit provoqué la rivalité de Sottomayor qui, plus noble & plus théâtrale, auroit produit les mêmes effets par une explication, où la franchise de l'un & la fierté de l'autre pouvoient se développer.

6°. L'épisode de la dame de Bresse semble trop postiche; faute d'être préparé, il ne touche pas le spectateur autant qu'il feroit; il a même causé des éclats de rire à la premiere représentation. L'esprit occupé à chercher comment ce personnage & ses deux filles qui tombent des nues, se trouvent là, & ce qu'elles viennent faire, empêche le cœur de s'ouvrir entiérement au pathétique de la situation qui s'en affoiblit.

7°. La promesse de mariage donnée par le chevalier à madame de Randan, avant le combat, & le chevalier sorti vainqueur dès la fin du second, font cesser en ce moment tout l'intérêt.

8°. L'action soutenue sur le ton héroïque pendant les deux premiers actes, en change absolument au troisieme : ce ne sont plus que des scenes de village entre un valet-de-chambre, un jardinier, une suivante; le jeu y est proportionné, c'est en quelque sorte une nouvelle intrigue, une seconde piece enchâssée dans la premiere.

9°. La maniere dont l'enlévement eſt combiné, dont il commence à s'exécuter, dont il eſt arrêté par le roi; tout cela n'a pas le ſens commun, & la cataſtrophe qui devient tragique par la mort de Sottomayor, préciſément après toutes les ſcenes burleſques qui l'ont précédée, eſt une monſtruoſité dont il n'y a peut-être d'exemples dans aucune piece, depuis que le théâtre a commencé, non à ſe perfectionner, mais à acquérir quelque régularité, à ſortir de ſa barbarie.

Au ſurplus, le ſpectacle, les danſes, la muſique, dont le ſieur Monvel a voulu charger ſon drame, ne ſont pas aſſez merveilleux pour les ſacrifices qu'il a faits à ces acceſſoires. L'opéra & la comédie italienne ſont en poſſeſſion de ces différents genres, & la comédie françoiſe ne devoit pas ſe flatter non-ſeulement de l'emporter ſur ſes rivaux, mais de pouvoir lutter contre eux.

Quelques endroits de la muſique de M. Champein ont été applaudis, tels que l'ouverture, des ſymphonies; mais c'eſt tout, & l'on doit plaindre ce jeune compoſiteur d'avoir auſſi mal employé ſon temps.

C'eſt le ſieur Molé qui a fait le rôle de Bayard, &, pour être trop entré dans l'eſprit de l'auteur, il l'a gâté, il l'a rendu d'une maniere ſémillante, qui n'étoit pas celle du chevalier. Le ſieur Fleury, qui repréſentoit la Paliſſe, a très-bien exprimé toute la gaieté du ſien, & cependant avec toute la conſiſtance, la dignité qui lui convenoient: en ſorte que beaucoup de gens étoient fâchés qu'il ne fût pas chargé du premier perſonnage. L'amiral Bonnivet qui, s'il n'eût s'agi que de rendre la rudeſſe des mœurs d'un marin, eût été très-bien placé ſous le maſque du ſieur Vanhove, accoutumé à faire les tyrans, avoit une tournure trop disparate avec la galanterie dont le poëte l'a doué. Il en est de même de madame Randan, dont mademoiselle Contat, si délicieuse dans les rôles de coquette, ne pouvoit soutenir celui ci sur le ton noble & plein de sentiment qu'il exigeoit d'un bout à l'autre. Il en faut convenir, qu'au total la piece jouée dans le costume le plus rigoureux, dans tout ce qui tient à l'extérieur, ne l'a été que médiocrement pour ce qui a rapport aux mœurs & aux caracteres.

13 *Septembre.* Le procès de M. de Sanois a tenu plusieurs audiences au bailliage du palais, & attiré beaucoup de monde : il ne s'agissoit pourtant que du provisoire. Me. Bonnieres a plaidé pour lui à plusieurs reprises; c'étoit Me Tronçon du Coudray qui défendoit la femme, la fille & le gendre. Enfin, mardi 5 est intervenu une sentence, qui met les biens en sequestre, en attendant le jugement définitif, & ordonne que jusques-là les revenus seront applicables au paiement des créanciers, après qu'il en aura été prélevé annuellement 2000 liv. pour le mari, & 4000 liv. pour la femme. Quant à la fille & au gendre, ils ont suffisamment de quoi subsister, par la dot de 7000 liv. de rentes dont ils sont déja nantis.

13 *Septembre.* Extrait d'une lettre du cap François, isle Saint-Domingue, le 15 juin 1786..... Le magnétisme animal étoit parvenu ici jusques chez nos Negres qui, épris du merveilleux, avoient adopté avec empressement un remede dont l'abus est si facile & si propre aux tours des jongleurs, communs parmi eux & vénérables à leurs yeux.

Le quartier de la Marmelade étoit le principal théâtre

théâtre des faux prodiges de ce prétendu magnétisme; les Negres s'y rassembloient la nuit en des lieux écartés, en troupes très-nombreuses. L'opérateur, après avoir causé de la stupeur ou les convulsions aux sujets qui se présentoient, ajoutant du sien, faisoit apporter de l'eau bénite pour désensorceler ceux qu'il avoit mis en crise, & il finissoit par une collecte au profit de l'homme étonnant qui avoit produit tant de prodiges.

Notre procureur-général, M. François de Neuf-Château, a cru dénoncer ce désordre nouveau par un réquisitoire très-bien fait, où il a fait envisager les suites funestes qui en résulteroient nécessairement tôt ou tard pour la tranquillité de la colonie. En conséquence il est intervenu arrêt, le 16 mai dernier, qui fait très-expresses défenses à tous Negres ou Mulâtres de pratiquer ou exercer le magnétisme, ou le *bila* (c'est le nom qu'ils ont donné à cette pratique), sous peine d'être poursuivis extraordinairement & punis, pour la premiere fois, de trois ans de galere, comme profanateurs, charlatans & moteurs d'assemblées & attroupements défendus par les ordonnances, & sous peine plus grande, en cas de récidive....

13 *Septembre.* M. le comte de Sanois, sensible aux outrages faits à son défenseur, dans la *Lettre d'un Avocat, &c.* & à sa propre diffamation contenue dans ce libelle, l'a dénoncée, ainsi que l'auteur anonyme, aux gens du roi, la veille des vacances; en sorte qu'il est forcé d'attendre la Saint-Martin pour solliciter l'information contre l'auteur, l'imprimeur, &c. En attendant, il n'a pu rester dans le silence, & l'on annonce un imprimé ou *Lettre circulaire du comte de Sanois*,

à plusieurs de ses parents, qui le pressent vivement de répondre.

14 *Septembre.* La *Lettre circulaire du comte de Sanois* annoncée paroît en effet aujourd'hui ; elle est datée à l'hôtel seigneurial de Pantin-les-Paris, 8 septembre 1786. Son défenseur, Me. de la Cretelle, le dissuadoit de répondre à un libelle sans nom d'auteur, de censeur, d'imprimeur : le client ne pense pas de même ; il se propose même de réfuter en détail les assertions de l'anonyme : comme il y est invité & forcé en quelque sorte par ses parents & amis ; mais se renfermant dans ce qui le concerne personnellement, il écartera les matieres délicates agitées par le prétendu avocat, telles que *les lettres de cachet*, *&c.*

Du reste, M. de Sanois promet de ne pas faire attendre sa réponse & de prouver, 1°. qu'il n'a point menti aux magistrats, au public & à son avocat ; 2°. que sa femme, sa fille & son gendre sont les seuls auteurs de sa détention, & n'ont consulté aucun de ses parents.

Ne voulant imiter en rien le libelliste, il porta son manuscrit à un avocat ; il sera signé, & l'imprimé revêtu de toutes les formalités prescrites.

14 *Septembre.* Avant-hier les Italiens ont exécuté les *heureux Naufrages*, divertissement en un acte & vaudevilles. Cette bagatelle n'a pas été sifflée, c'est tout ce qu'on en pouvoit attendre ; on donne à ce théâtre de temps en temps de ces facéties en musique, sans doute pour contenter les goûts les plus dépravés & se concilier toutes les classes de spectateurs.

14 *Septembre.* Encore un emprunt de trente millions qu'on fait sous le nom de la ville,

puisque les fonds en doivent être versés au trésor royal. C'est ce qui n'a point échappé aux observations des magistrats, dans l'assemblée des chambres du 5 de ce mois. Le prétexte est le démolissement des maisons sur les ponts & la construction d'un pont sur la riviere en face de la place de Louis XV, communiquant aux invalides. Le Roi, de ces trente millions en donnera trois par an pendant dix ans à la ville ; mais pourquoi payer d'avance des intérêts de fonds morts ? Ces diverses réflexions & plusieurs autres avoient déterminé Messieurs à remettre l'édit à des commissaires, pour en être rendu compte à la saint Martin ; mais le contrôleur général, toujours pressé de jouir, a fait exiger par le Roi que l'enrégistrement eût lieu avant que le parlement se séparât ; & il a obéi le 7.

14 *Septembre.* Quelques amateurs vantent beaucoup le sacrifice de Jephté, scene françoise, dont la musique est de M. Deshayes, exécutée au concert spirituel du vendredi 8 de ce mois. Par l'expression qui y regne & l'effet qui en résulte, ils desireroient que ce compositeur fût chargé d'ouvrages & plus considérables, & plus propres à développer ses talents ; ils y ont remarqué une force & une énergie qui le leur font juger digne de figurer dans des plus grandes compositions.

15 *Septembre* Le sujet de la Toison d'or a été déja traité par Pierre Corneille sur le théâtre françois ; par Jean-Baptiste Rousseau sur le théâtre lyrique, & par d'autres poëtes : M. Desriaux, l'auteur du nouveau poëme qu'il a mis en opéra, n'a point été effrayé de ces con-

currents, & voici ſon plan diviſé en trois actes ſeulement.

Le théâtre d'abord repréſente une plaine. Hipſiphile, l'épouſe de Jaſon, a quitté ſon pere & ſa patrie pour venir rejoindre ſon mari dans la Colchide, dont il a entrepris d'enlever la Toiſon d'or. Elle arrive & témoigne ſes alarmes en ſe retraçant les dangers que Jaſon court; elle eſt néanmoins un peu raſſurée par des cris de joie qu'elle entend; ils annoncent que le héros a déjà vaincu les taureaux gardiens de la fameuſe dépouille. Survient Médée, qu'on félicite de l'heureux ſuccès des armes de Jaſon; on l'invite à former au plutôt les nœuds de l'hymen, qui doivent l'unir au vainqueur. A ces mots Hipſiphile, interdite un moment, déclare à Médée que Jaſon lui a déjà donné ſa foi à Lemnos. Indignation & déſeſpoir de Médée, qui profere contre ſa rivale les plus terribles menaces : Hipſiphile ſe retire, & Jaſon ignorant ce qui ſe paſſe, vient rendre hommage à Médée de ſa premiere victoire : celle-ci l'accable de reproches & le quitte avec des imprécations effroyables : Hipſiphile reparoit, elle s'explique avec ſon époux Scene touchante de réconciliation, ils ſe propoſent de retourner inceſſamment dans la Grece.

La décoration change au ſecond acte : c'eſt une forêt ſombre, à travers laquelle on découvre le rivage de la mer & la flotte des Argonautes. Calciope, ſœur de Médée, la preſſe en vain d'oublier Jaſon, qui va s'embarquer. Médée, toujours furieuſe, invoque contre lui la nuit, les vents & la tempête : de-là un orage affreux; les vaiſſeaux ſubmergés, les matelots gémiſſants : heureuſement Jaſon & Hipſiphile n'étoient pas encore embarqués ; ils reparoiſſent ſur le rivage, ſuivis des Grecs échappés au naufrage. Jaſon apperçoit Médée : après avoir éclaté en reproches contre elle, il s'adoucit & finit par la prier d'oublier qu'il fut l'objet de ſes amours ; Médée, plus outrée que jamais, plus enragée, poignarde Hipſiphile dans les bras même de Jaſon & en préſence des guerriers compagnons du héros. Celui-ci eſt réduit à ſe lamenter & à ordonner les funérailles de ſon épouſe.

On voit au troiſieme acte de vaſtes murailles, ſurmontées par la cime des arbres qui compoſent la forêt conſacrée au dieu Mars, & où la toiſon eſt ſuſpendue. En dehors des murailes eſt l'antre de la Sybille.

Les ſuivantes de la Sybille ouvrent la ſcene & préſagent toutes ſortes de malheurs à Medée & à Jaſon. Médée accourt dans le deſſein d'aſſaſſiner Jaſon : elle veut conſulter avant la prêtreſſe, qui lui retrace tous ſes malheurs & ſes crimes, ſuites de ſa paſſion : elle a des remords, & lorſqu'elle entend le ſon des inſtruments guerriers qui annoncent le combat, l'amour l'emporte, elle court ſauver Jaſon ou mourir à ſes yeux. Combat entre les Grecs & des géants ſortis de la terre. Médée rend Jaſon vainqueur de ces géants, en forçant ceux-ci à ſe détruire mutuellement ; elle aſſoupit encore le dragon qui garde la toiſon ; & le héros remporte la toiſon d'or. Médée lui demande le prix de ſes ſervices ; il la repouſſe avec horreur & repart pour la Grece. Médée, toujours en proie à ſes fureurs, monte dans ſon char traîné par des dragons &

vole à la pourſuite de l'ingrat, à qui elle voue une haine immortelle, une vengeance qui ne s'éteindra que dans ſon ſang.

Telle eſt la marche de ce poëme rempli de défauts; mais dont on doit admirer, ſuivant les prôneurs, la compoſition ſévere & la verſification ſouvent mâle & énergique dans un débutant qui mérite d'être encouragé. On reviendra ſur le mérite & les défauts de l'ouvrage.

15 *Septembre.* Il eſt toujours des gens qui, avides d'écrire & ne ſachant ſur quels ſujets s'exercer, profitent de ceux qui ſe préſentent, & ſans y être invités ou provoqués ſe précipitent à travers les affaires qui leur ſont les plus étrangeres. C'eſt ainſi qu'un anonyme, ſans aucune miſſion, ſans aucun aveu, adreſſe une *lettre à M. l'abbé Brun, ex-oratorien, ſur la cauſe actuellement pendante au parlement, entre lui & le général de l'oratoire*, & cela pour injurier les avocats qui ont pris la défenſe de l'abbé Brun: il les taxe de mauvaiſe foi, d'impoſture, d'irréligion; il reproche à l'abbé Bertolio d'être encyclopédiſte, & à M. de Seize d'être athée; il craint que l'abbé Brun ne ſuive les traces de l'abbé Raynal. Ce grand zele pour la défenſe de meſſieurs de l'oratoire eſt d'autant plus extraordinaire de ſa part, qu'il déclare n'être ni éleve, ni ancien membre de l'oratoire, n'avoir pas la moindre liaiſon avec aucun oratorien; enfin que ſes obſervations ne ſeront connues du régime de cet ordre, qu'au moment où elles ſeront répandues dans le public par l'impreſſion.

15 *Septembre.* L'objet des travaux que ſe propoſe la ville ſuivant le préambule de l'édit de l'emprunt, eſt très-étendu, & le plan arrêté en

1769 par Louis XV en est la base. Outre ce qu'on a déja rapporté, il s'agit encore de la démolition des maisons sur les quais & rues de Gêvres, de la Pelleterie & autres adjacentes ; des deux côtés de la riviere ; du parachevement du quai d'Orsai & autres changements relatifs à l'utilité publique, à la salubrité & à l'embellissement de la capitale ; enfin de la construction d'une nouvelle salle d'opéra.

16 *septembre*. Pour mieux constater la conduite de M. Dupaty dans son affaire avec le parlement de Paris, voici la relation circonstanciée de ce qu'il a fait & dit au greffe les 30 & 31 août.

Aujourd'hui 31 août 1786, M. Dupaty s'étant présenté au greffe devant M. l'abbé Tandeau, commis pour l'interroger, après l'interpellation faite par le commissaire à M. Dupaty de prêter serment, M. Dupaty a dit :

« Monsieur, permettez qu'au lieu de faire le » serment & de répondre, j'aie l'honneur de vous » faire la déclaration suivante. »

Je me suis présenté hier à neuf heures du matin au greffe civil de la cour, assisté de Me. Brazon, mon procureur, pour obtenir acte de ma comparution sur le décret d'ajournement personnel qui m'a été signifié. Je comptois faire dans cet acte toutes mes protestations & réserves contre ce décret ; mais cet acte m'ayant été constamment refusé par le greffier de la cour, ce refus m'oblige à faire devant vous, Monsieur, les protestations qu'hier j'ai voulu faire au greffe.

J'ai donc l'honneur de représenter respectueusement à la cour, que je la crois incompétente pour instruire & juger contre moi l'accusation qui m'est intentée : en conséquence, je requiers acte de ma présente comparution; acte de ma protestation contre le refus que j'ai essuyé de la part du greffier; acte enfin de celui que je fais maintenant de répondre à aucun interrogatoire, jusqu'à ce par que la cour, toutes les chambres assemblées, il ait été statué sur l'incompétence que j'oppose : à l'effet de quoi, je supplie la cour de m'accorder audience pour déduire mes fins & moyens contradictoirement avec M. le procureur général.

Je proteste au surplus contre tout ce qui seroit fait au préjudice de ma présente réquisition & protestation, sur laquelle je demande qu'il soit statué préalablement, conformément au vœu des ordonnances, édits, arrêts de réglement & usages des tribunaux.

Après lecture de cette protestation, M. le commissaire l'a fait insérer toute entiere & littéralement dans le projet d'interrogatoire. M. Dupaty l'a signée. Ensuite, M. le commissaire a interpellé de nouveau M. Dupaty de répondre. M. Dupaty a persisté dans la déclaration. Il a été dressé procès-verbal : M. Dupaty l'a signé & s'est retiré.

16 *Septembre.* Le pamphlet manuscrit, attribué au marquis de Condorcet, étant rare & court, on va le transcrire ici :

Recit de ce qui s'est passé au parlement de Paris, le mercredi 20 aout 1786. M. Seguier dans son réquisitoire a prouvé d'abord que les informations faites depuis l'arrêt, contre les accusés de Chaumont en Bassigny, tendoient à les faire croire coupables, sinon du vol probable pour lequel ils avoient été condamnés à la roue, du moins de quelque autre crime.

Il a ensuite, avec beaucoup d'éloquence, exposé ce principe, que, quand la loi a parlé, la raison doit se taire : principe qu'assurément tout esprit libre, toute ame élevée ne peut refuser d'admettre.

Il a fait voir enfin la supériorité que notre jurisprudence criminelle, si fidellement imitée de celle que les inquisiteurs ont imaginée dans des siecles d'humanité & de raison, a si évidemment sur les coutumes angloises, qui semblent n'avoir été dictées que par un respect puéril pour la qualité d'homme, & une crainte pusillanime de condamner des innocents ; & il a conclu à la suppression du mémoire en faveur des trois accusés, & à une injonction d'être plus circonspect à l'avenir à l'avocat qui l'a signée ; afin de montrer, par un arrêt solemnel, la fausseté & le danger de cette opinion trop commune aujourd'hui, que *tout accusé a le droit de se défendre*, & que tout homme a le droit de défendre un accusé qu'il croit innocenter.

On a été aux voix.

Monsieur le président Rolland, de l'académie d'Amiens, a dit qu'il falloit sévir contre le mémoire qui défend les trois accusés, avec d'autant plus de rigueur, qu'il avoit produit sur les esprits un plus grand effet, afin de prouver au public à quel point le parlement méprise son opinion. Cependant quelques conseillers, comme Messieurs de Barillon, du Séjour, d'Outremont, de Bretignieres, presque toute la premiere des enquêtes, furent d'avis, les uns de remettre la délibération, pour ne rien faire qui pût nuire à la défense des accusés ; les autres de renvoyer au roi le mémoire & le réquisitoire, & de s'en rapporter à la sagesse de majesté.

M. le président de Rozembo, & quelques autres, ont proposé de demander au Roi la réforme de la jurisprudence criminelle : on ne sait ce qui seroit arrivé sans M. d'Ormesson, second président, à qui l'âge n'a point refroidi le zele, qui lui fit dénoncer autrefois les capucinades du bon homme Toussaint, & demander un décret de prise de corps contre l'abbé de Prades, lequel ne croyoit pas aux idées innées.

Il fit observer qu'en poursuivant l'auteur du mémoire, Messieurs ne se rendroient pas juges dans leur propre cause, comme plusieurs paroissoient le croire. En effet, dit-il, si nous y sommes attaqués, c'est comme magistrats. Nous sommes impassibles; donc sans scrupule nous pouvons venger nos injures. L'effet terrible qu'a produit le mémoire annoncé, ajoute-t-il, doit excuser la sévérité de la cour. Lorsqu'on ne nous fermoit point la porte, on nous recevoit avec froideur, on osoit nous interroger. Enfin ce magistrat conclut à ce que le mémoire fût brûlé par la main du bourreau, & qu'on ordonnât une information contre l'auteur. L'un de Messieurs, M. de Barillon, répliqua qu'il ne pouvoit être de cet avis, par la raison même rapportée par M. le président : qu'après un pareil arrêt, il craignoit de trouver encore moins de portes ouvertes, des mines plus froides, & des questions plus embarrassantes. Un autre fit observer qu'en se rappellant les époques, on trouveroit que l'effet dont se plaignoit M. le président, avoit pour cause, non le mémoire, mais la dénonciation du mémoire ; que c'étoit-là ce qui avoit indigné le public qui se plaît aussi à juger, qui ne pardonne pas plus qu'un autre tribunal, & qui n'aime pas qu'on veuille restreindre sa jurisdiction. Cependant l'avis de M. d'Ormesson a passé à la pluralité de cinquante-cinq voix contre vingt-neuf ; hommage que le parlement devoit sans doute à la patience vraiment chrétienne, avec laquelle ce magistrat avoit laissé torturer & exécuter le chevalier de la Barre, son neveu à la mode de Bretagne, de son nom, sans se permettre la moindre démarche publique, ni pour prévenir, ni pour arrêter, ni pour anéantir un arrêt regardé par l'Europe entiere (la cour de parlement exceptée) comme un assassinat juridique, aussi absurde que barbare.

En conséquence le mémoire pour les trois accusés de Chaumont a été brûlé comme faux, calomnieux, injurieux à la magistrature ; (dont il loue sans cesse les lumieres & l'équité) attentatoire à la majesté royale ; (à laquelle il demande respectueusement la réforme que l'auteur ose espérer de la justice & des vertus personnelles du Roi.)

M. Boula de Nanteuil & quelques autres maîtres des requêtes présents à la séance, ont été de l'avis de l'arrêt ; quoique l'exécution de cet arrêt doive anéantir l'autorité du conseil dont ils sont membres.

On assure que M. Dupaty, président du parlement de Bordeaux, a eu un courage d'une autre espece ; celui de se déclarer juridiquement auteur du mémoire, & de se rendre opposant à l'arrêt ; mais qu'il n'a pu trouver de procureur qui voulût se charger de son opposition, ni obtenir qu'il en fût nommé d'office ; mais un tel déni de justice n'est pas vraisemblable.

16 *Septembre.* Extrait d'une lettre de Hambourg, du 25 août.... Avant-hier l'infatigable M. Blanchard nous a donné le spectacle d'un aérostat, qui n'est plus qu'un jeu pour lui; ainsi que la descente du mouton à l'aide du parachûte : tout cela s'est effectué en la maniere ordinaire, sans le moindre inconvénient.

Le mouton parvenu à la hauteur de neuf cents toises environ, est redescendu en sept minutes & s'est abaissé doucement sur terre, plein de vie & de santé.

Quant à M. Blanchard, il n'a fait que monter & descendre, & l'on n'a remarqué aucun progrès nouveau dans sa manœuvre.

16 *Septembre.* Par la déclaration du Roi donnée à Versailles le 2 septembre 1786 & enrégistrée au parlement dès le 5, sa majesté fixe, à compter du premier janvier prochain, à 700 livres la portion congrue des curés & vicaires perpétuels de tout le royaume, & celle des vicaires à 350 livres.

16 *Septembre.* Un *Mémoire à consulter & pieces justificatives pour le sieur Antoine Constantini, négociant de Bonifacio en Corse, établi depuis l'année 1780 à Sassari en Sardaigne*, auroit causé encore beaucoup de chagrin à Me. le Grand de Laleu, s'il n'en avoit prévenu les suites, en allant à Versailles s'excuser auprès des différents ministres qu'on y maltraite fort.

On lui avoit demandé une consultation dans cette affaire, en lui communiquant simplement l'arrêt du conseil d'état du Roi du 16 mars 1785, sur lequel il s'agissoit de prononcer s'il étoit susceptible d'opposition, d'après les pieces qu'on lui produisoit.

Par cette consultation du 15 juillet 1786, Me. le Grand de Laleu a estimé la voie de l'opposition légale & admissible, & l'on s'en est prévalu pour imprimer le mémoire qu'on assure être une diatribe violente contre des premiers commis, des magistrats & plusieurs ministres.

Ce qui fait présumer la mauvaise foi du consultant en cela, c'est que la consultation est datée de Paris, & le mémoire à consulter est imprimé à Noyon: au reste, ce mémoire a été présenté au Roi le 26 août.

16 *Septembre.* M. Dupaty, très-soutenu sans doute par le ministere, ne va pas moins son train, & publie aujourd'hui la seconde partie du mémoire, intitulée : *Moyens de droit pour Bradier, Simare, Lardoise, condamnés à la roue.* C'est un gros in-4°. aussi volumineux que le premier, pour lequel il fait donner encore 6 liv. au profit de ces malheureux.

Seulement, afin de ménager le parlement au moins en apparence, on a antidaté la consultation de Me. le Grand de Laleu, qui est censé l'avoir signée le premier juillet, & l'on profite du temps des vacances pour débiter l'ouvrage.

Le plan de ce mémoire fort simple est divisé en trois parties.

1o. Moyens de cassation contre les actes nuls de la procédure prévôtale.

2o. Moyens de prise à partie contre plusieurs officiers de la prévôté de Troyes.

3o. Moyens de cassation contre l'arrêt.

Peu de lecteurs sont en état de suivre cette discussion ennuyeuse & fatigante, qui d'ailleurs ne pourroit se faire avec utilité que la procédure sous les yeux ; mais tout le monde lira volontiers & le préambule & la péroraison. L'objet de celle-ci est de détruire principalement des bruits semés dans le public *qu'il n'est pas bien prouvé que ces hommes soient innocents*; *que l'on a découvert bien des choses* ; *qu'ils ont commis une foule de crimes*; *qu'ils sont très-mal famés dans leur pays ; qu'enfin beaucoup de gens dans leur pays les croient coupables.*

M. Dupaty se justifie aussi lui-même des reproches qui le concernent, non moins répandus avec affectation & profusion : qu'il est l'ennemi de la magistrature, l'ennemi de l'ordre public ; qu'il a injurié les magistrats, compromis la magistrature ; qu'il a attenté aux loix, à la jurisprudence, à l'autorité des tribunaux ; que c'est un novateur séditieux, qui demande la réformation du code criminel ; enfin n'a écrit, n'a publié dans cette affaire que par une vaine ambition de célébrité.

On conçoit que M. Dupaty, en combattant ces reproches, anticipe sur le réquisitoire de M. Seguier & sur les qualifications de l'arrêt ; du reste, son éloquence n'est ni celle de Démosthene, ni celle de Ciceron ; mais c'est la sienne, quelquefois bavarde, obscure, amphigourique, gigantesque, inintelligible.

A la suite de ce mémoire, on trouve une piece intitulée : *Addition*, où M. Dupaty se prevaut adroitement de l'arrêt du parlement de Paris en faveur de la fille Salmon, pour en inférer que n'ayant point supprimé les mémoires precédents en faveur de cette fille, auxquels on faisoit les mêmes reproches qu'au sien, celui-ci doit être également à l'abri, non-seulement de la flétrissure, mais même de la suppression.

17 *Septembre.* M. Dupaty, avant de terminer son mémoire, ne dissimule pas qu'il a été enchanté, en saisissant l'occasion de justifier trois innocents, de trouver celle de réveiller la nation sur les dangers de notre procédure criminelle & sur la nécessité de la réformer : il l'espere cette réforme & la regarde comme prochaine dans le siecle & sous le regne où nous sommes, en voyant la religion prêcher d'une maniere plus pathétique que jamais l'humanité; en voyant le flambeau de la philosophie éclairer toutes les connoissances; en voyant un grand nombre de magistrats, dont la raison & le cœur savent desirer la réformation des loix ; une noblesse, dont les vertus guerrieres sont l'appui de ce peuple qu'elle écrasoit; des hommes puissants, qui veulent non-seulement être élevés, mais être grands; des ministres qui veulent être aimés ; un chef de la justice qui pense que l'humanité est la plus grande partie de la justice : sur les premieres marches du trône, deux jeunes princes favorisant à l'envi, comme par un pressentiment secret, tous les arts qui immortalisent; enfin sur le trône même, à côté d'une Reine en qui les malheureux esperent, & au milieu des vertus, un de ces monarques rares, que Dieu semble donner de temps en temps à la terre, pour lui montrer d'une maniere plus sensible qu'il gouverne toujours les empires & qu'il aime toujours les hommes.

Par ce cadre d'éloges, où chacun trouve sa place, M. Dupaty s'est flatté de se concilier enfin tous les suffrages, même de ceux qu'il s'étoit aliénés; car il déclare en outre que personne ne rend plus justice & hommage à l'intégrité & aux lumieres habituelles des magistrats qui ont rendu l'arrêt actuel; que dans toute sa discussion il ne les a jamais eus en vue; qu'il auroit voulu pouvoir justifier ces hommes innocents, condamnés à la roue, sans accuser d'erreur le jugement qui les condamne.

Entre tous ceux au surplus que loue l'orateur, c'est on ne sait pourquoi le maréchal de Castries, qu'il désigne spécialement & qui remporte la palme à raison de sa réformation de la discipline maritime, qu'il a si courageusement & si heureusement consommée; il le compare à Trasibule, ce grand homme d'état dont Xénophon loua les lumieres & les vertus par une expression vraiment antique, en s'écriant *qu'il paroissoit être un homme de bien.*

17 Septembre. Les deux commissaires Chenon, pere & fils, sont indignés de la conduite de Me. Linguet tenue aux fermes à l'égard du premier, & de la parade qu'il a jouée en conséquence à l'audience. En effet le pere Chenon avoit d'autant moins fait difficulté de se trouver aux fermes & d'y remplir ses fonctions envers Me. Linguet, qu'il croyoit être son ami, comme il l'étoit avant sa détention, puisqu'il lui avoit rendu des services essentiels pendant cette détention, puisque depuis Me. Linguet étoit venu chez lui, y avoit mangé, lui avoit amené son frere, &c.; faits qu'il prouve par des lettres mêmes de ce perfide, qu'il a conservées. Ce fut donc le pere Chenon qui eut lieu d'être pétrifié de l'apostrophe de Me. Linguet & de son incartade; il le fut tellement qu'on eut peine à le faire revenir, & qu'on craignoit de le voir retomber dans une attaque d'apoplexie dont il avoit été frappé, il n'y avoit pas long-temps. Par cette anecdote jointe à mille autres, qu'on juge de la foi qu'on doit avoir à tout ce que dit, écrit ou fait Me. Linguet.

18 *Septembre.* Dans le mémoire à consulter du sieur Antoine Constantini, on trouve des faits historiques précieux. On y confirme ce dont se doutoient tous les politiques, que les Anglois, fâchés de nous voir posséder la Corse impunément, ont fait ce qu'ils ont pu, afin d'y élever de nouveaux troubles en y rappellant Fiore & les bandits dont il est le chef, qui, réfugiés à Livourne, étoient à l'instigation du consul de la nation Britannique dans ce port, passés en Sardaigne, pour de-là commettre des brigandages dans leur ancienne patrie, sous le prétexte de la haine de l'esclavage & du droit de la liberté.

Ce dessein n'échappa point à la vigilance du sieur Durand, consul de France en Sardaigne; il eut le crédit d'y faire arrêter le redoutable Fiore; mais le sieur Clément Paoli, frere du fameux Pascal Paoli, qui fait sa résidence à Pise, & l'ambassadeur de sa majesté Britannique à la cour de Turin, secrets moteurs, l'un & l'autre, de Fiore & de ses compagnons, opposerent auprès de sa majesté Sarde leurs sollicitations & le droit des gens, aux efforts du consul François : ils obtinrent la liberté de ce chef des bandits; Fiore fut chassé durant la nuit de la ville de Sassari, où il avoit été détenu.

Les bandits Corses, qui se trouvoient dispersés dans cette ville & dans ses environs, instruits de cet événement, se réunirent aussi-tôt à leur chef; & il en compta jusqu'à cinquante-six prêts à le seconder.

C'est dans ces circonstances que le sieur Constantini, natif de Bonifacio en Corse, mais établi négociant à Sassari, résolut de négocier avec ces malheureux & de les détourner de leur funeste dessein, en leur offrant des moyens de subsister honnêtement.

Il seroit superflu d'entrer dans le détail de ces négociations, qui se passoient vers 1781 ou 1782, & dont le résultat a été, après bien des soins, des frais & du temps, de disperser ces bandits au point d'ôter toute inquiétude au gouvernement françois : des cinquante-sept, trois sont passés à Gênes, sept à Gibraltar, vingt-deux en Crimée, vingt-sept ont été destinés pour Malte & enrôlés au service de Naples.

Le Sieur Constantini, comme c'est l'usage, ne s'étant pas assuré dans le moment du remboursement de ses frais & de son paiement, parti pour Paris en juillet 1783, est depuis ce temps occupé à solliciter.

Son mémoire contient un long détail de toutes les démarches qu'il a faites inutilement : de-là des plaintes amères contre un sieur Sabatier de Cabres, chef du bureau des consulats, contre le ministre de la marine, contre le ministre de la guerre ; il a recours au Roi lui-même, & graces au comte de Vergennes, au commencement de juillet 1784 sa majesté ordonne que les dépenses du sieur Constantini lui soient payées, & qu'on le récompense sur le trésor royal.

Voilà le sieur Constantini renvoyé au contrôle général ; le mémoite de ses dépenses ne montoit qu'à 80000 livres ; on le réduit à la somme de 22000 livres, &, pour le service rendu à l'état, on lui offre 600 livres de pension. Ici nouvel ordre de choses; on nomme des arbitres; nouvelles plaintes contre le sieur Castor, premier commis des bureaux du contrôle; contre M. Blondel, maître des requêtes chargé de ce département; contre le sieur Rostagny, député du commerce de Marseille, l'un des arbitres; contre le contrôleur général: enfin intervient l'arrêt, auquel il s'est rendu depuis opposant. Il entre jusques dans le conseil; l'huissier veut l'arrêter; le comte de Vergennes l'en empêche: le sieur Constantini a recours de nouveau au souverain & lui présente un second mémoire. Sa majesté le prend avec bonté & le renvoie à M. de Calonne, qui n'y a pas plus d'égard. Le sieur Constantini s'adresse encore au garde des sceaux, qui lui déclare ne pouvoir rien; au baron de Breteuil, qui le glace d'effroi par sa réponse: il implore l'appui de M. de la Guillaumie, nommé depuis peu intendant de Corse; celui-ci après des démarches vaines, obligé de partir pour l'isle, remet les papiers au sieur Constantini, & lui dit: *voilà vos armes, défendez-vous.* Il se remue encore, il demande des lettres de noblesse qu'on lui refuse; il ne se décourage pas, sa constance se roidit, son zele s'enflamme, son génie s'évertue; il donne des projets utiles, relatifs au commerce entre la France, la Corse & la Sardaigne: il demande un léger à-compte pour aller à Marseille les faire exécuter: un sieur Guillaume, premier commis de M. Blondel est le dernier de ses persécuteurs contre lequel il s'éleve: ce suppôt lui témoigne qu'on est étonné de le voir encore en France.

C'est dans ces circonstances qu'il a eu recours à son conseil & qu'il lui a demandé:

1°. Si véritablement il existe en France des loix capables de le protéger, soit dans la préservation de sa liberté soit dans la poursuite du recouvrement légal de sa fortune hasardée, sous la garantie des officiers de sa majesté & pour le service de l'état.

2°. Quels sont les magistrats à qui le dépôt de ces loix protectrices est confié, ainsi que le soin de présider à leur observation ? Enfin dans quel tribunal il doit les chercher ?

18 *Septembre.* Me. Linguet avant de partir de Paris a voulu recueillir encore une fois les applaudissements publics ; il a affecté de se montrer à la comédie italienne le samedi 9 de ce mois dans une premiere loge ; il a vraisemblablement gagé des *battoirs* dans le parterre, qui ont donné le signal, & les badauds ont suivi : il a répondu à ces acclamations par trois révérences.

18 *Septembre.* Extrait d'une lettre de M. Ceré, directeur du jardin du Roi de l'Isle-de-France, du 15 février 1786......... Je vous envoie, Monsieur, un échantillon de nos derniers clous de girofle ; ils sont tous frais. Plus nous avançons, & plus ils approchent de ceux des Moluques : ils ont été simplement séchés au soleil. Nous allons délivrer aux habitans de quarante à cinquante mille *antofles*, propres à la reproduction, & je vais tâcher de multiplier les muscadiers femelles, par le moyen des provins : bientôt nous aurons de ces arbres fructifiants en grand nombre.

Au reste, l'on appelle *antofle de girofle*, ce fruit lorsqu'il est mûr : les Indiens le nomment *mere des fruits*, & les Européens l'appellent *clou matrice*. Comme on le laisse sur l'arbre, il ne tombe de lui-même que l'année suivante ; & quoique sa vertu aromatique soit foible ; il est dans l'état requis pour servir à sa plantation ; car, étant semé, il germe, & dans l'espace de huit à neuf ans, il forme un grand arbre qui porte du fruit.

Vous voyez que par la distribution considérable faite de ces *antofles*, dans dix ou douze ans nous nous moquerons de nos bons amis les Hollandois.

19 *Septembre.* Le jeudi 7 de ce mois, dans l'enceinte dépendante du Luxembourg, il y a eu, en présence de commissaires nommés par le Roi, une expérience publique pour la comparaison des aciers Anglois & autres, avec ceux de la manufacture d'Amboise, & faire les essais qu'on jugeroit à propos.

M. le contrôleur général s'est rendu à ce spectacle, ainsi que M. le comte d'Estaing, messieurs les intendants du commerce, beaucoup de magistrats du conseil & un grand nombre d'artistes.

Les ouvriers des professions qui emploient le fer & l'acier, ont été admis à tenter à cet égard toutes les épreuves qu'ils ont desiré faire, & il paroît qu'elles ont tourné à l'avantage de nos aciers ; ce qu'on déterminera encore mieux par la rédaction des procès-verbaux des diverses expériences.

19 *Septembre.* Le sieur Vogel est un bon Allemand, qui, quoique jeune, est déja ivrogne ; il alloit habituellement aux Porcherons, se plaignant de ne point trouver d'auteur qui voulût lui confier quelque poëme d'opéra à mettre en musique. Le sieur Deriaux, jeune homme aussi déja abruti par le vin, rodoit dans les mêmes lieux, cherchant un musicien qui voulût se char-

ger de la *Toison d'or* : ces deux lurons se sont rencontrés de la sorte, ont fait connoissance & ont engendré la tragédie en question prônée avec emphase par le comité de l'académie royale de musique, qui s'en est engoué & mettoit la musique du sieur Vogel sinon au-dessus, au moins à côté de celle du chevalier Gluck : quoiqu'il ne manque pas de talent, qu'il ait quelque chose du génie de ce grand maître, il en est loin encore & il est douteux, s'il continue cette vie crapuleuse, qu'il puisse même se soutenir. Il a été cinq ans à composer cette premiere production lyrique.

19 *Septembre.* On lit dans le dernier mémoire de M. Dupaty une anecdote singuliere, relative au procès du cardinal de Rohan, & qui sans doute est vraie, quoiqu'on n'en ait pas parlé, puisqu'il la cite aux propres juges de ce procès. Il prétend que, contre la défense de l'ordonnance, le Roi a voulu que les témoins justificatifs de M. le cardinal de Rohan fussent entendus avant la visite du procès. Il en infere que Louis XVI lui-même est convaincu des vices de notre législation criminelle, & que ce monarque ne tardera pas à imiter l'empereur, le roi de Prusse, l'impératrice de Russie, le grand duc de Toscane, le pape, qui s'occupent de réformer celle de leurs états.

Sans doute, ç'a été l'objet du gouvernement, lorsqu'il a permis qu'on publiât depuis peu d'années plusieurs écrits sur cette réforme, tels que les ouvrages de MM. de la Croix, le Trone, Prost de Royer, Brissot de Verville, Philipon de la Madeleine, Olivier, Vermeil, Servan, de la Cretelle, &c.

20 *septembre*. La déclaration des portions congrues, ainsi qu'on l'a dit, n'a point passé au parlement sans difficulté ; l'enrégistrement porte : « à la charge que les archevêques & évêques ne „ pourront procéder à la suppression & union „ d'aucuns bénéfices, cures ou non cures, ou „ autres biens ecclésiastiques, qu'en exécution „ de lettres-patentes duement enrégistrées en la „ cour, sous le contre-scel desquelles seront atta- „ chés des états contenant les différents besoins „ de leur diocese, le montant desdits besoins, „ ensemble des états des bénéfices & autres biens „ ecclésiastiques destinés à y pourvoir & du re- „ venu de chacun desdits bénéfices & autres „ biens ecclésiastiques ; comme aussi à la charge „ que la prohibition de résigner, mentionnée „ en l'article IX, n'aura lieu que du jour de „ l'enrégistrement des lettres-patentes mentionnées „ en la premiere disposition dudit article IX.

» Arrêté en outre que ledit seigneur Roi sera „ très-humblement supplié d'autoriser les arche- „ vêques & évêques à procéder par préférence, „ à la suppression & union des bénéfices régu- „ liers, exempts ou non exempts, même des mo- „ nasteres des réguliers qui se trouveroient dans „ les cas portés par les articles VII, VIII, IX & X „ de l'édit de mars 1768, régistré le 26 du même „ mois & an ; comme aussi des monasteres dont „ les religieux pourroient être retirés dans d'au- „ tres maisons de leur ordre ou congrégation, „ sans être à charge auxdites maisons, & sans „ préjudice des prestations qu'il sera trouvé juste „ d'attribuer aux monasteres conservés pour l'ac- „ quit des fondations & l'entretien de la con- „ ventualité, & à l'application des revenus des-

„ dits monasteres & menses aux objets mentionnés „ en la présente déclaration : le tout en se conformant par les archevêques & évêques aux „ formes prescrites par les canons reçus dans le „ royaume & par les ordonnances, édits & déclarations duement enrégistrés en la cour. »

20 *Septembre.* Le sujet de la *Conquête de la Toison d'or*, très-difficile à mettre au théâtre, étoit sur-tout intraitable de la maniere dont M. Doriaux a conçu sa fable. Médée, déja si odieuse pour se prêter à un projet dont le succès doit coûter la vie à son pere, le devient encore plus ici, où elle consomme ce funeste dessein en faveur d'un ingrat, à qui elle connoît une autre épouse, victime innocente qu'elle commence par massacrer. Quant à Jason, héros factice, qui ne triomphe qu'avec le secours des enchantements d'une magicienne, déja dégradé par sa foiblesse de dissimuler son amour & son hymen pour tromper Médée dont il a besoin ; il devient vil & lâche en laissant impunément poignarder sa femme par une autre femme sous ses yeux & au milieu de ses guerriers. On s'intéresseroit sans doute à Hipsiphile, l'épouse de Jason, si elle n'étoit ridicule, en courant ainsi vaguement après son mari, & si d'ailleurs l'auteur, en la faisant disparoître de l'action dès le second acte, par la funeste catastrophe qu'il lui a fait subir gratuitement, n'ôtoit en quelque sorte au spectateur le temps de la connoître, & ne se privoit de cette ressource. En sorte que le troisieme acte ne devient plus qu'un hors - d'œuvre, rempli d'incidents merveilleux, mais sans variété, sans révolution, fatigants pour l'intelligence du spectateur, qui ne peut les concevoir, & par-là

ne procurant pas même à ses yeux le plaisir que leur causeroit un spectacle plus motivé & plus suivi. En un mot, le poëte, aux absurdités de la fable, ayant joint celles de son imagination, n'a produit qu'une action ennuyeuse, triste, noire, dégoûtante, sur-tout monotone d'un bout à l'autre.

Quant au dialogue, il n'y a généralement ni vers, ni logique, ni propriété de mots, ni françois : à l'exception de deux ou trois couplets, dont les journalistes se sont prévalus pour exalter le poëme, tout le reste est l'ouvrage d'un écolier & d'un mauvais écolier.

Le moyen de faire d'excellente musique sur un tel ouvrage ! Ce n'est qu'à des morceaux particuliers qu'on a pu juger du talent du compositeur ; ceux qui ont excité le plus d'applaudissements, sont le rondeau d'*Hipsiphile* : *hélas ! à peine un rayon d'espérance* ; & l'air de *Médée* : *Ah ! ne me parlez plus d'amour & d'espérance.* La facture des cœurs caractérise aussi un habile harmoniste. Au total, le pinceau de M. Vogel est noble, fier, énergique ; on juge qu'il a beaucoup étudié les compositions du chevalier Gluck, & tellement qu'il en offre souvent des rémimiscences : il y a du tendre, du pathétique, du naturel dans le rôle d'*Hipsiphile* : quant aux airs de fêtes & de ballets, comme il n'y en a point dans cette tragédie, on ne peut en juger ; on est tenté de croire cependant que c'est qu'il n'en a pas desiré, ne s'y sentant nullement propre.

21 *septembre*. Dans l'assemblée des chambres, tenue le 6 de ce mois au sujet de l'affaire de M. Dupaty, il a été rendu compte de la venue

de celui-ci au greffe, de son refus de prêter serment, de ses protestations, & l'on a ordonné que le récit de ces faits seroit remis aux gens du Roi, pour donner leurs conclusions à ce sujet après la saint Martin.

M. l'abbé Tandeau à rendu compte ensuite d'une requête de Me. le Grand de Laleu, dans laquelle, en reconnoissant ses torts, il s'excuse de n'avoir point examiné les pieces, sur sa confiance en l'intégrité d'un magistrat recommandable par ses lumieres & par ses vertus; il fait valoir les motifs d'humanité & de charité qui l'ont égaré & finit par demander la conversion de son décret d'ajournement personnel en décret d'assigné pour être oui.

Après le rapport de cette requête, on a demandé à l'abbé Tandeau, si elle avoit été communiquée aux gens du Roi. Il a répondu que M. le procureur général en avoit connoissance, & qu'il lui avoit dit qu'il n'empêchoit pour le Roi qu'on y fît droit. On est allé aux voix : quarante étoient déja pour admettre la requête; mais sur l'observation que ce n'étoit que verbalement que M. Tandeau avoit le vœu du ministere public, qu'il auroit dû le prendre par écrit, le plus grand nombre des voix a été pour renvoyer la délibération à la saint Martin, & que M. l'abbé Tandeau se mît en regle.

En général, M. l'abbé Tandeau, depuis qu'il a accepté la place de M. d'Amecourt, n'est pas agréable au parlement; on lui fait toutes les chicanes que l'on peut; on a été bien-aise de le trouver ici en défaut, & Me. le Grand de Laleu en a pâti.

21 *Septembre*. M. le comte de la Platiere,

auteur d'un ouvrage fastueux, intitulé : *Galerie universelle des grands hommes, depuis Leon X jusqu'à nos jours*, n'a pu suivre son projet à raison de son inconduite & d'aventures fâcheuses qui lui sont arrivées. Réfugié au Temple depuis quelques temps, il a imaginé de s'évertuer de quelque autre maniere : il prétend avoir fait la découverte d'un secret pour, avec une préparation facile & peu dispendieuse, rendre toute terre susceptible de produire le même effet que le charbon de terre, que la tourbe & autres combustibles inventés pour suppléer au bois. L'expérience en a été faite hier en présence de commissaires de l'académie des sciences, nommés par le Roi : elle a eu lieu dans une des salles de l'assemblée à l'arsenal. Il y avoit beaucoup de gens de distinction, d'amateurs & d'artistes ; il paroît qu'on a été fort content de l'essai & que l'expérience a réussi.

22 *Septembre*. On assure que ce qui a déterminé M. le Grand de Laleu à se détacher de M. Dupaty, c'est le peu de commisération de ce magistrat, qui, pour le consoler, lui a dit que cela ne dureroit que trois ou quatre ans, & ne parle plus de contrat de viager qu'il lui avoit envoyé avec tant d'ostentation.

22 *Septembre*. Depuis la premiere représentation de la *Toison d'or*, Mad. Maillard qui fait le rôle de *Médée*, & qui dès-lors annonçoit des dispositions de bien rendre ce rôle difficile, est parvenu à le remplir effectivement à la satisfaction de tous les connoisseurs. Elle en est devenu maîtresse au point de passer sans obstacle & sans efforts par les retours des différentes passions dont elle est agitée. Sa taille imposante, du reste,

sa figure & sa jeunesse lui donnent des avantages précieux : cependant peut-être faudroit-il plus d'ampleur & de volume dans ce personnage, qui ne s'allie guere avec les graces & la fraîcheur, sur-tout au ton où l'a monté M. Deriaux.

Quant à Mad. Dozon, qui représente *Ipsiphile*, ce rôle absolument passif n'exige qu'une certaine flexibilité de l'organe, pour exprimer la douceur & la naïveté de cette beauté tendre & plaintive ; & l'actrice a saisi avec intelligence le genre qui lui convient.

Le sieur Laïs tire pour son compte tout le parti possible du rôle de *Jason*, personnage très-ingrat & qui n'est pas meilleur à exprimer sur la scene tragique, lyrique ou pittoresque ; car les peintres même le regardent comme impossible à bien rendre.

23 *Septembre.* Extrait d'une lettre de Nîmes, du 14 septembre..... Dès le 14 février dernier, les états de Languedoc avoient pris une délibération pour restaurer les arênes de cette ville ; c'est l'un des plus beaux monuments qui restent de la grandeur des Romains. Il est question de rendre aux arts & à l'admiration publique cet édifice célebre, échappé aux ravages des guerres & du temps, mais dont l'antique magnificence est en quelque sorte deshonorée par les viles constructions qu'on y a élevées dans des temps de barbarie. Cette réparation en outre offre un objet d'utilité pour la ville de Nîmes, c'est d'être à l'avenir préservée des maladies meurtrieres que l'insalubrité des masures qui obstruent aujourd'hui tant l'intérieur que le pourtour extérieur des arênes, occasionne fréquemment dans cette ville, aussi

intéressante par son commerce que par sa population.

Cette délibération confirmée par une de la ville de Nîmes du 14 février, vient d'être approuvée par un arrêt du conseil du 18 août. On évalue les dépenses à 450000 livres, dont un tiers payé par le Roi, un autre par les états, & le dernier par la ville.

C'est un sieur Raymond, architecte du Roi, qui dirigera les travaux sous les ordres du commissaire départi.

23 *Septembre*. Extrait d'une lettre de Vienne, du 7 septembre..... On assure que la commission ecclésiastique de cette capitale a ordonné de porter aux papeteries, les *in-folio* trouvés dans les bibliotheques des couvents supprimés, & qui traitent de théologie polémique ou ascétique. On fabriquera de bons cartons avec ces recueils. Deja l'opération a commencé au couvent des dominicains.

23 *Septembre*. L'assemblée du clergé est finie depuis le commencement de ce mois. Elle est sans doute une des plus glorieuses pour lui, puisque non-seulement il n'a pas succombé dans son grand procès contre le Roi, mais qu'il l'a gagné en quelque sorte. En effet, on assure que le gouvernement, convaincu que c'est une maxime constante en France, depuis la fondation de la monarchie, que les biens du clergé sont absolument exempts de toute redevance, & cependant ne voulant pas l'avouer ouvertement, il a été ordonné aux inspecteurs du domaine de cesser toute poursuite, tout mémoire & toute recherche à cet égard, sa majesté voulant auparavant consulter sur cette matiere importante ses parlements.

On se loue infiniment de la présidence de M. l'archevêque de Narbonne, également agréable & à la cour & à son ordre. L'archevêque de Toulouse a beaucoup déchu dans la présente assemblée de sa prépondérance ; il s'en est apperçu & en a été humilié : au contraire, messieurs les archevêques de Bordeaux & d'Aix y ont beaucoup gagné ; ils sont regardés actuellement comme les boucliers du clergé.

24 *Septembre.* Il paroît enfin *Mémoire pour la comtesse de Sanois, demanderesse en séparation de biens ; contre le comte de Sanois, défendeur.* Il est signé de Me. Tronçon du Coudray, & bien inférieur pour le *pathos* à celui de Me. de la Cretelle. Du reste il mérite, quant aux faits & aux griefs articulés contre le mari, une longue discussion de la part de celui-ci ; d'autant qu'il est appuyé de quelques pieces justificatives.

Ce mémoire est accompagné d'une *réponse du comte de Courci, à M. le comte de Sanois & à Me. de la Cretelle, son défenseur.* Cette réponse est misérable ; aussi Me. Tronçon du Coudray, auquel on l'attribue également, n'a-t-il pas osé la signer. Elle ne porte que le nom du procureur. Il seroit en effet trop révoltant d'entendre un avocat, un homme de loi, faire l'apologie des lettres de cachet.

24 *Septembre.* Une demoiselle Rose, formée d'abord par le sieur Deshayes à l'école de danse de l'opéra, avoit débuté sur ce théâtre dès 1782 ; mais n'y étant pas assez forte, elle s'en étoit tenue à s'exercer sur celui de la comédie françoise : depuis ayant eu le bonheur de mériter les soins du sieur Vestris pere, elle est revenue mardi dernier sur le théâtre lyrique & a reparu

dans les ballets de l'opéra d'Armide. Elle a embrassé deux genres ; d'abord, le genre noble, ensuite celui de demi-caractere, & a été fort applaudie dans les deux : on conçoit que la nombreuse cabale des Vestris l'a merveilleusement bien servie. Au reste, sa tournure a beaucoup contribué aussi à lui gagner les suffrages : elle a la taille charmante, la tête & les bras très-bien placés, & joint souvent à ces avantages les graces & le moëlleux de son habile maître. On ne parle de Mlle. Rose au surplus, que parce que, malgré la foule d'excellentes danseuses que compte le théâtre lyrique, elle a reçu réellement un accueil des plus distingués.

24 *Septembre.* Depuis peu le sieur Molé a voulu faire un tour de force, il s'est attribué le rôle du *Tartufe* dans Moliere, & l'a joué hier pour la seconde fois avec une affluence de monde considérable, mais sans aucun applaudissement. Mlle. Contat qui s'étoit chargée du rôle d'*Elmire*, n'a pas eu plus de succès dans ce genre trop éloigné du sien.

25 *Septembre.* La *Lettre d'un citoyen non-gradué*, attribuée à *M. de Condorcet*, n'est pas restée sans réponse. Il paroît, *Lettre d'un citoyen qui n'est point académicien*, &c. où l'on reproche à un philosophe se disant ami de l'humanité & de la patrie, de vouloir dégrader, avilir le parlement, le seul corps intermédiaire, par l'organe duquel les peuples puissent faire entendre leurs doléances au souverain ; le seul qui lutte encore, quoique foiblement, contre le despotisme qui nous circonvient & nous envahit de toutes parts.

25 *Septembre.* Il est venu depuis peu à tous les imprimeurs, libraires, marchands de livres, col-

porteurs, &c. défenses de vendre aucuns mémoires publiés dans les contestations entre particuliers.

25 *Septembre.* Il passe pour constant que Me. de la Cretelle, qui étoit pour 2 mille livres dans les pensions accordées par le gouvernement aux gens de lettres, a été rayé depuis son mémoire pour le comte de Sanois & sa diatribe contre les lettres de cachet.

25 *Septembre.* M. le comte de Sanois avoit d'abord formé sa dénonciation de la *Lettre d'un avocat à M. de la Cretelle* entre les mains de M. *Herault de Sechelles*, jeune avocat général, très-estimé pour ses talents & sa façon de penser; mais ce magistrat s'en est excusé, sous prétexte qu'il étoit le dernier; il l'a renvoyée à M. Seguier. En conséquence M. de Sanois a eu recours au premier avocat général, qui a objecté que c'étoit une matiere bien délicate; cependant sur ce que celui-ci lui a répondu, qu'il laissoit à sa sagesse de discuter ou non les lettres de cachet; mais qu'il lui dénonçoit l'écrit comme sans nom d'imprimeur, sans permission, & conséquemment comme imprimé, se vendant en contravention aux réglements de la librairie; ensuite comme injurieux, faux, calomnieux envers lui par des assertions controuvées & des faits dénués de toute vérité; M. Seguier a reçu la dénonciation & s'est chargé d'examiner le libelle pour en rendre compte à la saint Martin.

25 *Septembre.* M. Desforges, comédien & auteur, qui, sans doute en sa premiere qualité, a résidé en Russie, frappé d'un événement connu dans cet empire, qu'il prétend authentique & avoir appris à Pétersbourg en 1779, a imaginé

de l'arranger en drame, sous le titre de *Féodor & Lisinka*, ou *Novogorod sauvé*, & de le faire jouer par les comédiens italiens, qui devoient l'exécuter demain. Mais ce sujet étant bizarre, noir, atroce, le costume & les accessoires en étant tout-à-fait extraordinaires & invraisemblables, il a cru devoir prévenir le public par une annonce insérée aujourd'hui dans le journal de Paris. Il y conte l'anecdote & prévient le public sur les singularités qu'on observera dans son drame. Il prétend qu'indépendamment du mérite du fond, sur lequel c'est aux spectateurs à prononcer, on acquerra du moins par son ouvrage, sur-tout lorsqu'il sera imprimé, beaucoup de notions nouvelles sur les Russes, peuple qui mérite plus que jamais l'attention de l'Europe & le regard de l'observateur.

La piece, sur laquelle cette lettre pouvoit éveiller la curiosité du public, se trouve malheureusement retardée par l'indisposition d'une actrice.

26 Septembre. Le mémoire de Mad. de Sanois, consistant principalement en faits judiciaires, en calculs, en dénégations, ne mérite aucun détail & ne produira nulle sensation sur le public en général, qui ne juge & ne s'attache que par instinct.

Ce que le lecteur impartial & réfléchi y observe d'important, c'est qu'on y saute à pieds joints sur le point capital, la détention du comte de Sanois, & cette réticence volontaire prouve que le défenseur de la dame de Sanois n'avoit rien de satisfaisant à dire à cet égard

On y observe encore plus l'injustice, l'irrégularité, l'absurdité plutôt de cette détention, puisqu'en l'accusant d'une mauvaise administration, en lui en demandant compte, on commençoit par lui ôter tous les moyens d'y satisfaire, non-seulement en le privant de secours, de conseils, de communication au dehors, mais même de ses papiers & registres, de toutes les pieces en un mot qui devoient lui servir à former & à établir ce compte. Ainsi son innocence restera entiere à cet égard aux yeux de tous les gens sensés, jusqu'à ce que par l'administration de tous les papiers qu'il réclame & dont il aura besoin, on lui aura facilité les moyens de se défendre, & il ne s'en servira pas, ou ne donnera point ses solutions qu'on a droit d'exiger de lui ; & dans ce cas encore, il restera toujours l'odieux contre la femme., la fille & le gendre, d'avoir fait mettre à Charenton leur mari, pere & beau-pere.

Quant à la réponse de M. de Courcy, on dit que Me. de la Cretelle en est furieux, & il a grand tort : elle est si plate qu'il ne devroit pas s'en offenser. On ajoute qu'il n'y peut tenir & doit y répondre ; il fera bien : mais il auroit encore mieux fait de répondre au prétendu avocat qui, après l'avoir joué, lui avoit prodigué des louanges perfides, lui démontrer malignement qu'il s'est contredit dans ses principes ; qu'en voulant combattre les lettres de cachet, il en a, malgré les abus qui peuvent en résulter, reconnu & avoué pourtant la nécessité : qui lui reproche d'avoir avancé sans preuves, des faits invraisemblables & atroces, d'avoir calomnié gratuitement l'administration, d'avoir prêté aux dépositaires de l'autorité, à tous les religieux de Charenton, à sa belle-mere, à sa femme, & à lui gendre du comte de Sanois, les intentions des plus exécrables scélérats.

Le seul endroit de ce mémoire qui doive piquer M. de la Cretelle, c'est le compte rendu par M. de Courcy de sa conversation avec cet avocat, compte infidele vraisemblablement & qu'il faut rétablir dans toute son exactitude.

26 *Septembre.* Mlle. Clairon, dont on ne parloit plus depuis long-temps, semble s'être venue réfugier dans sa patrie pour y mourir. Elle a loué une superbe maison à Issy : elle est accablée de maux, & sa tête même est quelquefois affectée. Cependant son goût pour la tribaderie se manifeste encore en ce moment : elle a pris avec elle une madame Tessier, grande & superbe femme, qui est comme sa gouvernante, qui semble s'être emparée d'elle exclusivement, & sans doute sera la premiere appellée à recueillir sa succession.

27 *Septembre.* Durant les dernieres séances de l'assemblée du clergé, il a été en effet arrêté définitivement de ne plus affecter des fonds pour pensions, sur-tout à de prétendus apologistes de la religion, qui l'avilissent, au lieu de la rendre plus respectable. N'est-il pas humiliant en effet pour elle de se voir d'une part attaquée par tout ce que la philosophie & les lettres ont de plus recommandable, & de n'avoir pour défenseurs que des gens obscurs, que des cuistres de college, que des imbécilles ou des hypocrites ?

En conséquence, il n'a été accordé cette année que des gratifications, & l'on a affecté d'en donner à beaucoup de laïques, n'ayant écrit en rien sur des matieres religieuses.

27 *Septembre.* On a fait cette année beaucoup d'embellissements au château de Fontainebleau, pour le rendre plus agréable à la Reine. Son auguste époux a poussé l'attention jusqu'à

venir lui-même visiter les travaux & les presser pour le temps où leurs majestés doivent s'y rendre. On dit que l'appartement de la Reine, très-médiocre jusques-là, vilain même, sera de la plus grande magnificence. Son cabinet sur-tout & un boudoir y joint, sont cachés avec un soin extrême ; personne n'y entre. Comme tout ce qu'on se propose de faire ne peut être complet cette année, on suspendra les travaux pendant la durée du voyage ; on vante aussi les écuries comme les plus superbes qu'on ait encore vues.

27 *Septembre.* Extrait d'une lettre de Berlin du 10 septembre.... Quelque temps avant sa mort, le feu Roi de Prusse fit remettre au sieur Villaume de Postdam une collection de manuscrits, qui renferment l'histoire de la guerre de 1756, plusieurs pieces de poésie, & l'histoire entiere de son regne, à laquelle il avoit encore travaillé durant sa derniere maladie. Ces manuscrits sont destinés à l'impression & formeront environ vingt volumes in-8°. On parle sur-tout d'une correspondance entre ce monarque & M. d'Alembert, où les objets politiques sont traités d'une maniere fort désagréable au comte de Vergennes.

28 *Septembre.* Le sieur Enslen, inventeur des figures aérostatiques dont on a parlé dans le temps, a raccommodé celle du Pégase monté par un guerrier, lancé avec succès le 23 octobre de l'année derniere, & en a donné une nouvelle représentation dimanche. Cette figure s'est enlevée à une heure & demie dans les jardins du sieur Ruggieri sur Montmartre, & est venue tomber dans la plaine entre Thiais & Choisy-le-Roi, derriere les potagers, à deux heures & demie, c'est-à-dire, une heure après son ascen-

sion. Les habitants du lieu l'ont observée à une très-grande hauteur, se soutenant bien.

Le sieur Enslen, par une lettre de Choisy, en date du 25, a appris que le notaire du lieu instruit par une lettre que tenoit le Bellérophon du maître de la machine, lui a écrit pour l'avertir que sa figure étoit en sureté, & qu'il ne lui étoit arrivé aucun mal.

29 *Septembre.* Un comte de Cassini, membre de l'académie des sciences, mais plus à raison de son nom que de son mérite personnel, & de la classe d'astronomie, toujours par la même cause, s'est flatté d'avoir fait une découverte, qu'il s'est hâté de consigner dans une lettre du 17 septembre adressée aux journalistes de Paris.

Malheureusement par une autre lettre du 22 adressée aux mêmes, M. le comte de Cassini a été obligé de se dédire; les deux astres nouveaux dont il avoit annoncé l'existence, ont disparu. Ce qui ne laisse pas que de jeter sur ce jeune astronome du ridicule, qui réjaillit un peu sur le corps qui l'a adopté & devroit au moins l'empêcher d'imprimer de pareilles bernes, ainsi que de rappeller celle de Dominique Cassini, son bisaïeul.

29 *Septembre.* Vraisemblablement la famille du cardinal de Rohan, aux approches de la mauvaise saison ayant fait des instances à la cour pour l'empêcher de passer l'hiver dans le séjour mal-sain où il étoit confiné, a obtenu un changement d'exil. C'est à Marmoutier qu'il a dû se rendre. Mais on varie sur ce lieu, parce qu'il y a le Marmoutier près de Tours, & un Marmoutier, autre gros monastere, près de Saverne.

Quant à l'abbé Georgel, il y avoit trois mois qu'il avoit une permiſſion de revenir du Perche & de ſe rendre en Lorraine, ſa patrie, mais ſans paſſer par Paris.

30 *Septembre.* M. de Calonne ſe réveille de nouveau à l'égard de l'agio dont la fureur avoit recommencé depuis pluſieurs mois : afin de la modérer du moins, il a imaginé d'y mettre des entraves. C'eſt ce qu'on voit dans un arrêt du conſeil du 22 ſeptembre, qui, en confirmant les diſpoſitions des précédents, y ajoute la défenſe d'y faire des marches à terme d'effets royaux ou autres effets publics, ayant cours à la bourſe, dont la livraiſon s'étende au-delà de deux mois.

Afin de parvenir à conſtater ces négociations, les agents de change ſont obligés ſous peine d'amende & d'interdiction, d'en tenir un regiſtre exact & fidele & de ſigner leſdits marchés.

Les conteſtations à naître à ce ſujet ſont renvoyées pardevant MM. le Noir, Vidaud de la Tour, & de Fleſſelles, conſeillers d'état; Thiroux de Croſne, Raillard de Granvelle, Tourteau d'Orvilliers & Alexandre, maître des requêtes.

30 *Septembre.* Extrait d'une lettre de Boulogne, du 23 ſeptembre. .. On vient d'élever dans nos cantons un monument auſſi ſimple que modeſte pour conſerver la mémoire de la malheureuſe cataſtrophe des ſieurs Pilatre de Rozier & de Romain.

Au cimetiere de Wimille, village près de notre ville, lieu de la ſépulture de l'aéronaute, on a conſtruit un ſarcophage, ſur lequel eſt expoſé un ballon briſé & renverſé. Deux urnes cinéraires ſont placées de chaque côté. Des inſcriptions latines & françoises apprennent aux voyageurs l'objet de ce monument.

Entre Vimereux & la mer, sur le grand chemin de Boulogne, on a placé une aiguille avec une inscription, pour désigner le lieu de la chûte.

Une souscription faite sans éclat & à petit bruit, tant à Boulogne qu'à Paris, a fourni aux frais du monument.

Il faut ajouter que le nom de Montgolfier est à la tête du petit nombre des souscripteurs.

30 *septembre.* M. le chevalier de Boissimene de Compaigne, chevalier de l'ordre royal & militaire de Saint-Louis, ancien major des troupes de la république confédérée de Pologne, s'est cru défiguré, sans être nommé, d'une maniere flétrissante dans le mémoire de M. le comte de Miaczinski, dont on a rendu compte il y a quelques mois : ce qui pourtant se trouvoit contraire au certificat de ce généralissime en date du 22 septembre 1773, par lequel il atteste que M. de Boissimene s'est distingué dans toutes les actions où il s'est trouvé, sur-tout à celle de Landskron, où il a fait des prodiges de valeur.

En conséquence cet officier françois a écrit deux lettres au seigneur polonois en date des 12 & 26 juin dernier, où il lui remet le soin de son honneur, le prie de donner une explication de l'article qui le concerne & de confondre la calomnie dont ses ennemis se prévalent; sinon il le menace non-seulement de démentir authentiquement des faits sur lesquels la mémoire de M. le comte de Miaczinski le sert mal; mais encore de l'attaquer pardevant les tribunaux en réparation d'honneur.

Le généralissime n'ayant pas répondu à ces deux

lettres, M. de Boissimene a fait imprimer & publier *Observations sur le mémoire de M. le comte Miaczinski, &c.* Elles sont datées de Paris le 18 juillet.

Dans ce mémoire fort circonstancié & très-pressant, M. de Boissimene ne se contente pas de se justifier personnellement, il attaque à son tour le prétendu généralissime, & l'accuse de ne répandre que des fables, des romans, des calomnies; il le tourne parfaitement en ridicule & prétend que le comte de Miaczinski, bien loin d'avoir des millions à répéter contre la France, doit moins à la légitimité de ses droits, qu'à la bienfaisance du Roi, les 6000 livres de pension dont il jouit.

Indépendamment de l'intérêt de curiosité qu'excitent en ce moment les observations de M. de Boissimene, elles doivent être conservées comme pieces historiques & instructives pour ceux qui écriront l'histoire des malheureux troubles de Pologne, d'autant mieux que l'auteur y a joint un plan figuré & très-détaillé de l'affaire de Landskron.

On ne doute pas que ces *Observations* n'aient été communiquées à M. de Vergennes, particuliérement inculpé dans le mémoire du généralissime Polonois; qu'elles ne lui aient fait plaisir & ne paroissent sous ses auspices.

Premier Octobre. Extrait d'une lettre de Bordeaux, du 15 septembre 1786.... Notre parlement a eu grand soin de publier les lettres-patentes du Roi concernant les alluvions, atterrissements & relais formés sur les rivieres de bords navigables, données à Versailles le 28 juillet 1786, & enrégistrées le 29 du même mois. Rien de plus propre à couvrir de ridicule les auteurs de cette piece, que son seul énoncé, où l'on cherche à replâtrer, sans la désavouer formellement, en semblant même la confirmer, toute la mauvaise besogne faite jusqu'à présent sur cette matiere. Voici comme elles sont terminées; pesez attentivement ce qu'on fait dire au Roi.

« Ordonnons que l'entégistrement fait de notre „ exprès commandement le 30 mai dernier, de „ nos lettres-patentes du 14 mai dernier, con- „ cernant la recherche & la vérification des isles, „ islots, atterrissements, alluvions & relais for- „ més dans les rivieres de Gironde, Garonne & „ Dordogne, & sur la côte de Médoc, depuis „ la pointe de la Grange jusqu'à Soulac, sera „ exécuté selon sa forme & teneur : ordonnons „ en conséquence au grand-maître des eaux & „ forêts de Guyenne, de procéder aux procès- „ verbaux & arpentages prescrits par nosdites „ lettres-patentes, *sans néanmoins que l'on puisse* „ *en induire que les alluvions, atterrissements &* „ *relais, formés sur les bors desdites rivieres, ni* „ *d'aucune riviere navigable, puissent appartenir* „ *qu'aux propriétaires des fonds adjacents à la rive* „ *desdites rivieres* : » & à nous, lorsque la rive sera adjacente à des fonds de terre faisant partie de notre domaine; n'entendons que, sous prétexte de recherche & de vérifier, « les terreins » dépendants de notre domaine, *on trouble les* » *propriétaires dans la possession & jouissance des* » *fiefs, terres, seigneuries & autres propriétés* » *qu'ils possedent d'ancienneté par eux ou par leurs* » *auteurs*, & que rien n'annonce faire partie de » notre domaine . . . . »

Je vous demande, s'il ne seroit pas plus noble

de faire dire au Roi, qu'on l'a trompé, & avouer formellement l'injustice qu'on lui faisoit commettre, que de le faire se contredire lui-même au même instant, & employer de misérables subterfuges pour pallier les premieres vexations. ..... Mais c'est qu'il faudroit en punir les auteurs, & l'on ne punit jamais ceux qui font empiéter l'autorité.... ..

Premier Octobre. M. d'Epremesnil, outre sa derniere lettre circulaire aux magistrats du conseil, en date ~~du~~ 5 juillet, très-courte, mais violente contre la mémoire du général Lally, pour les prévenir de se tenir en garde & de ne point se laisser aller aux séductions de son défenseur, en avoit écrit précédemment & long-temps avant une plus longue & plus détaillée dès le 21 février 1785. M. de Tollendal, indigné de cette conduite, a fait parvenir aussi une lettre aux mêmes magistrats, où par son éloquence nerveuse, il écrase son verbeux adversaire : celui-ci a encore riposté par une troisieme lettre, pleine de vent, où il se loue à toute outrance. Quoi qu'il en soit, le conseil assemblé le 4 septembre, n'en a pas moins prononcé un interlocutoire très-favorable, par lequel il a ordonné que le parlement de Dijon seroit tenu d'envoyer les motifs de son arrêt & de remettre les charges & informations, &c.

Il y a eu une seule voix pour laisser subsister l'arrêt de Dijon, dix neuf pour le casser sur le champ, & trente-six pour l'interlocutoire.

2 *Octobre.* Monsieur l'abbé Proyart s'est voué spécialement à nous donner l'histoire des personnes de la famille royale mortes depuis peu. Il a fait la vie du Dauphin, pere du Roi, celle du duc de Bourgogne, celle du roi Stanislas : il a reçu

pour cette fin beaucoup de mémoires & de secours; sur-tout de Mesdames, filles de Louis XV. Encouragé par ces essais, il a composé aussi une vie de la feue Reine, & il étoit prêt à la livrer à l'impression; mais il n'a pu obtenir un privilege; on lui a dit qu'on craignoit des allusions désagréables & critiques.....

2 *Octobre.* On a commencé à s'élever fortement contre un nouveau rituel de M. l'archevêque de Paris, en trois volumes, & l'on ne seroit pas surpris qu'il fût déféré au parlement, à raison de certaines assertions, par lesquelles l'auteur empiete sur l'autorité temporelle.

2 *Octobre.* On assure que sur les remontrances du cardinal au sacré college, de l'impossibilité où il se trouvoit de comparoir à Rome & d'établir si promptement sa justification; le consistoire a décidé, le 4 septembre, de lui faire accorder par sa sainteté encore six mois de délai pour se purger. On dit qu'en conséquence Me. Target a travaillé un mémoire pour la cour de Rome.

3 *Octobre.* Extrait d'une lettre d'Auxerre, du 25 septembre 1786... Il y a à espérer que vous n'éprouverez plus à Paris les craintes qu'on y a ressenties les années dernieres de manquer de bois. Le maître particulier des eaux & forêts de cette ville a fait recevoir de M. Desforges, maître des requêtes, chargé du département des domaines & bois, le moyen de réaliser le projet concernant un canal à construire en Nivernois, qui joignant la haute Loire à la Seine, feroit parvenir dans la capitale les bois de cette province, très-fertile en pareilles productions. Ce projet ancien éprouvoit de grandes difficultés, puisque le président Jeannin s'occupa

ſous Henri IV de la même jonction, ſans que depuis elle ait pu s'effectuer.

Le moyen de M. Menaſſier (c'eſt le nom de l'auteur du mémoire) a été rapporté le 1 ſeptembre dernier par MM. l'abbé Boſſut, l'abbé Rochon & le marquis de Condorcet, membres de l'académie des ſciences, qui l'ont fait agréer du miniſtere.

La quantité de cordes de bois qu'on ſe procurera annuellement par ce canal, eſt évaluée par M. Menaſſier à ſoixante-dix ou quatre vingts mille cordes de bois, du poids de trois mille livres; c'eſt-à-dire, à environ le quart de l'approviſionnement de Paris.

On compte qu'il faut ſix ans pour que le canal ſoit creuſé & puiſſe ſervir à la flottaiſon des bois.

3 *Octobre* Pour mieux entendre l'eſprit de l'enrégiſtrement de la déclaration concernant les portions congrues, il eſt bon de ſavoir préalablement ce qui s'eſt paſſé dans l'aſſemblée des chambres & entre les commiſſaires, dont voici un détail circonſtancié.

Les plus ſages du parlement ont repréſenté au ſujet de la déclaration ſur les portions congrues, que ſi l'on retardoit l'enrégiſtrement, ils ſeroient accuſés de s'oppoſer au bien d'une portion du clergé abandonnée & malheureuſe.

Les plus attaches aux anciennes fonctions repréſentoient, que la déclaration rendoit les évêques les maîtres abſolus des biens ecléſiaſtiques de leurs dioceſes : ils ont beaucoup examiné tous les cas poſſibles & dépendants du premier projet de l'acte de declaration du roi. On a inſiſté beaucoup ſur ce que la cherté des vivres ayant augmenté, les baux augmentoient en proportion, & donnoient aux gros décimateurs les moyens d'augmenter la portion du curé. On a dit que s'il y avoit des paroisses dont la dîme ne donnoit pas même une portion congrue, il étoit injuste de lui attribuer celle d'une paroisse voisine, le droit commun n'obligeant les paroisses à fournir des aliments qu'à leurs curés primitifs ou effectifs.

On est dans le principe que la destruction des bénéfices simples ôteroit à un grand nombre d'ecclésiastiques, qui n'ont pas le crédit d'être abbés ou évêques, un dernier moyen de subsister : Messieurs n'en favoriseront pas la suppression ; ils ne veulent pas que ces revenus qui soutiennent une classe d'ecclésiastiques, indépendants du haut clergé soient convertis en une masse de fonds administrés par les prélats ; & cependant comme les secours pour les vieux curés & les curés de ville sont devenus nécessaires, plutôt que de détruire les bénéfices simples, ils préferent la distraction des menses monacales. Ils n'ont guere parlé de leurs indults ; mais ils ont mis en avant les ressources de ces sortes de bénéfices pour les ecclésiastiques sans crédit.

On a parlé de quelques unions faites par M. d'Autun, qui diminuent prodigieusement le nombre de ces bénéfices ; plusieurs, & sur-tout le premier président, chez qui va beaucoup M. d'Autun, ont éludé cette question-là.

Les séminaires ne semblent pas protégés par le parlement. On a représenté que la plupart étant indépendants, quant au temporel, des évêques, & cependant devenus fort riches par les unions successives de bénéfices, au lieu d'employer les biens à secourir les pauvres étudiants, les emploient en riches & somptueux bâtiments & à enrichir leur congrégation : on a cité le séminaire d'Auxerre comme très-riche. On a parlé de la constitution politique de ces maisons ; & si dans le détail des dioceses il s'agit d'eux, il ne paroît pas qu'ils soient favorisés.

On a demandé sur la masse des fonds pour les vieux curés invalides & pour les fabriques, à qui l'administration en seroit confiée. On a dit que cet article n'ayant rien de déterminé, non plus que celui de la suppression des cures, il falloit s'opposer à ce qu'elles le fussent par les vues privées d'un évêque, & qu'il falloit donc, en enrégistrant la déclaration, se mettre dans le cas d'observer avec le plus grand détail & dans des états séparés les demandes de chacun d'eux.

On est dans la prévention que le clergé ne s'occupe qu'à abaisser les prêtres du second ordre. Il a été fait en public un éloge pompeux de l'archevêque de Toulouse, qui, de son propre mouvement, a secouru ses curés & vicaires.

On a parlé du rituel de l'archevêque de Paris & de quelques entreprises qu'il a faites sur le pouvoir séculier ; mais comme ce prélat accueille un grand nombre de conseillers-clercs, leur fait espérer des bénéfices, ils ont soutenu sa cause, & cette affaire n'a pas fait de bruit.

C'est M. Robert de Saint Vincent, fameux janséniste, qui a mis le rituel sur le tapis.

3 *Octobre.* On annonce une vie de M Turgot par le marquis de Condorcet, & comme elle se vend sous le manteau & fort cher, l'on présume qu'il y a des choses très-philosophiques, c'est-à-très-hardies.

4 *Octobre.* On a parlé de la sensation causée

par la fille Salmon ſur les deux troupes de comédies ; mais on n'a pas rendu compte de deux anecdotes dramatiques qui la concernent, eſſentielles à conſerver : c'eſt à la ſalle des François qu'elles ſe ſont paſſées.

Victoire Salmon y aſſiſtoit pour la premiere fois de ſa vie, le 8 juin, avec ſon avocat, Me. le Cauchois. Elle s'étoit placée dans la galerie ; mais les comédiens, pour qu'elle fût ſans doute plus en vue, l'inviterent à paſſer, ainſi que ſon défenſeur, au balcon ; c'eſt alors qu'elle fut ſinguliérement applaudie.

On jouoit la tragédie de Muſtapha : lorſqu'au cinquieme acte Soliman demande à Iſmin par quel ordre il a fait enlever la fille de Thamas & ſoulevé le peuple ; & que le traître répond que c'eſt par l'ordre de ſon fils : Salmon plus vivement agitée, s'écrie : *Il ment, il ment*, & ſe tournant vers Me. le Cauchois : *Ah ! mon Dieu, papa ; mais c'eſt un faux témoin....*

On donnoit pour ſeconde piece *l'Amant bourru*. Le ſieur Molé y faiſoit le rôle de Morinzer, & Mlle. Contat celui de la comteſſe. A la troiſieme ſcene du troiſieme acte, Mlle. Contat adreſſa au public ces trois vers :

> Le vérité perce mal-aiſément,
> Mais elle n'a beſoin que d'un jour favorable,
> Et ſon triomphe en eſt plus éclatant.

Tout le monde ſaiſit l'application & battit des mains ; alors le ſieur Molé & la demoiſelle Contat crurent pouvoir en faire autant.

Quoique la fille Salmon & ſon défenſeur fuſſent reſtés long-temps après le ſpectacle pour éviter la foule, en ſortant ils trouverent les portiques de la comédie inondés de la foule qui les attendoit, & on les conduiſit avec des acclamations juſqu'à leur fiacre.

4 *Octobre.* M. le comte de la Platiere & M. le prieur du Temple, qui eſt pour moitié dans le ſecret de rendre facilement & à peu de frais toute terre combuſtible, pourſuivent l'exécution de leur projet; ils en doivent faire l'expérience à Fontainebleau devant le Roi. Ils ont préalablement été aujourd'hui chez M. de la Boulaye, intendant général des mines. On a pris dans le jardin de celui-ci une portion de terre quelconque, qu'on a enfermée & cachetée dans un cuillon, afin d'éviter toute ſupercherie, & c'eſt cette terre qui doit ſervir à l'expérience.

4 *Octobre.* Entre les prétendants aux récompenſes du clergé, MM. de Saint-Pierre, auteur des *Etudes de la Nature*; l'abbé Content de la Molette, grand hébraïſant, & l'abbé Yvon, qui a tout récemment compoſé une *Hiſtoire de la religion*, où l'on accorde la philoſophie avec le chriſtianiſme, non-ſeulement n'ont rien obtenu, mais ont été rayé honteuſement.

M. de Saint-Pierre, lorſqu'il a été queſtion de lui dans l'aſſemblée, a été combattu par un membre du ſecond ordre, qui s'eſt oppoſé à ce qu'il fût inſcrit ſur la liſte du clergé, à raiſon de certains paſſages de ſon livre qui n'étoient rien moins qu'orthodoxes: un autre membre du même ordre, ayant voulu défendre M. de St. Pierre, le premier a tiré le livre de ſa poche, a lu les paſſages répréhenſibles, & l'on a été de ſon avis.

Quant au ſecond, on ne dit pas les motif d'une excluſion auſſi injurieuſe.

Pour

Pour le troisieme, le tableau qu'on a fait des variations de sa conduite, depuis la thèse de l'abbé de Prades jusqu'à présent, a suffi pour le faire exclure & lui attirer le traitement qu'il a reçu.

5 *Octobre*. Deux jeunes gens de *Novogorod la grande* s'aimoient; & comme leurs peres étoient mal ensemble, les yeux seuls avoient parlé. L'amant désespéré tomba dans une langueur mortelle, & prêt à quitter la vie se traîna jusqu'à la maison de sa maîtresse. Il obtint de sa gouvernante d'exhaler son dernier soupir en présence de la demoiselle. Le pere survint. On cacha le jeune homme sous des matelas roulés à la Russe, au fond de la chambre; le pere s'y assit sans le savoir & sortit ensuite. Quand on voulut en retirer le malheureux amant, il n'étoit plus.

Il fallut se débarrasser du cadavre; on propose à un esclave de l'enlever : celui-ci supposant que l'amant avoit été heureux, veut l'être aussi pour prix du service qu'on lui demande.. La malheureuse victime évanouie se trouve à son réveil l'esclave de son esclave. Il la traînoit les nuits, pendant le sommeil de son pere, dans les tavernes, où il avoit coutume de s'enivrer, & l'or de l'infortunée (fille d'un marchand très-riche, dont elle avoit toute la confiance) servoit à payer ses infames débauches. Il alla une nuit entr'autres, jusqu'à vouloir la livrer à la brutalité de ses camarades. L'infortunée alors retrouve tout son courage, s'arme d'un flambeau, & met le feu à la cabane de bois; repaire impur de ces scélérats. Ils périssent tous dans les flammes. De là elle court à Saint-Pétersbourg se jeter aux pieds de Catherine II, qui lui pardonne & la fait mettre, de son consentement, dans un monaſtere, où probablement elle eſt morte.

Tel eſt le fait que raconte M. Desforges, la baſe de ſon drame, & qu'il a ſuivi ſans doute trop littéralement. Il a été exécuté avant-hier avec une grande affluence de ſpectateurs, que la curioſité avoit attirés. Comme le parterre étoit fourré de gagiſtes pour applaudir, la piece n'eſt pas tombée, mais a déplu à tous les gens de goût. Il faut attendre & voir la ſuite de quelques repréſentations.

5 *Octobre.* On renouvelle les paris que M. d'Aligre ne ſera point premier préſident à la rentrée.

5 *Octobre.* Le *Muſée de Paris*, qui n'eſt pas encore aſſis ſur des fondements bien durables, eſt changé de domicile. Depuis peu il tient ſes aſſemblées dans une ſalle des grands cordeliers, où le fameux Scott, appellé par excellence le Doctor Subtil, donnoit ſes leçons & où ſa chaire ſubſiſte encore. Ce vieux monument en impoſe tellement à nos jeunes littérateurs, que quoiqu'il fût naturel que les lecteurs y montaſſent tour-à-tour pour ſe faire mieux entendre des aſſiſtants, chacun craint de la ſouiller en quelque ſorte en l'occupant; elle reſte vuide. Du reſte, on n'a pas été reproduire en ce lieu tous les colifichets dont on avoit décoré le précédent; il eſt d'une ſimplicité, d'une nudité plus convenable au genre ſcholaſtique.

6 *Octobre.* La *Lettre de M. d'Epréméſnil* circulaire à tous les membres du conſeil du Roi, en date du 21 février 1785, étant trop longue pour être inſérée ici; il ſuffira, pour juger combien elle eſt folle & indécente, de copier litté-

ralement la ſeconde, très-courte, & dont une ſeule phraſe eſt comme le réſumé entier.

« Monſieur, j'écrivis & j'étois prêt à vous adreſſer l'année dernière la lettre que j'ai l'honneur de joindre à celle-ci Les conſeils de mes amis en arrêterent l'envoi : inſtruit que la requête du ſieur de Tollendal vient d'être admiſe, je ne crois pas devoir différer plus long temps à mettre ſous vos yeux cette lettre, où vous verrez, Monſieur, le réſumé des principaux crimes du général Lally, de cet homme dont le nom eſt encore dans l'Inde le cri du déſeſpoir des peres irrités, qui diſent à leurs enfants, quand les reproches ſont épuiſés .... *Monſtre, tu veux donc devenir un Lally !* »

Je ſuis avec reſpect, &c.

6 *Octobre*. Chacun s'empreſſe d'aller voir à l'hôtel-de-ville le buſte de M. le marquis de la Fayette, exécuté par le ſieur Houdon, & placé dans une des ſalles de cet hôtel avec beaucoup de cérémonies & d'appareil, ſuivant le vœu des états de Virginie, qui l'ont fait exécuter double, l'un pour eux, & l'autre pour reſter dans la patrie du héros, leur défenſeur.

1º. M. Jefferſon, miniſtre plénipotentiaire des Etats-Unis, a écrit le 27 ſeptembre une lettre aux prevôt des marchands & échevins de la ville de Paris, où il leur a fait part du deſir des états de Virginie, que leur hôtel, appelé énergiquement *la maiſon commune*, reſtât dépoſitaire du ſecond témoignage de leur reconnoiſſance.

2º. M. le baron de Breteuil, miniſtre & ſecrétaire d'état au département de Paris, a écrit au bureau de la ville, que le Roi, à qui il en avoit rendu compte, approuvoit que ce buſte fût accepté par la ville.

3°. En conſéquence la ville aſſemblée le 28 ſeptembre, M. Short, ancien membre du conſeil des états de Virginie (pour M. Jefferſon, malade) eſt arrivé à l'hôtel-de-ville avec le buſte & les pieces néceſſaires à cette eſpece d'inauguration.

4°. Le prévôt des marchands a ouvert la ſéance par en annoncer le motif & l'objet, & a remis au greffier en chef toutes les pieces pour en faire lecture.

5°. Après cette lecture, M. Ethys de Corny, avocat & procureur du Roi, & chevalier de l'ordre de Cincinnatus, a prononcé un diſcours relatif aux circonſtances.

6°. Tout ce préalable terminé, le buſte a été placé au bruit d'une muſique militaire & aux acclamations de toute l'aſſemblée.

Un homme de lettres a appliqué au marquis de la Fayette, comme pour inſcription de ſon buſte, ce que dit Tacite de Germanicus : *fruitur famâ ſui.*

7 *Octobre.* La lettre de M. Jefferſon à la ville eſt conçue ainſi : « Les états de Virginie, en » reconnoiſſance des ſervices du major général » le marquis de la Fayette, ont réſolu de pla- » cer ſon buſte dans leur capitale. Leur inten- » tion d'ériger un monument à ſes vertus & » aux ſentiments qu'ils lui ont voués, dans le » pays auquel ils ſont redevables de ſa naiſ- » ſance, leur a fait eſpérer que la ville de Paris » conſentiroit à devenir la dépoſitaire de ce » ſecond témoignage de leur reconnoiſſance. » Chargé par les états de l'exécution de la

» délibération qu'ils ont prise, j'ai l'honneur de » solliciter MM. les prévôt des marchands & » échevins d'accepter le buste de ce brave of- » ficier, & de le placer dans un lieu qui » puisse rappeller toujours cet hommage hono- » rable & attester le dévouement des alliés de » la France. »

7 *Octobre.* Il passe pour constant que la cour, en effet mécontente de M. d'Aligre, qui ne s'est prété, dans les dernieres circonstances, à ses desirs autant qu'elle l'auroit voulu, dans l'espoir qu'il se retireroit de lui-même, lui a fait écrire par le garde des sceaux, que le Roi jugeant que sa santé devoit être rétablie depuis plusieurs années, qu'elle l'avoit dispensé de la moitié de son service, desireroit qu'il le reprît & le continuât en entier, comme ci-devant.

M. d'Aligre, qui a senti le piege, a répondu à M. le garde des sceaux, qu'il espéroit en effet que le rétablissement de sa santé le mettroit désormais en état de remplir ses fonctions dans toute leur étendue, & qu'en conséquence, à commencer de la saint Martin, il présideroit seul à toutes les audiences.

7 *Octobre.* Le sieur Morande, le rédacteur actuel du courier de l'Europe, écrivain absolument diffamé aux yeux de toute la littérature, accusé & convaincu de vendre sa plume & même son silence à qui veut les payer, depuis quelque temps n'ayant pas trouvé le comte de Cagliostro disposé à acheter le dernier, s'est livré absolument aux ennemis de cet aventurier plus en état de le soudoyer, & l'a vilipendé périodiquement dans son journal, notamment dans les N°. 17 & 18, où, en ressassant les vilai-

nes affaires reprochées au comte prétendu par vingt libellistes qui l'ont attaqué, il parle encore avec plus de certitude apparente, il donne à entendre, il certifie même qu'i a les preuves en main, les pieces justificatives de tout ce qu'il avance.

Afin de donner plus de consistance à ces diatribes nouvelles, qui au fond n'ont pas plus d'authenticité que les autres & se décréditent beaucoup en sortant d'une plume aussi infernale que celle de l'auteur du Gazetier cuirassé, les ennemis du comte de Cagliostro, les gens intéressés à le couvrir de ridicule & d'infamie, ont fait recueillir ces différents paragraphes scandaleux, sous le titre de *ma Correspondance avec le comte de Cagliostro.*

Au reste, il y a des faits très-graves dans cette espece de mémoire, qui mériteroient vraiment attention, s'ils sortoient d'une autre bouche que celle du sieur Morande, d'autant qu'il seroit aisé de les éclaircir, puisqu'ils se sont passés en Angleterre, & qu'il cite des autorités qu'on pourroit invoquer.

8 *Octobre.* Le 24 septembre, le marquis de Chabert, chef-d'escadre des armées navales, inspecteur de la marine, a présenté au roi, sous les auspices du maréchal de Castries, une nouvelle carte de l'Océan occidental, dressée au dépôt sous sa direction, avec une analyse des matériaux sur lesquels cette carte est dressée, & dont une grande partie est due aux officiers de la marine de France versés dans l'astronomie.

8 *Octobre.* On lit à la tête de la *Correspon-*

dance du sieur Morande &c. cet *Avis de l'Imprimeur.*

« On nous promet de Paris des pieces authen-
„ tiques sur le premier voyage que Cagliostro
„ & sa femme y firent sous le nom de Balsamo;
„ ces pieces intéressantes rempliront la lacune
„ de l'historiographe anglois & justifieront l'ex-
„ pulsion de France, décernée contre des gens
„ suspects.

„ Nous attendons aussi de Rome des instruc-
„ tions positives sur la naissance de la Felichiani,
„ se disant d'une famille noble & comtesse de
„ Cagliostro. Le public ne tardera pas à les
„ revoir. »

8 *Octobre.* Ceux qui ont assisté à l'inauguration du buste de M. de la Fayette à l'hôtel-de-ville, parlent avec éloge du discours de M. Ethys de Corny, roulant sur trois points principaux : les services de ce jeune héros dans l'Amérique septentrionale, la confiance de l'armée, l'attachement des peuples pour ce général. L'orateur a rassemblé tout ce qui pouvoit y jeter beaucoup d'intérêt ; il a sur-tout rapproché ingénieusement trois circonstances particulieres, qui lui ont donné des rapports directs avec le marquis de la Fayette.

1° C'est entre les mains de M. de Corny qu'il prêta serment, lorsqu'il fut reçu capitaine au régiment de Noailles.

2° M. de Corny fut chargé de l'accompagner au commencement de 1780, pour aller faire les dispositions relatives à l'envoi d'un corps de troupes françoises, & il servit en qualité de lieutenant colonel de cavalerie dans l'armée américaine, dont M. de la Fayette étoit major général.

3°. Comme procureur du Roi de la ville de Paris, il se trouvoit dans le cas ce jour-là de faire le réquisitoire & de donner des conclusions nécessaires pour la réception du buste.

9 *Octobre.* La rapsodie du sieur Morande, faisant beaucoup de bruit dans ce pays-ci où l'on adopte avec une égale avidité & le pour & le contre, il est bon d'entrer dans plus de détails de ce qu'elle contient.

1°. Réponse à la lettre du comte de Cagliostro. On peut se rappeller cette Lettre si violente, dont on a parlé dans le temps. La réponse n'est point sans sel; mais elle ne détruit pas les assertions capitales du comte, & d'ailleurs elle est imprégnée de maximes ministérielles, de principes despotiques, qui annoncent & caractérisent un mercenaire, un esclave dans l'écrivain.

2°. *Les principaux événements de la vie merveilleuse du fameux comte de Cagliostro, écrits sur le vu des preuves les plus authentiques par le S***. rédacteur du courier de l'Europe.* C'est ici que commencent les extraits de ce journal, où l'on reproche entr'autres choses à cet aventurier l'escroquerie en Angleterre d'un collier, qui lui suscita en 1776 un procès dont il se tira fort mal.

3°. Après ces détails, qui ne sont pas encore tout-à-fait convaincants pour un homme impartial, se trouve *Lettre du comte de Cagliostro au sieur Morande, rédacteur du courier de l'Europe, du 3 septembre 1786.*

Il faut distinguer cette piece vraiment amusante. On l'attribue à l'ancien défenseur du comte de Cagliostro, à Me. Thilorier, qui est allé en Agleterre & réside auprès de lui depuis plusieurs mois. On juge qu'il l'aura encore servi de sa plume en cette occasion, & la plaisanterie est digne de l'auteur du mémoire en faveur de cet accusé.

4°. *Réponse de M. de Morande à Joseph Balsamo, soi-disant comte de Cagliostro, colonel au service de toutes les puissances de l'Europe.*

On admire une méchanceté rare dans la réponse, mais bien différente du ton léger & badin de la premiere; d'ailleurs l'embarras & de l'obscurité, qui en rendent la lecture fatigante.

5°. Enfin, le sieur Morande prenant un ton de réserve, d'honnêteté & de modestie, qui ne lui est pas ordinaire, qui ne lui va point du tout, rend compte des motifs qui l'ont déterminé, forcé en quelque sorte à prendre le parti tranchant de démasquer le sieur de Cagliostro par des faits. Il est certain que sa conduite ne seroit que louable, si elle étoit telle qu'il la représente, & si l'on pouvoit ajouter quelque foi à la vérité d'un pareil historien.

Depuis cette réponse, il a paru *suite de ma Correspondance avec M. le comte de Cagliostro*, contenant des anecdotes sur son voyage à Paris en 1772 & 1773, par lesquelles il est prouvé que M. le comte de Cagliostro & le sieur Balsamo, peintre, sont une seule & même personne.

C'est le sieur Morande qui dit tout cela; car les preuves de l'identité ne sont rien moins que convaincantes pour un raisonneur difficile & non prévenu. Il met aussi la femme à Sainte-

Pélagie : il cite un commissaire Fontaine, un inspecteur de police Buhot, & cet autre fait ne reste pas plus éclairci.

En général, il est temps que la Correspondance s'arrête ; car le sieur Morande, après avoir d'abord excité la curiosité à cause de la singularité du personnage & de ses aventures, finiroit par ennuyer & dégoûter ses lecteurs.

9 *Octobre.* M. de Mopinot, lieutenant-colonel de cavalerie, ci-devant ingénieur des armées du Roi, membre de diverses académies nationales & étrangeres, & connu surtout par son patriotisme & par plusieurs ouvrages qui ne parlent que le langage de la vertu & de l'honneur, étoit particuliérement lié avec M. Pigal : en conséquence plus à portée qu'un autre de parler de cet artiste, il en a composé un éloge qui, quoiqu'imprimé, ne se vend point : il est très-bien fait & contient des anecdotes précieuses & qu'on ignoroit : on en pourra citer quelques-unes, lorsqu'on aura eu communication de ce morceau rare & intéressant.

9 *Octobre.* Le sieur Cromo attaché, comme l'on sait, à Monsieur, est à Brunoy avec ce prince : malgré le triste état de sa santé, il a voulu se rendre en ce lieu auprès de son maître, & l'on ne feroit pas surpris qu'il y mourût. Ce qui a fait dire aux plaisants, qu'il étoit comme M. de Gisors, qu'il vouloit périr à la tête des carabiniers. En effet, ce corps est campé aux environs de Brunoy, & sa majesté doit en faire la revue avant de se rendre à Fontainebleau.

10 *Octobre.* Il faut se rappeller le bruit très-

accrédité que M. le controleur général avoit acheté Moulin-joli pour madame le Brun ; ainsi que l'affectation de cette dame de nier dans les papiers publics le fait, qui n'en est devenu que plus certain pour les gens un peu fins : quoi qu'il en soit, un galant, sans doute, de la cour de cette beauté, a composé à ce sujet le couplet suivant, sur *l'air de Joconde* :

Souffrez qu'un critique poli
En public vous réponde ;
Vous possédez Moulin-joli,
Le plus joli du monde ;
Pourtant ne l'avez acheté,
Meûniere jeune & tendre,
Et l'on enrage en vérité
Qu'il ne soit pas à vendre.

10 *Octobre*. On vient de perdre M. Sacchini, ce fameux compositeur italien, que les bontés de la Reine ont fixé dans cette capitale depuis 1782, avec une pension de 6000 livres.

Il étoit né en 1734 à Naples : éleve de Durante, en même temps que messieurs Piccini, Traetta & Guglielmi, c'étoit un des meilleurs soutiens de cette école. Il n'est aucun de ses opéra qui n'offre des morceaux supérieurs & sentant le maître; il savoit avec peu de chose produire de grands effets, ce qui est le propre du génie. Il étoit fort sujet à la goutte & vraisemblablement quelque révolution de cette espece l'aura emporté avant-hier, huitieme de ce mois.

11 *Octobre*. Les lettres du Limousin & du Berri annoncent que les ingénieurs sont occupés à prendre les niveaux, à calculer les hauteurs des collines & l'éloignement des rivieres, pour former le projet d'un canal qui réuniroit la Loire à la Garonne, en traversant le Limousin & de débouchant dans la Vezove & la Dordogne d'une part, & de l'autre dans la Vienne.

On a parlé du canal de Nivernois, de celui de Bourgogne, qui se poursuit avec la plus grande activité : on a repris celui de Picardie, & le états de Bretagne s'occupent de projets de canaux arrêtés dans cette province. Il doit résulter de tant de communications qui vont s'établir dans le royaume, des progrès sensibles dans le commerce.

Le regne de Louis XV a été mémorable par les grands chemins, celui de Louis XVI le sera encore plus par les canaux de navigation.

11 *Octobre*. On apprend par l'éloge historique de Pigal, par M. Mopinot que dans le principe de sa composition du mausolée du maréchal de Saxe, résumé de la vie entiere du héros, il avoit placé dans le fond un Amour qui se désoloit & qui éteignoit son flambeau, en voyant descendre Maurice dans la tombe : on critiqua cette image, trop vraie, comme avilissant la mémoire du maréchal, & indécente dans le lieu où le mausolée devoit être placé : on força Pigal de transformer cet Amour en génie de la guerre, ayant un grand casque sur la tête ; mais lorsqu'il plaça le monument à Strasbourg, il se hata d'enlever le casque & rétablit le petit Dieu tel qu'il devoit être. De-là deux gravures différentes de ce mosolée.

Pigal offensé qu'on donnât le cordon de saint Michel aux peintres fameux & non aux sculpteurs, se mit en tête de l'obtenir, moins par vanité que pour faire supprimer une exception injurieuse à son art, & il réussit ; plusieurs sculpteurs ont reçu depuis cet honneur.

C'est toujours par ce même zele pour l'illustration de son art que, ne pouvant rédiger ses idées sur le papier, il avoit engagé M. Mopinot à les adopter & à composer un mémoire, pour faire valoir l'excellence de la sculpture & même sa supériorité sur la peinture.

Ce mémoire intéressant avoit été rédigé quelques mois avant la mort de Pigal : on ne dit point s'il avoit été présenté au ministre de cette partie ; mais il paroît que jusqu'à présent il n'a pas produit l'heureux effet que Pigal en attendoit.

11 *Octobre.* Quoiqu'il n'y ait qu'une voix sur le drame de M. Desforges, que tout le monde trouve horrible ; sans doute la curiosité y attire des spectateurs, & chacun veut envisager de près ce monstre dramatique, toujours resté tel, malgré les précautions prises par l'auteur pour le rendre ostensible : nous allons maintenant suivre les changements faits au sujet & discuter s'ils sont toujours heureux, s'ils produisent l'effet qu'il s'est proposé.

1°. La scene s'ouvre par le récit d'un incendie, auquel le gouverneur vient de mettre ordre, & qui se détermine à porter une loi, suivant laquelle tout propriétaire de maison où le feu prendra, n'importe comment, est condamné à la peine de mort. Il consulte là-dessus deux personnages : dans cette foible parodie de la scene d'*Auguste*, le premier trouve la loi trop dure, le second l'approuve : en sorte qu'elle passe & se publie.

On conçoit que l'auteur a imaginé cette espece d'avant-scene pour établir le caractere des deux peres, dont l'un (celui du jeune homme) modele de douceur & de sagesse, est plein d'ame & de sensibilité ; dont l'autre (le pere de la demoiselle) est d'une dureté, d'une inflexibilité, qui tiennent à la barbarie. Mais outre cette bizarrerie de faire commencer & finir la piece par un incendie, il en résulte une confusion dans l'esprit du spectateur, qui reste en suspens un moment ; qui se demande si cet incendie est le véritable ou le fictif, & ne peut qu'en savoir mauvais gré au poëte.

2o. Pour agrandir son action & la rendre plus intéressante, M. Desforges a supposé que l'esclave, le principal pivot de la piece, a formé une conjuration, afin de l'affranchir lui & ses camarades ; ce qui rend l'action double &, en partageant l'intérêt, l'anéantit ; d'ailleurs en s'occupant de l'essentiel qui est la tendresse des deux amants l'un pour l'autre, l'auteur n'a pu creuser assez la seconde, trop importante cependant, pour ne pas mériter plus de développement.

3°. Dans la vue d'anoblir & son sujet & son héros, il fait de cet esclave, un chef des Tartares, un ancien Kan ; origine qui n'est ni assez motivée, ni assez bien établie précédemment, qui d'ailleurs ne sert qu'à le dégrader davantage, par la maniere vile dont il se conduit.

4o. Forcé d'adoucir le trait historique inadmissible sur la scene, suivant lequel l'esclave avoit profité de l'évanouissement de la jeune personne ;

pour assouvir sa brutale passion, il le rend un amoureux respectueux; il lui fait exiger seulement qu'elle devienne son esclave à son tour : condition encore plus révoltante, s'il est possible, que la premiere, parce que l'une est l'effet d'un délire qui l'aveugle & l'enivre; l'autre, le résultat d'une combinaison réfléchie qui ne suppose qu'un barbare atroce.

5°. Le motif d'humanité, celui d'épargner à sa gouvernante l'effet terrible de la fureur de son pere, qui détermine la jeune personne à recevoir la loi de cet esclave, n'est pas assez puissant aux yeux du spectateur, qui par-là se refroidit à son égard & perd de son intérêt; on ne peut l'excuser de se déshonorer réellement pour éviter les bruits publics qu'elle craint sur son compte après sa mort.

6°. Dans la véritable aventure, l'amant est mort : ici pour satisfaire la loi du théâtre italien, sur lequel personne ne doit mourir, ce qui tiendroit à la tragédie qui lui est interdite, M. Desforges le suppose en léthargie; il donne des signes de vie au moment où l'on va le jeter dans le Volga, & on le conserve pour servir d'otage aux conjurés.

Ce changement ne fait que rendre plus sensible un défaut capital dans la conduite de la jeune personne & de sa gouvernante, qui auroit dû être de chercher à s'assurer s'il est véritablement mort, à prendre avant de le faire enlever, tous les moyens de le ramener à la vie. D'ailleurs est-il vraisemblable, que l'esclave, s'il est véritablement amoureux de sa maîtresse, épargne son rival, celui qui doit nécessairement la lui ravir, dès qu'il le pourra : enfin, à la veille d'exécuter une conspiration, de mettre tout à feu & à sang dans Novogorod, de quoi peut servir aux conjurés ce personnage, qui n'est propre qu'à les embarrasser ?

Tels sont les principaux reproches qu'on peut adresser à M. Desforges, qui semble avoir oublié en cette occasion les premieres regles de son art ; car les entrées & les sorties des acteurs ne sont souvent pas motivées, & la scene reste quelquefois vuide.

12 *Octobre.* L'objet du *Mémoire sur l'art de la sculpture*, imaginé par Pigal & rédigé par M. Mopinot, étoit de faire connoître à M. d'Angiviller que les artistes de cette classe, au moins aussi estimables que les peintres, leurs confreres dans la même académie, ne participoient presque à aucune des distinctions & des faveurs versées en si grande abondance sur ceux-ci.

Ils ont pour encouragement la premiere place de premier peintre du Roi, accompagnée d'émoluments considérables, qui donne la prééminence sur les peintres, sur les sculpteurs & même sur les architectes : celle de directeur de l'académie de France établie à Rome, qui donne de la considération & autorité sur les jeunes architectes, sculpteurs & peintres, que le Roi de France y envoie & y entretient : celle de directeur de l'école gratuite de dessin, qui procure un très-beau logement, de forts émoluments, la nomination de plusieurs professeurs, & l'agrément de donner l'entrée gratuite dans cette école à douze ou quinze cents jeunes gens : les places d'inspecteurs de manufactures des Gobelins, de la Savonerie & autres, qui donnent de la considération & du profit : les titres & places de peintre de la chambre & du cabinet du Roi, de garde des plans & tableaux de sa majesté, de premier peintre des princes du sang & autres titres qui sont honorables & utiles. De plus, on a créé récemment, en faveur d'un peintre, une place de garde ou inspecteur de Musée royal.

Au contraire, pour les sculpteurs, si l'on en excepte l'unique place lucrative de garde des antiques, les dénominations académiques de recteur, professeur, adjoint à professeur; ils n'ont aucun titre, aucunes places ou honorables ou lucratives.

Pigal demandoit en conséquence à partager le grand nombre de ces places concurremment avec les peintres; il vouloit qu'il y eût aussi un premier sculpteur du Roi, un directeur sculpteur à Rome, un garde du Musée, sculpteur, &c.

Il est fâcheux que cet artiste soit mort, au moment où il s'occupoit sérieusement de la gloire & du bien-être de ses confreres. Il le jugeoit favorable, sur-tout d'après le plan arrêté par sa majesté, d'honorer d'une statue ceux de ses sujets qui seroient les plus utiles aux hommes en général & particuliérement à la France, afin de perpétuer leur mémoire & le desir de les imiter.

Au surplus, Pigal ne s'oublioit pas lui-même, & faisoit dire par son interprete, qu'il croyoit, d'un accord unanime, devoir être décoré & récompensé du titre de premier sculpteur du Roi.

12 *Octobre* Le mardi 3 de ce mois, il a débuté à l'opéra une jeune danseuse âgée de onze ans seulement, éleve du sieur Vestris, le pere

qui a eu un succès incroyable, qui s'est soutenu depuis & n'a fait que s'accroître : aux dons les plus précieux de la nature, elle réunit toutes les perfections de l'art, elle a une figure & une taille charmante, une expression vraie, une intelligence au-dessus de son âge, un à-plomb & une fermeté extraordinaire dans un enfant : enfin c'est un prodige tel qu'on convient n'en avoir point encore vu à ce théâtre, si fécond en sujets brillants de ce genre. Elle se nomme mademoiselle Laure, & le public dont elle est l'idole, l'a surnommée unanimement l'*Amour*.

13 *Octobre.* M. Blin de Saint-Maur, auteur de plusieurs tragédies, en a lu dernièrement une nouvelle de sa composition au comité des comédiens françois, intitulée *Isimberg*. Quand on est venu à ouvrir le scrutin, on a trouvé sur chaque billet : *j'ai pleuré, je reçois*. Ce qui donne une grande idée de l'ouvrage, & le fait desirer avec empressement.

13 *Octobre.* Le Calvaire est un lieu de dévotion situé sur une montagne dans le voisinage de Paris : il est sur-tout fréquenté au mois de septembre, depuis le 14 où l'on fete l'exaltation de la sainte croix, & durant toute l'octave : il s'y prêche chaque jour un sermon, auquel les fideles se rendent en foule.

Un vicaire de la paroisse de Saint-Paul, renommé vraisemblablement dans le parti janséniste s'étoit acquitté de ce ministere, & l'abbé de Beauregard, ex-jésuite, fameux prédicateur & grand fanatique moliniste, s'étoit réservé pour clorre l'octave. L'affluence étoit par cette raison encore plus grande. Quel étonnement d'entendre ce dernier apostropher en chaire le vicaire &

son sermon, lancer ses anathêmes contre la doctrine que le vicaire avoit prêchée, & menacer des feux éternels quiconque ne la proscrira pas. Il est bien surprenant sans doute, que cette scene scandaleuse se soit passée aussi tranquillement, que personne n'ait imposé silence à ce factieux moliniste : il descend de chaire en toute liberté & triomphe de l'insulte publique faite à son adversaire.

Autrefois le fait auroit été sur le champ dénoncé à la chambre des vacations, & un décret rigoureux auroit bientôt suivi la dénonciation. Le parlement a passé absolument sous silence un reil scandale.

Cependant le curé de Saint-Paul a pris fait & cause pour son vicaire; il est allé porter ses plaintes à M. l'archevêque de Paris, & demander justice de l'abbé Beauregard : il a déposé entre ses mains le sermon qui avoit provoqué l'éclat de l'agresseur. Le prélat a examiné le cahier, l'a trouvé parfaitement orthodoxe, & exige que l'abbé de Beauregard fasse des excuses au vicaire. Il paroît que l'orgueil de l'ex-jésuite a peine à s'y prêter, & l'affaire est en négociation.

14 *Octobre.* Il paroît une ordonnance du Roi en date du 10 août, pour établir une école d'éducation militaire, en faveur de cent enfants de soldats invalides.

14 *Octobre.* Tout se dispose pour payer enfin une partie des dettes de M. le prince de Guimené, & l'on assure que les privilegiés ne perdront ni intérêt ni principal: c'est ce qu'on juge par deux arrêts du conseil, dont l'un, en date du 3 août, ordonne l'acquisition au profit du Roi, tant de la ville de l'Orient que des terres du Chatel, Carman

& Recouvrance, appartenantes à la maison de Guimené, & qui nomme des commissaires pour l'accepter au nom de sa majesté; & dont l'autre, du même jour, porte nomination de commissaires pour la répartition d'une portion du prix donné par sa majesté pour l'échange & l'acquisition, tant de la ville de l'Orient, que d'autres terres situées en Bretagne, appartenantes à la maison de Rohan Guimené.

14 *Octobre*. Il paroît un arrêt du conseil du 2 septembre, concernant la demande faite aux bénéficiers, de la prestation, foi & hommages, aveux & dénombrements pour les fiefs dépendants des bénéfices dans la mouvance du Roi.

14 *Octobre*. Extrait d'une lettre de M. Blanchard à M. le chevalier de Lespinar, datée d'Aix-la-Chapelle le 16 septembre.... Mon cher compagnon, le premier octobre, s'il fait beau, vers les trois à quatre heures, j'aurai l'honneur de me rendre pour la vingt-unieme fois dans l'antichambre du grand maître de l'univers. Si, comme à l'ordinaire, je ne trouve personne pour m'annoncer, je descendrai aussi-tôt, car je n'aime point à voyager la nuit: ne rencontrant jamais là-haut personne pendant le jour, il y a gros à parier que je ne serai pas plus heureux dans les ténebres; & puis, j'aurois à craindre à chaque instant, de m'empaler sur les para-tonnerres dont les maisons, dans ce pays, sont hérissées. D'ailleurs, pouvant faire au moins 150 lieues dans douze heures, par un vent ordinaire, je pourrois fort bien me trouver en pleine mer le lendemain à la pointe du jour. Je laisse cette gentillesse à plus hardi que moi dans cette navigation : on sait de qui je veux parler. Que faire, sans moyen

de direction dans l'immensité des airs, à la merci des vents? Mais, me dira-t-on, c'étoit donc témérité de votre part, d'entreprendre le passage de Douvres à Calais? Non, le détroit n'est pour un aérostat, que ce qu'est un ruisseau pour un clerc de notaire. Il ne falloit qu'un peu de courage, & savoir choisir le moment. Mais s'embarquer pour errer la nuit & peut-être sur des mers inconnues, c'est ce que je ne hasarderai qu'avec un ballon de quatre-vingts pieds de diametre. Si j'avois un aérostat de cette grandeur, j'irois sans crainte & sans danger, partout où il plairoit au vent de me promener.....

14 *Octobre*. Le gouvernement s'applaudit beaucoup des soins qu'il a pris depuis quelques années pour donner aux mines plus d'activité. Des sujets instruits ont été envoyés dans les mines les plus renommées de l'Europe, afin d'y étudier l'art de les exploiter. Il a été établi une école royale des mines, où des savants distingués professent gratuitement toutes les sciences, relatives à leur exploitation : les jeunes gens admis à leurs leçons, ont sous leurs yeux une collection de minéraux d'autant plus précieuse, qu'elle renferme l'histoire minéralogique du royaume & de nombreux résultats d'essais chymiques. Enfin M. le baron de Dietrich, membre de l'académie des sciences & commissaire du Roi à la visite des mines, des bouches à feu & des forêts du royaume, dans le compte qu'il a rendu des opérations dont il a été chargé, a reconnu l'influence sensible de ces soins vigilants, tant par rapport à des productions tirées maintenant du royaume, que l'ignorance & l'habitude nous faisoient acheter de l'étranger, qu'à l'égard de

diverses branches nouvelles d'industrie, qui ont été introduites en France.

14 *Octobre.* Un M. Billard, auteur de quelques comédies imprimées, sans avoir jamais été jouées, connu sur-tout par ses différends avec les comédiens françois, vient de mourir d'apoplexie. On assure qu'il ne manquoit pas d'esprit; mais il étoit dans l'impuissance absolue de rien produire de raisonnable. On en peut juger par ses pieces, dont le titre seul annonçoit quelquefois l'extravagance, comme *le joyeux moribond.*

15 *Octobre.* C'est par une lettre circulaire aux magistrats du conseil, en date du 2 septembre & de plus de soixante pages, que M. de Lally Tollendal a repoussé les efforts que M. d'Eprémesnil avoit tentés de nouveau auprès de ces mêmes magistrats, pour les détourner d'accueillir sa requête en cassation de l'arrêt de Dijon. On dit cette lettre parfaitement bien composée, comme tout ce qui sort de sa plume.

M. d'Eprémesnil n'est pas resté sans réplique; en conséquence il publie un petit recueil intitulé: *Lettre & Memoires adressés à M. le garde des sceaux*, précédés d'une *Lettre d'envoi* à tous les membres du conseil du Roi, & d'un *Avertissement*, pour servir de réponse, &c. Voici l'ordre des pieces par date.

1o. Une lettre à M. le garde des sceaux, en date du 10 juin 1784, où M. d'Eprémesnil lui demande la permission de faire imprimer un *recueil de pieces concernant l'administration du général de Lally dans l'Inde*: Et en outre de solliciter en sa faveur auprès du Roi une permission semblable pour le *procès criminel* du même général.

2°. Mémoire au sujet du recueil dont les pieces, suivant le rédacteur, distribuées par époques, feront voir l'Inde françoise conduite à sa perte par M. de Lally, *comme une partie d'échecs est conduite à sa fin.*

3°. Mémoire au sujet du procès criminel, que M. de Tollendal annonçoit devoir paroître imprimé de sa part, ou de celle de sa famille; omission à laquelle M. d'Eprémesnil desire suppléer pour l'honneur de la magistrature françoise, & sur-tout pour l'intérêt de l'innocence & de la vérité.

4°. Réponse de M. le garde des sceaux, datée de Versailles le 22 juin 1784, dans laquelle il déclare à M. d'Eprémesnil que sa majesté ne juge pas à propos de permettre que l'on rende publiques par l'impression des procédures qui doivent demeurer dans le greffe du parlement.

5°. La lettre d'envoi à messieurs du conseil, en date du 23 septembre dernier, où il les exhorte à lire son écrit sur l'affaire intitulée : *Coup-d'œil.*

Quoique dans cette lettre il y ait des principes assez bien établis sur le fond & des raisonnements victorieux, elle est d'une diffusion fatigante & au gré de bien des gens il y perce un amour-propre révoltant.

On a sur-tout été frappé de cette phrase du commencement, qui a paru très-singuliere, principalement dans la bouche d'un magistrat. Il est question d'injures atroces que, suivant monsieur d'Eprémesnil, le désespoir a suggérées contre son pere à M. de Tollendal. . . *Leur téméraire auteur*, s'écrie-t-il, *en portera la peine tôt ou tard; c'est de quoi je réponds très-affirmativement.*

15 *Octobre.* M. le duc d'Harcourt est décidément nommé gouverneur de M. le Dauphin : la Reine lui en avoit fait compliment dès avant le voyage de Fontainebleau. Il paroît que le voyage de Normandie, où ce seigneur s'est trouvé à portée de voir particuliérement sa majesté & de s'en faire connoître, n'a pas peu contribué à lui procurer cette faveur : les courtisans le peignent comme un honnête homme, comme un bon homme ; mais sans le génie nécessaire pour occuper une pareille place. Dans le principe, le Roi vouloit nommer à cette place M. le comte de Montmorin ; mais il est petit, il a une figure ignoble, & la Reine n'en a point voulu.

15 *Octobre.* M. Goujon, syndic des agents de change, a reçu une lettre de M. le contrôleur général, en date du 3 octobre, que lui a fait passer le sieur Gojard, premier commis des finances. Ce ministre y désavoue formellement le plan d'un emprunt de cent millions, présenté chez le sieur de Hérain, notaire, comme pour tâter les gens à argent & sonder s'ils étoient disposés à le goûter & à donner des soumissions. Il déclare en outre n'avoir pas la moindre connoissance de ce plan, & d'ailleurs n'être point dans le cas d'user d'aucun emprunt en ce moment.

Cette lettre doit être communiquée, si elle ne l'a été, aux agents de change assemblés.

16 *Octobre.* Les comédiens françois, peu féconds en nouveautés, en ont donné une petite aujourd'hui : *Apelle & Campaspe*, drame héroïque en un acte & en vers. Il n'avoit pas cependant tenu à eux qu'elle ne fût point jouée. Se repentant de l'avoir reçue, ils avoient averti l'auteur que

que ce sujet usé, commun & rebattu, ne réussiroit pas. Il n'a pas voulu les en croire, & il a eu lieu de s'en repentir. Le public s'est beaucoup égayé à ses dépens, de maniere à lui ôter l'envie d'y revenir.

Les comédiens ont reçu du même poëte une tragédie, dont ils esperent davantage. Il est jeune & peu connu, il se nomme *Voiriot*.

16 *Octobre*. Suivant ce qu'on apprend de Cherbourg, les grands vents qui ont régné en septembre & octobre, ont fait beaucoup de tort à un cône. Il est des gens qui, indépendamment de ces accidens particuliers, persistent à regarder le projet d'établir un port en ce lieu comme fou. Il est question d'y dépenser 150 millions, tandis qu'avec moitié moins de dépense à la Hogue, on eût fait de bien meilleure besogne. L'avantage de se trouver en face de Plymouth a été tout en faveur de Cherbourg; mais on commence à s'appercevoir que le courant de la mer qui s'adonne à la côte d'Angleterre, jette les sables de notre côté: ce qui peut d'abord contribuer à consolider l'ouvrage, mais doit à la longue former des barres difficiles à franchir & peut-être encombrer absolument le canal.

17 *Octobre*. Extrait d'une lettre de Bourges, du 10 octobre..... Nous avons actuellement dans la province des ingénieurs occupés à niveler le canal projeté de Vierzon à la Loire par Nevers: le but de leurs travaux est d'ouvrir au Berri, autrefois isolé, quoiqu'au centre du royaume, une communication par eau, avec l'Océan, la Manche & la Méditerranée, en présentant en même temps une de ces grandes routes navigables, si

précieuses au commerce, dont elles diminuent les frais de transport.

L'assemblée provinciale de cette province, qui doit avoir lieu dans le courant de ce mois, doit s'occuper d'un objet aussi intéressant pour la capitale & le royaume, que pour la généralité, dont la vivification est confiée à sa vigilance.

17 *Octobre*. M. Cromot du Bourg, conseiller d'état, surintendant du conseil de Monsieur, & gouverneur de Brunoy, y est décédé, ainsi qu'on l'avoit prévu, & cet ambitieux est mort, comme il le desiroit, au milieu de tous ses honneurs. On dit que c'est son fils qui lui succede.

17 *Octobre* On vient de créer à la nouvelle école des éleves de l'opéra une place de maître d'histoire & de géographie, aux appointemens de 1200 livres pour M. de Charnoy. On voit qu'on ne néglige rien de ce qui peut tendre à leur instruction, même la plus étrangere aux talents qu'il s'agit de leur procurer.

18 *Octobre*. M. de Tollendal, dans le dessein de jeter du ridicule sur M. d'Epremesnil, le traduit dans une lettre au tribunal de la postérité, où il le met en présence de Voltaire, & chacun y présente ses ouvrages de bienfaisance : son adversaire en prend occasion de les détailler d'une façon plus précise, les vrais & plus étendue : voici ceux qu'avoue M. d'Epremesnil.

1o. Dénonciation des annales de M. Linguet & de leur distributeur.

2o. Dénonciation contre les réglemens de la librairie.

3o. Dénonciation contre les maréchaux de France.

4o. Reflexions sur les discours [illegible]

5°. Comparaison de Mesmer avec Socrate.

6°. Cours public de magnétisme & de somnambulisme.

Du reste, il annonce qu'il s'occupe de quantité d'autres ouvrages, qui sont en train ou qu'il projette, savoir, de *la constitution françoise*; de *l'etat des justices inférieures*; de *l'éducation publique*; de *l'histoire du parlement*; *des principes de chaque département*, *des loix civiles*; *des loix criminelles*; *des moyens de concilier la liberté de la presse & la bonté des mœurs*, &c.

Mais le principal cortege que veut avoir monsieur d'Epremesnil & qu'il desire produire à la postérite, doit etre composé d'une foule d'infortunés qu'il a tirés des maisons de force, des cachots de Bicêtre, des abîmes de la Bastille; d'innocents qu'il a sauvés des flammes; de peres de familles dont il a maintenu les droits légitimes.

M. d'Eprémesnil se glorifie encore de son discours de rentrée en 176?, contre l'ambition; de son discours de rentrée au retour de l'exil; de ses remontrances sur les vingtiemes; de ses remontrances sur une autre matiere qu'il ne nomme pas, mais où il a saisi l'occasion de peindre des couleurs qui lui conviennent, & sous des traits egalement propres à faire respecter & aimer l'autorité souveraine du Roi; enfin d'un arrêté sur les impôts & sur les loix, que feu M. Clément de Feillet a qualifié d'*alphabet de la constitution françoise*. Il est des gens qui trouvent beaucoup d'ostentation dans cet étalage; c'est qu'ils ne font pas attention qu'il étoit nécessité par la provocation de son adversaire.

18 *Octobre*. M. Sacchini, pour remplir son

engagement avec la cour, avoit composé *Œdipe à Colonne*, un grand opéra non encore joué à Paris, & on en a trouvé parmi ses papiers un autre, auquel il travailloit, ayant pour titre *Evelina*; celui-ci n'est pas achevé. Il a prié dans ses derniers moments M. Regné, son éleve & son ami, de vouloir bien y ajouter ce qui pouvoit y manquer.

M. Sacchini a encore laissé un *oratorio*, intitulé: *Judith*, dont on se flattera probablement de faire jouir le public au concert spirituel.

18 *Octobre*. Le résultat du procès élevé par le comte de Morangiès contre son fils, vient d'être funeste tout récemment à la comtesse de Morangiès, qui a été décrétée de prise de corps par la chambre des vacations, arrêtée & constituée prisonniere. On prétend qu'on a découvert qu'elle étoit bigame, & qu'elle avoit fomenté l'inceste entre le frere & la sœur, sa propre fille: toutes ces horreurs dont on l'accuse dans le public, méritent d'etre éclaircies.

19 *Octobre*. Ce jeune étranger prétendu, amené à Paris il y a deux ans, comme une merveille, qui avoit excité la commisération de plusieurs grands, des comédiens françois & sur-tout du gouvernement, proposé comme une énigme à résoudre aux savants, soit pour son langage, soit pour son origine, soit pour le lieu de sa naissance, que les uns faisoient venir de Tartarie, d'autres de l'Amérique méridionale, se trouve être tout uniment non un imposteur, comme le présumoient certaines gens, mais le fils d'une pauvre femme, égaré & qu'elle a eu la sottise de venir réclamer: à l'instant tous les bienfaiteurs de l'inconnu ont retiré leurs services

& même les comédiens ont arrêté de ne plus continuer la pension qu'ils lui faisoient.

Il paroît que cet enfant est sourd & muet ; ce qui a donné lieu aux méprises de tous nos spéculateurs érudits : M. Haüy est le seul qui veuille bien lui continuer généreusement ses soins ; & peut-être l'abbé de l'Epée, dans le ressort duquel il devroit être plus spécialement, le jugera-t-il digne de ses instructions.

19 *Octobre.* Il court dans le monde deux lettres manuscrites nouvelles, relatives au comte de Lally-Tollendal, à son pere & à sa lettre circulaire.

La premiere lettre est datée du onze septembre ; elle est de M. de la Borde, l'ancien premier valet de chambre du Roi : après avoir témoigné à M. de Tollendal, son admiration du dernier écrit qu'il a adressé aux magistrats du conseil & en général de tous ses mémoires dans un procès où il joue un aussi beau rôle ; il lui déclare qu'il a toujours été fort attaché au feu comte de Lally ; que c'est lui qui présenta à Louis XV un placet pour en obtenir un sursis à l'exécution de l'arrêt ; qu'il se jeta aux genoux de son maître ; mais que Louis XV, malgré l'excellence de son cœur, resta inflexible, parce qu'on lui avoit persuadé & que l'accusé étoit vraiment coupable au point de ne mériter aucune grace, & qu'il falloit saisir cette occasion de faire un grand exemple, absolument nécessaire.

M. de la Borde ajoute, qu'après l'exécution du comte de Lally, Mlle. Dillon lui fit remettre pour le Roi une cassette importante, cassette dont il ignore la destination depuis la mort de Louis XV.

Enfin il envoie à M. de Tollendal une bague que portoit au doigt le comte de Lally, lorsqu'il fut envoyé au supplice; bague précieuse & singuliere, qu'il avoit rapportée de l'Inde. Au reste, M. de la Borde n'ajoute pas comment ce bijou est tombé en sa possession.

Telles sont les principales anecdotes que contient cette lettre, qu'on juge avoir été écrite exprès & de concert avec M. de Tollendal, pour les constater & les répandre.

Suit une réponse de M. de Tollendal affectueuse & pleine de sentimens de reconnoissance, où il déclare qu'il vient de mettre la bague à son doigt. Cette lettre est datée du 23 septembre & ne mérite pas plus de détail.

19 *Octobre*. L'on ne peut encore avoir de liste exacte des pensions accordées par M. de Calonne, de maniere à en connoître le montant & tous les sujets sur qui elles sont répandues. En général, on en critique beaucoup la distribution & il transpire de temps en temps des anecdotes fort singulieres. Par exemple, on raconte que M. Garat étoit sur la liste pour 1000 livres; mais que lorsqu'elle fut présentée à M. le garde des sceaux pour la ratifier, comme chef de la librairie en France, il raya M. Garat. On ajoute que celui-ci s'étant plaint & ayant demandé la cause de cette exclusion injurieuse, on lui avoit répondu qu'on lui reprochoit de n'être pas très-orthodoxe, soit sur la religion, soit sur le gouvernement.

On sait que M. Garat fait au lycée le cours d'histoire pour M. Marmontel; ce professeur piqué, la premiere fois qu'il monta en chaire, apostropha l'assemblée & demanda si dans ce qu'il avoit eu l'honneur d'enseigner à ses auditeurs, aucun avoit jamais trouvé quelque chose de répréhensible ? A l'instant des acclamations générales, un concert de louanges & un frémissement d'indignation contre les auteurs de la calomnie. On n'ajoute point si le gouvernement s'est rétracté.

20 *Octobre.* Le maréchal duc de Biron, qui étoit retombé depuis quelque temps & qu'on ne croyoit pas pouvoir passer ce mois, en a encore rappelle : il commence à se montrer, à se promener à cheval & à recevoir cercle chez lui.

On a blâmé madame la maréchale de n'être pas venue le voir dans cette circonstance, de ne s'être pas du moins présentée elle-même à sa porte, sauf à n'y pas revenir, si on la lui eût refusée : elle se contente d'envoyer savoir de ses nouvelles réguliérement.

Le curé de Saint-Sulpice ne manque pas de son côté de visiter souvent ce vieux pécheur : il le reçoit très-poliment ; mais ne parle de rien, fait même la sourde oreille aux insinuations du pasteur, où des dévotes qui voudroient le faire entrer en matiere. Le curé est fort embarrassé de savoir comment s'y prendre pour opérer cette conversion, car le maréchal a parfaitement sa tête.

Quand on a appris au Roi qu'il étoit en convalescence, sa majesté a dit : « j'en suis fort » aise, je desire qu'il vive encore autant d'an» nées qu'il y a de gens qui demandent sa place. »

Le maréchal ne l'ignore pas : l'autre jour, le duc de Gontaut, son neveu, étant venu le voir, comme il avoit beaucoup de monde : « Voilà, dit-il, mon héritier ; je ne sais s'il

» desire ma mort, mais surement pas autant » que les gens de Versailles. »

Au reste, en parlant de cette perte plus ou moins prochaine, on convient généralement qu'elle n'influera pas sur le régiment des gardes, qu'on fait être aujourd'hui merveilleusement bien discipliné. Les officiers contemporains de la réforme assurent que le duc de Biron n'y a contribué en rien que par son acquiescement; que c'est M. de Cornillon, le major d'alors, qui, sans beaucoup d'esprit, a eu celui de la faire, encouragé par l'exemple des troupes Prussiennes, & secondé par les officiers du régiment.

Il est certain que les soldats du régiment des gardes sont aujourd'hui tenus sévérement comme des séminaristes; ce qui est excellent pour la sureté & la tranquillité de Paris : reste à savoir si, en rase campagne, ils seront meilleurs qu'à Dettingen ou à Fontenoy.

20 *Octobre*. L'école de l'éducation militaire, établie en faveur de cent enfants de soldats invalides, se nommera l'*Ecole des enfants de l'armée*. Elle sera établie à Liancourt, & M. le duc de Liancourt en est créé inspecteur.

21 *Octobre*. On a vu avec plaisir à Versailles un libraire de Londres, venir faire hommage à la Reine d'une collection complete de sa précieuse édition des poëtes Anglois, depuis *Chaucer* jusqu'à *Churchill* inclusivement. Sa majesté lui en a témoigné sa satisfaction, avec tous les égards dus à un étranger.

Ce libraire se nomme *Bell*. C'est le 28 septembre qu'il a été présenté à la souveraine; il avoit eu précédemment l'honneur d'offrir à Monsieur un exemplaire de sa belle édition de Shakespear.

21 *Octobre.* Par les arrêts du conseil annoncés concernant le prince de Guimené & ses créanciers, il est constaté que tous ses biens acquis par le Roi, le sont pour une somme totale de 12 millions cinq cents mille livres.

Cette somme est répartie en trois portions: l'une de 4 millions, applicables au paiement des créanciers privilégiés sur certaines terres & conformément à l'état dénominatif agréé par sa majesté : les deux autres pour certaines rentes viagères, dont l'énoncé n'est pas fort clair, mais qui semble indiquer un genre de faveur qui ne devoit point avoir lieu en pareil cas

21 *Octobre.* Sur ce qu'on a dit précédemment concernant l'affaire du clergé, il a été dressé un arrêt du conseil en date du 2 septembre, concernant la demande faite aux bénéficiers, de la prestation de foi & hommage, aveux & dénombrement pour les fiefs dépendants des bénéfices dans la mouvance du Roi.

Par cette loi, sa majesté agrée les représentations du clergé concernant les dispositions de la déclaration du 20 novembre 1725, en ce qu'elles n'ont pas pour objet de prétendre que l'exemption des foi & hommage, aveux & dénombrements, soit propre & personnelle aux ecclésiastiques & inséparable de leur état ; en ce que le clergé convient, au contraire, qu'il n'a d'autres privileges, que ceux que lui donnent les loix, les coutumes, la jurisprudence & des titres particuliers; qu'en conséquence, il ne fonde sa réclamation que sur la nature des biens dont les bénéfices furent dotés avant l'établissement de la féodalité ; sur la présomption soutenue de sa part, que les biens qui lui ont été donnés postérieurement, l'ont été en franc-alleu ou en franche-aumône, & enfin sur les effets qu'il attribue, tant aux titres de franche-aumône, qu'aux amortissements qui ont été successivement accordés.

Sa majesté considérant que les coutumes, les usages & la jurisprudence qui ont eu lieu en divers temps, dans les différentes provinces & dans les différentes cours de son royaume, doivent influer sur la décision de questions aussi importantes, avant de faire un réglement général qui puisse maintenir dans leur intégrité les droits de sa couronne, sans porter atteinte aux droits légitimes du clergé de son royaume : a estimé de sa sagesse & de sa justice de rassembler les instructions qu'elle a droit d'attendre des lumieres & de l'expérience des magistrats qui composent ses cours.

Conformément aux volontés de sa majesté, M. le garde des sceaux a dû adresser à tous les parlements, conseils supérieurs & chambres des comptes, un mémoire, contenant l'exposé des objets sur lesquels le Roi juge à propos d'ordonner à ses cours de lui envoyer des éclaircissements, & jusqu'à ce qu'elle ait statué à cet égard, elle défend de faire aucune poursuite.

21 *Octobre*. Extrait d'une lettre de Limoges, du [illegible] octobre.... Le Limousin doit participer aux projets des canaux qu'il s'agit d'ouvrir dans tout le royaume ; c'est celui fait pour réunir la Loire à la Garonne qui doit traverser notre province ; il débouchera dans la Vergne & la Dordogne d'une part, & de l'autre dans la Vienne.

En conséquence nous avons des ingénieurs occupés à prendre les niveaux, à calculer les hauteurs des collines & l'éloignement des rivieres.

22 *Octobre.* Le sieur Savary, garde général des canaux de son altesse sérénissime monseigneur le duc d'Orléans, & sa femme (ci-devant la fille Salmon) désavouent le mémoire dont on a fait un précis contre Me. le Cauchois : ils le qualifient de libelle affreux, d'ouvrage de jalousie & de perfidie qui a été distribué & vendu clandestinement : ils déclarent qu'ils sont intervenus au procès honteux qu'on a osé lui susciter à cause d'eux & qu'ils y sont intervenus aux requêtes du palais, afin de prendre fait & cause pour lui : enfin ils ne sont nullement brouillés avec ce généreux défenseur, comme on l'a malicieusement répandu dans les provinces.

C'est ce qu'on voit dans une lettre, que les deux époux ont signée conjointement & fait répandre dans le public imprimée. Elle est datée de Paris le 30 septembre.

22 *Octobre.* On ne sait trop quel est le but d'un *Supplément à la troisieme & derniere suite du compte rendu de l'affaire de M. le cardinal de Rohan*; ou plutôt on voit que ce but n'est autre que celui de gagner de l'argent, en trompant les dupes qui voudront avoir cette brochure pour compléter les autres.

Elle commence par un long préambule sur cette affaire, vrai galimatias, où l'on ne voit autre chose, sinon que l'insipide auteur est un bas valet de la maison de Rohan. Son *coup-d'œil philosophique* sur le même objet, avec des *notes essentielles*, ne vaut pas mieux; aucun fait, aucunes anecdotes, sinon qu'il y avoit huit ans que la Reine traitoit froidement son éminence & ne lui avoit adressé un mot.

On a grossi ce recueil de la *Relation de l'exécution de l'arrêt rendu contre madame de la Motte & les autres condamnées dans l'affaire du collier :* Extrait d'une lettre de Paris, du 21 juin 1786, tiré des gazettes du temps, ainsi que de quelques autres pieces déja imprimées & réimprimées. Telle est l'analyse de cette rapsodie.

22 *Octobre.* Extrait d'une lettre d'Aix-la-Chapelle, du 11 octobre..... *Avant-hier 9 de ce mois*, M. Blanchard a exécuté avec le succès accoutumé son vingt-unieme voyage. Celui-ci n'offre rien de remarquable : l'aéronaute s'est élevé sur les deux heures & a été perdu de vue pendant quelques minutes ; à deux heures & demie il est redescendu à terre, à deux lieues de distance de l'endroit d'où il étoit parti.

22 *Octobre.* Avant-hier les comédiens italiens, dont le zele ne se rallentit pas, même pendant le voyage de Fontainebleau, ont donné *Celine de Saint-Albe*, piece nouvelle en deux actes & en prose, improprement appellée comédie, car elle est triste & romanesque d'un bout à l'autre. Elle a été reçue très-froidement.

23 *Octobre.* M. le maréchal prince de Soubise satisfait que sa majesté ait bien voulu le rappeller au conseil depuis l'arrêt favorable à M. le cardinal, après s'y être rendu pendant quelques séances, s'est retiré tout-à-fait, & a supplié sa majesté de trouver bon qu'il se livrât désormais au repos, qu'exigeoient son âge & sa santé.

23 *Octobre.* On a parlé il y a long-temps, d'établir une censure & un privilege pour les

ouvrages en musique. Cette idée bizarre & ridicule a d'abord fait rire, & vient enfin d'être adoptée par le gouvernement. Il paroît un arrêt du conseil en date du 15 septembre dernier, qui établit un bureau du timbre pour la musique, & cet arrêt a été enrégistré le 10 de ce mois à la chambre syndicale, avec toutes les formalités requises.

23 *Octobre*. M. le comte du Mirabeau, dont la plume féconde ne peut rester oisive, s'est amusé durant son séjour à Berlin à jeter sur le papier ses *Réflexions concernant le comte de Cagliostro*, qui occupoit alors l'attention de la France & de l'Europe. En effet, il les faisoit à l'époque où le mémoire de ce célebre personnage venoit de se répandre ; ce qu'on juge par la date de la lettre du premier, écrite le 25 mars 1786.

Au reste, ce que M. le comte de Mirabeau dit sur le comte de Cagliostro, est peu neuf ; il ne nous révele rien de particulier, & c'est ce qu'on appelle écrire pour écrire. Ses réflexions sur M. Lavater sont plus saillantes : ce personnage, moins connu que le premier en France, nous est peint par l'historien comme doué sous les glaces du nord des plus bouillantes extases du midi, comme un composé bizarre d'instruction & d'ignorance, de superstition & d'impiété, d'esprit & de démence ; comme dévot & magicien ; galant & rigoriste ; voluptueux & mystique ; intrigant & studieux : comme étant dès 1783 auteur de quatre-vingts volumes, & n'ayant encore que trente-six ans.

Ce fameux docteur évangélique de Zurich, chef de secte lui-même & bien fait pour l'être, a eu la modestie de se déclarer le disciple & l'apôtre de Mesmer, l'admirateur de Cagliostro, qu'il appelle *un homme comme il y en a peu*. Il passe, ainsi que celui-ci, pour un émissaire des jésuites: opinion très-accréditée en Allemagne, entre le Rhin & le Danube, dont est résulté un polémique singulier & piquant, auquel ont pris part d'un bout à l'autre de l'Allemagne des hommes sensés, des écrivains estimés, de bons citoyens, ce qui n'a pas peu contribué à exciter en M. de Mirabeau la démangeaison de s'y mêler & d'écrire sur cette matiere. Il ne paroît pas éloigné de la même opinion, de voir dans tout cela du *jésuite*.

A cette lettre de 56 pages, est joint un *Appendix ou Eclaircissements sur les Thèses de Lelome & la persécution qu'ils ont éprouvée en 1783*; digression dont l'objet semble avoir été de la part du comte de faire sa cour au monarque Prussien, sous les yeux duquel il écrivit, en critiquant les opérations de l'empereur, & en y jetant non-seulement du ridicule, mais de l'odieux.

24 *Octobre*. Une observation qui nous a échappé dans le compte que nous avons rendu du mausolée nouvellement découvert dans l'eglise des carmes de la place Maubert; c'est que les portraits de Me. & Mad. Boulenois, qui produisent l'illusion la plus complete par la correction, l'effet & l'harmonie, sont executés en mosaïque: ces portraits sont d'autant plus curieux, que ce sont les seuls de ce genre qui soient exposés aux regards du public dans Paris: il est seulement facheux que les bordures soient d'un aussi mauvais goût.

Au reste, plus on voit ce monument, & plus on est faché qu'une piété filiale mal-entendue ait contribué ſeulement à faire tourner en ridicule ceux qui l'ont fait élever, à raiſon d'un luxe auſſi déplacé & auſſi diſpendieux : on ſait aujourd'hui que les frais de tranſport & d'emballage ont ſeuls coûté 28000 livres.

24 *Octobre.* Extrait d'une lettre de Lille, du 20 octobre.... Il eſt très-vrai qu'Auguſte-Jean-Baptiſte Fauconpret de Thullus, natif de cette ville, vétéran de rhétorique au college de Mazarin, ayant remporté le jeudi 3 août, le prix d'honneur de l'univerſité de Paris, c'eſt-à-dire, le premier prix de l'éloquence françoiſe, nos magiſtrats aſſemblés le 19 ont réſolu de l'en féliciter par lettre, & de lui marquer tout le regret qu'on avoit de ne pouvoir le faire de vive voix..... Honneur inoui, qui étoit bien dû à un triomphe auſſi, je crois, ſans exemple.

24 *Octobre.* M. le baron de Breteuil, d'après le mémoire que lui a préſenté M. le vicomte de Touſtaing en faveur du comte de Buſſy, & d'après la dénonciation que M. d'Eprémeſnil en a faite au parlement, a jugé ſans doute qu'on avoit en effet ſurpris ſa religion, ou que cet étourdi, ce libertin, ce mauvais ſujet étoit aſſez corrigé : quoi qu'il en ſoit, il eſt libre depuis environ ſix ſemaines.

25 *Octobre.* C'eſt un certain abbé Duvernay, qui eſt l'auteur de la *Vie de Voltaire* annoncée. Il avoit ſuccédé à *Tiriot* dans l'emploi d'eſpion & d'émiſſaire du grand homme, pour découvrir ſes amis ou ſes ennemis, les ouvrages pour & contre lui, ſur-tout pour lui envoyer les nouvelles & les renſeignements dont il avoit beſoin. On conçoit que ſi ce rôle, en mettant l'auteur dans la confidence de Voltaire, en le rendant

participant de ses aventures, doit le faire croire plus propre qu'un autre à raconter des événements dont il peut dire *& quorum pars magna fui*; il doit aussi le faire suspecter de partialité, & c'est ce qu'on remarque aisément à la lecture de ce livre, où le héros est toujours peint en beau; & qui seroit mieux intitulé *Eloge*, que *Vie de Voltaire*. Quoi qu'il en soit, l'historien se fait lire avec beaucoup de plaisir; il suit son héros depuis sa naissance jusqu'à sa mort sans le perdre de vue un seul instant, & répand partout l'intérêt qu'exigeoit le sujet. Son ouvrage est divisé en chapitres & en périodes de temps, méthode qui, en mettant un ordre admirable dans les faits, y jette une clarté, une netteté, qui sont, après la véracité, les premieres qualités de l'historien. S'il ne nous apprend rien de bien neuf, il s'exprime toujours d'une maniere piquante. Il emploie souvent la tournure ironique de son maître & le singe dans son style, de façon à en approcher : il l'imite même dans sa hardiesse; il attaque le clergé, le parlement, certains ministres, tous les détracteurs de Voltaire : mais en revanche il adule tous ceux de son parti & caresse leur amour-propre à outrance.

Au surplus, ce gros in-8° de 255 pages, laisse encore beaucoup de choses à dire sur Voltaire, dont la vie de quatre-vingts ans a été si pleine, que plusieurs volumes ne suffiroient pas pour la raconter toute entiere. Il reste à prendre le revers de la médaille, qui ne doit pas être la partie la moins instructive & la moins philosophique de la vie d'un semblable personnage.

25 *Octobre*. On sait que le roi fit dans le

temps à M. le baron de Breteuil des plaisanteries sur *Rosine*; opéra, lui dit sa majesté, trouvé fort ennuyeux par le public, malgré les indécences dont il est rempli. Le ministre, dont ce n'étoit pas la faute, en a tressa des reproches au comité lyrique. Celui-ci piqué a voulu à toute force faire réussir *la Toison d'or*, qu'il avoit adoptée avec enthousiasme, & voilà le motif des efforts incroyables qu'on tente pour soutenir cet autre ouvrage. On y fait sans cesse des additions & des retranchements, qui, sans le rendre meilleur, attirent du monde toujours avide du changement. D'ailleurs on ne le joue que de loin en loin, sous prétexte de ménager Mlle. Maillard, chargée du rôle de *Médée*.

25 *Octobre*. Un bruit répandu aujourd'hui à la bourse, que le gouvernement vouloit convertir en banque royale la caisse d'escompte, a fait tomber successivement les actions de celle-ci de 7745 à 7200 livres. La bourse en est dans une grande agitation, qui se communique dans le public, & beaucoup de gens se disposent à aller retirer demain leurs fonds. Des gens sensés prétendent que ce n'est pourtant qu'une ruse d'agioteurs, afin de faire un coup de main.

26 *Octobre*. On a parlé, il y a quelques années, d'un gros livre de M. le marquis, alors chevalier de Chatelux, sur l'Amérique septentrionale, où il étoit passé durant la guerre. Ce livre fort rare alors, est devenu plus commun depuis peu par l'impression que l'auteur en a fait faire sous le titre de *Voyage*. Un M. Brissot de Marville vient d'en publier un *Examen critique*, ou *Lettre à M. le marquis de Chatellux*, dans laquelle il réfute

principalement ses opinions sur les quakers, sur les negres, sur le peuple & sur l'homme.

Il faut convenir que cette critique parfaitement bien faite, est foudroyante: il y a beaucoup de noblesse, de liberté, de vigueur & d'onction, & tout en montrant au marquis de Chatellux les plus grands égards, son adversaire l'atterre & l'écrase.

La lettre de M. Brissot de Marville est datée du premier juillet, & suivie d'un *post scriptum*, en date du 20 du même mois.

25 *Octobre*. Madame de Beaunoir, sous le nom de laquelle son mari a imaginé de donner quelquefois ses pieces, quoiqu'elle soit incapable de composer la moindre chose, a jugé à propos, pour éviter une chûte plus humiliante, de déclarer aux comédiens qu'elle retiroit *Céline de Saint-Albe*, après la premiere représentation: mais qu'elle se proposoit de la corriger & de la rendre plus digne de l'indulgence du public.

En effet, cette piece, dont le plan & l'intrigue ne sont point assez développés, renferme une moralité qui peut n'être pas inutile. C'est le contraire de celle de *Nina*. Dans la *Folle par amour*, on présente une victime de la *sévérité paternelle*: ici c'est une victime de *l'indulgence maternelle*.

26 *Octobre*. Extrait d'une lettre de Lille, du 20 octobre.... Le sieur Dumont, fabriquant de bourses à cheveux en cette ville, vient de se tricoter une paire de bas de cheveux, qui sont plus beaux, plus solides & plus chauds que ceux de soie, & ils peuvent se laver. C'est sa propre chevelure qui lui a fourni la matiere; il mettoit de côté seulement les cheveux qui tomboient, à mesure qu'il se peignoit. Il se propose aujourd'hui

d'en tricoter une paire à raies, qui seront de différentes couleurs de chevelures humaines.

26 Octobre. Les actions de la caisse d'escompte ont éprouvé aujourd'hui de grandes variations à la bourse. Il y a eu trente-six cours différents ; le plus haut de 7615 & le plus bas de 7360, par où l'on a commencé : le dernier est resté à 7460.

On a su que les administrateurs de la caisse d'escompte, alarmés eux mêmes des bruits qui couroient, ont fait aujourd'hui une députation vers le contrôleur général à Fontainebleau, pour savoir à quoi s'en tenir & le prier de faire cesser ces rumeurs, si elles sont fausses.

Les députés sont au nombre de trois, MM. *le Couteux, Pache & Rillet.*

27 Octobre. Me. le Cauchois, jaloux de se justifier aux yeux du public, jusqu'à ce qu'il le fasse aux yeux de la justice, des calomnies répandues contre lui dans un libelle publié sous le titre de mémoire ; par une lettre écrite le 7 de ce mois aux rédacteurs du journal de l'année littéraire, donne un état, certifié de la fille Salmon, par lequel il conste que la recette faite pour elle consistoit en totalité à la somme de 10996 liv. & la dépense, pour elle & son mari, à 5446 livres ; que par conséquent il lui restoit en argent comptant, au jour de son mariage, 26 août, 5550 liv : mais, qu'y compris son trousseau & ses bijoux, le tout estimé au plus bas prix, son avoir se montoit à 9400 liv.

Quant à Me. le Cauchois, il a dépensé dans cette affaire, à commencer du premier septembre 1785, jusqu'au premier octobre 1786, 5081 liv.

en argent sec, sans parler de ses autres dépenses & de sa perte de temps pendant trois ans.

Ces résultats, au surplus, doivent être remis directement à M. le procureur général, avec les pieces à l'appui.

27 *Octobre.* Extrait d'une lettre de Bordeaux, du 21 octobre.... Les sourds & les muets de naissance, dont M. l'abbé Sicard tient dans cette ville une école à l'exemple de M. l'abbé de l'Epée, vont à merveille. Le public en a été témoin, le 28 du mois d'août, où ces enfants soutinrent un exercice au musée de Bordeaux.

Un de ces enfants, aux yeux de toute l'assemblée, dicta par des signes les phrases suivantes à son condisciple, qui les écrivit sous cette dictée si extraordinaire, & qui les lut lui-même après les avoir écrites :

« Louis Seize est le meilleur des rois, il aime » la justice.

» Les sourds & muets sont venus partager l'allé» gresse publique, & offrir avec leurs concitoyens, » l'hommage de la reconnoissance aux peres de la » patrie. »

Pour mieux entendre le sens de ces phrases & la sensation qu'elles durent produire sur les assistants, il faut vous rappeller que c'étoit l'époque où notre parlement revenoit de Versailles triomphant & glorieux.

La séance fut terminée par un concert vocal & instrumental, dans lequel M. Beck, associé du musée, fit exécuter une *cantate* de sa composition, relative encore à la circonstance; elle étoit intitulée *la fete d'Astree*, paroles de M. Duvigneau, aussi membre du musée. Vous concevez que tout cela n'est bon que pour le moment; mais devient fade après. Il n'est pas de même de l'institution de M. Sicard, qui doit l'immortaliser.

27 *Octobre*. Le cours des actions de la caisse d'escompte a été très variable encore cette bourse-ci : il a eu vingt-cinq cours ; le premier & le plus haut à 7610 liv. & le plus bas à 7525 ; le dernier à 7565 liv.

28 *Octob.* Les mémoires présentés par les auteurs, compositeurs & marchands de musique, à l'effet d'arrêter le cours des contre-façons qui nuisent aux droits des artistes & aux progrès de l'art, sur-tout depuis que les ouvrages de ce genre sont assez recherchés pour réveiller la cupidité & animer à la fraude, ont servi de prétexte à l'impôt ridicule & minutieux établi sous le titre de *bureau du timbre pour la musique*. Sur le compte qui a été rendu au Roi dans son conseil de ces mémoires, sa majesté a reconnu que par ces abus les droits de la propriété sont de jour en jour moins respectés, & que les talens sont dépouillés de leurs productions : il a été de sa sagesse d'y pourvoir.

L'arrêt contient vingt-cinq articles, dont le résultat est que la nouvelle musique paiera deux sous pour livre du prix de sa valeur, & l'ancienne un sou : que l'étrangere paiera toujours sans exception & distinction, les deux sous pour livre du prix de sa valeur & le dixieme en sus.

Le bureau du timbre, impôt établi au profit & pour l'entretien de l'école royale de déclamation & de chant, y aura son chef-lieu : à ce bureau assistera constamment un professeur de ladite école, qui sera tenu d'y faire le service tous les jours ouvrables, pendant les heures indiquées.

C'est M. le baron de Breteuil qui a goûté &

fait passer le projet de ce petit impôt, dans l'espérance qu'il allégera les dépenses du Roi pour l'opéra, qui ne cesse d'être à charge à sa majesté.

28 *Octobre.* Extrait d'une lettre de Cherbourg, du 15 octobre.... Le coup de vent de la saint François, si redouté par les marins, a été dans ce port de la plus grande violence; la calotte du dernier cône qu'on a lancé, a été enlevée par un coup de mer, parce qu'on n'avoit pas encore eu le temps de le remplir en entier. Il n'a point bougé sur sa base : ainsi il sera fort aisé de rétablir le bois de l'extrémité. Tous les autres cônes ont fort bien résisté à la tempête, & l'on a trop exagéré le mal.

28 *Octobre.* Chassé, ce superbe acteur du théâtre lyrique, en ayant fait autrefois les délices, vient de mourir fort âgé. Dans son billet d'enterrement on lui donne le titre d'écuyer, seigneur de Ponceau, &c.

29 *Octobre.* Le ministre des finances a très-bien accueilli la députation de la caisse d'escompte; il a dit à ces messieurs que le Roi, bien loin d'avoir aucun projet de conversion de la caisse en caisse nationale, étoit disposé à la maintenir de tout son pouvoir dans son état actuel; & qu'il puniroit les auteurs d'un pareil bruit, s'il les connoissoit. En conséquence les actions de la caisse n'ont éprouvé que six cours hier, & sont remontées à 7600 livres; ce qui annonce encore un léger discrédit. Ces messieurs auroient desiré une lettre ministérielle & ostensible; il paroît que M. de Calonne n'a pas voulu la donner : ce qui laisse encore quelque inquiétude à plusieurs porteurs d'effets.

29 *Octobre.* Extrait d'une lettre de Fontainebleau, du 27 octobre.... Nous avons eu der-

niérement un spectacle plus amusant que tous ceux du théâtre de la cour : ce sont deux jeunes robins qui ont mis l'épée à la main l'un contre l'autre : le premier est M. de Vaudeuil, maître des requêtes, d'environ vingt-huit à trente ans, & le second M. de Miromesnil, le fils du garde des sceaux, avocat du roi au châtelet, âgé de 19 à 20 ans. Le sujet de la guerre les est une fille ; ils sont convenus de se battre au premier sang, & M. de Miromesnil ayant reçu une legere égratignure au nez, le combat a cessé. On a dit plaisamment qu'ils s'étoient battus en petit manteau, costume des jeunes magistrats, & qu'ils s'en étoient servi comme de bouclier pour parer les coups : on ajoute que quatre maîtres des requêtes avoient été institués juges du camp. Le Roi, à qui l'on a rendu compte de l'événement, en a beaucoup ri. Afin de le colorer d'une façon plus honnête, on a rapporté a sa majesté que M. de Miromesnil avoit fait des observations indécentes sur l'élévation de M. de Vaudeuil pere à la dignité de conseiller d'état, & que le fils avoit pris fait & cause pour l'auteur de ses jours ; ce que le monarque a très approuvé : mais depuis on regarde la premiere leçon de l'histoire comme la véritable, & c'est aussi la plus vraisemblable.

29 *Octobre*. Le zele de nos littérateurs pour célébrer la mort de Sacchini & épandre des fleurs sur sa tombe, est bien extraordinaire & tout-à-fait humiliant pour nos musiciens nationaux, dont aucun n'a jamais reçu tant d'honneurs. Les journaux retentissent de ses louanges, & M. Framery, l'interprete de l'opéra, vient d'en insérer dans le mercure un panégyrique en regle de 18 à 20 pages. Enfin, M. Moline a composé un

prême sacré, qui doit être chanté en l'honneur de Sacchini au concert spirituel du jour de la Toussaint. C'est M. l'abbé le Sueur, maître de musique de la métropole de Paris, qui l'a mis en musique.

On attribue cet empressement général, moins au desir de rendre justice à un étranger, que de plaire à la Reine, qui honoroit Sacchini d'une protection spéciale, si l'on prétend que c'est cette faveur trop éclatante qui l'a fait périr. Son *Evelina*, opéra, quoique non encore fini, avoit été placé sur le répertoire de Fontainebleau, il se forçoit du travail pour être en état de remplir l'attente de sa majesté. On fit sentir à la souveraine le danger de ces passe-droits, dont l'effet seroit à la longue de décourager tous les rivaux de son musicien favori; elle reconnut l'injustice, eut égard à la représentation, & déclara au sieur Sacchini qu'il ne passeroit pas cette fois. Ce fut le 22 septembre qu'il apprit cette fatale nouvelle; il revint de Versailles malade, il se mit au lit & n'en est pas relevé. Il n'avoit décidément que cinquante un ans, étant né à Naples, le 11 mai 1735.

30 *Octobre*. Comme moitié de la grand'chambre sert alternativement par semestre à la tournelle, à la Saint-Martin il n'y siégera plus les mêmes membres devant lesquels M. Linguet a parlé, & il faudra qu'il recommence tout son plaidoyer; ce qui ne le fâchera pas: mais cela déplairoit beaucoup au duc d'Aiguillon; en conséquence, il sollicite des lettres-patentes de continuation des mêmes juges; faveur qu'on ne peut guere lui refuser, après toutes celles accordées à son adversaire.

30 *Octobre.* M. Blondel, le maître des requêtes chargé du rapport du procès des trois roués, & qui devoit le faire au conseil durant le voyage de Fontainebleau, est tombé malade; ce qui arrête l'affaire.

Quant à celle de la cassation des deux arrêts du parlement, contre M. Dupaty, ce magistrat espere toujours qu'elle sera terminée avant la fin du voyage. C'est un M. de Rochefort qui en est le rapporteur au conseil des dépêches.

31 *Octobre.* Vers le commencement du voyage de Fontainebleau, le bruit a couru que M. le baron de Breteuil étoit mort. On veut aujourd'hui qu'effectivement il ait été en très-grand danger, d'un coup d'épée qu'il a reçu dans ce temps-là; coup d'épée vraiment glorieux, puisqu'il lui seroit venu de la main d'un prince du sang. Voici comme on raconte cette anecdote, qui a bien l'air d'une fable.

Il faut se rappeller qu'on a dit dans le temps que M. le prince de Condé, gendre du prince de Soubise, & par conséquent très-intéressé à l'honneur de la maison de Rohan, revenu de sa prévention contre le cardinal depuis l'arrêt du parlement qui l'innocente, & d'après les insinuations de cette famille, persuadée que ce ministre, sous prétexte de venger la gloire de la Reine, compromise dans l'affaire du collier, n'avoit pas été fâché de satisfaire son animosité personnelle, étoit outré contre lui, & avoit refusé de le voir, lorsqu'il s'étoit présenté à son audience. Depuis, sans doute, il y a eu des propos tenus, & le prince a bien voulu faire l'honneur à M. le baron de Breteuil de se mesurer avec lui. Telle est l'anecdote fort accréditée chez les gens de cour. Ce qu'il y a de sûr, c'est que M. de Breteuil n'est point à Fontainebleau, n'est pas même à Paris, & est comme malade à Versailles ou à Saint-Cloud.

31 *Octobre.* Il est encore question de Me. le Cauchois, au sujet de son portrait, où l'on voit qu'il est né à Rouen en 1740. Il est orné d'accessoires bien honorables; on y lit: Justification du sieur Savary, 1762; du sieur le Camus, 1764; de la dame Blanchard, 1778; Salut des Tirot, 1779; Justification du sieur Leroux, même année; du sieur de Bichen & de la jeune Salmon, 1786: au bas sont ces quatre vers assez ridicules:

A l'aspect de ces traits, on vit la bienfaisance,
Où regne le courage avec l'humanité;
Rassure-toi, foible innocence,
Contente-toi, justice! & tremble, iniquité!

Du reste, le portrait fort ressemblant & d'un fini précieux, a été peint par Mlle. Noireterre, & gravé par M. Cathelin.

31 *Octobre.* Extrait d'une lettre de Fontainebleau, du 29 octobre..... Le jeudi 26 de ce mois, on a joué sur le théâtre de l'opéra *Phedre*, paroles de M. Hoffman, musique de M. le Moine. On en avoit conçu la plus haute opinion, & elle a été déçue. Cette nouveauté lyrique a si mal réussi auprès de la Reine, qu'elle a déclaré qu'elle n'en vouloit plus de cette espece; qu'il étoit inutile de faire beaucoup de dépenses pour des opéra qui n'en valoient pas la peine.

L'*Amitié à l'épreuve*, nouveauté jouée par les Italiens, n'a pas mieux réussi, quoique de deux grands maîtres réunis, messieurs Favart & Gretry : la Reine a déclaré que sans mademoiselle Renaud, elle n'en auroit pu soutenir toute la représentation.

Il n'en faut pas dire, autant du *Ballet du Déserteur*, mis en pantomime, qui a plu singuliérement & jouit du plus brillant succès.

Premier Novembre 1786. L'*Amitié à l'épreuve* est une comédie mêlée d'ariettes, jouée d'abord en deux actes en 1771, réduite ensuite en un en 1776; ce qui n'annonçoit pas un grand succès la premiere fois. On ne sait pourquoi les auteurs se sont avisés de la reproduire avant-hier en trois actes.

Le sujet tiré d'un conte de M. Marmontel & déja mis sur la scene plusieurs fois, est très-connu, & la moralité qui en résulte, c'est *qu'on peut tout donner en dépôt à son ami, hors sa maîtresse* : c'est M. Favart qui est auteur du poëme, & M. Gretry de la musique. Ces deux héros du théâtre italien ayant à leurs ordres tous les acteurs & tous les battoirs du parterre, n'ont pas eu de peine à prendre leur revanche de Fontainebleau. La piece a été très-applaudie; on a demandé les auteurs, & le sieur Gretry a conduit sur la scene le sieur Favart, par son grand âge devenu presqu'aveugle; ce qui a rendu la situation plus touchante & le triomphe plus complet.

Au fond, l'ouvrage est très-médiocre quant au poëme, & même quant à la musique; mais Mlle. Renaud empêche de s'en appercevoir, & la légéreté de son organe, la gentillesse de son chant, le fini de son exécution ravissent tous les amateurs. Cependant son rôle langoureux &

trifle eft un contre-fens perpétuel ; car elle chante fept à huit ariettes de bravoure, lorfqu'elle devroit être toute entiere à fa douleur.

Premier Novembre. On affure que M. de Calonne eft plus que jamais bien en cour. On raconte que derniérement au confeil M. le marquis de Caftries lifoit un mémoire très-diffus, qui fembloit fatiguer beaucoup l'attention du Roi & conféquemment l'ennuyer. M. de Calonne, quand fon tour a été d'opiner, a repris le fujet, l'a expofé de la maniere la plus claire, la plus concife, la plus intéreffante, au point que fa majefté, qui commençoit à bâiller fortement, y a porté une attention foutenue & a femblé très-fatisfaite de fon réfumé.

2 *Novembre.* Les deux jeunes robins, après s'être battus, fe font embraffés & ont été dîner chez M. le garde des fceaux. On dit qu'après avoir beaucoup ri à leurs dépens, on les a exilés pour la forme & pour quelques jours feulement.

2 *Novembre* Hier premier novembre, au concert fpirituel on n'a point exécuté l'hymne de M. Moline en l'honneur de Sacchini. C'eft le fieur Rouffeau, de l'académie royale de mufique, qui s'etoit chargé de la chanter, & le fervice de la cour l'a forcé de fe rendre à Fontainebleau. Au furplus, il pourroit fe faire que ce poëme facré n'eût jamais lieu. Les dévots ont été fort fcandalifés du rôle qu'on y fait jouer à Sainte Cécile, que, comme patrone des muficiens, le poëte introduit affez ridiculement en fcene : il y eft auffi queftion du prophete Elie, qui, moins que la Sainte encore, avoit befoin en pareille affaire.

2 *Novembre.* Une société de citoyens réunis par le goût des arts utiles, a déposé une somme de 12000 livres destinée à l'artiste qui, au jugement de l'académie des sciences, fournira les projets de la meilleure machine hydraulique propre à remplacer aux moindres frais possibles les machines à eau du Pont-neuf & du pont Notre-Dame. Il faut voir dans le programme les conditions exigées au nombre de huit articles.

L'académie des sciences a accepté le jugement, & le prix sera décerné dans sa derniere séance publique de 1787, & délivré sur l'ordre du ministre de la ville de Paris.

3 *Novembre.* Aujourd'hui que l'affaire de M. le comte de Lally Tollendal, sur le point d'être jugée une troisieme fois en cassation, revient sur le tapis, on cherche à se procurer ses mémoires, qu'il s'étoit fait jusqu'à présent une espece de délicatesse de donner à d'autres qu'aux juges. Ils sont effrayants & par le nombre & par la masse.

1°. Mémoire produit au conseil d'état du Roi, par Trophime Gérard, comte de Lally Tollendal, capitaine de cavalerie au régiment des cuirassiers, dans l'instance en cassation de l'arrêt du 6 mai 1766, qui a condamné à mort le feu comte de Lally, son pere, lieutenant général des armées du Roi, &c. & signifié pour défense à M. le procureur général du parlement de Normandie, dans l'instance renvoyée en cette cour par l'arrêt du conseil, qui a prononcé la cassation : à la requête dudit comte de Lally Tollendal, nommé curateur à la mémoire de son pere par l'arrêt de la cour du 21 décembre 1778.

Signifié à M. le procureur général du parlement de Dijon, où le procès avoit été renvoyé après la cassation des arrêts du parlement de Rouen.

Lacéré & brûlé par le bourreau en vertu de l'arrêt de Dijon du 23 août 1783.

Et reproduit au conseil du Roi, avec la requête en cassation, présentée contre cet arrêt.

Ce mémoire in-4° contient trois parties, dont la premiere a 351 pages & trois cartes; la seconde 422 pages, & la troisieme 96 pages: en tout 869 pages.

A la suite est l'arrêt du conseil d'état privé du Roi, du 21 avril 1777, qui ordonne l'apport des charges & procédures du greffe criminel du parlement de Paris au greffe du conseil : ensemble l'arrêt du 25 mai 1778, qui casse l'arrêt rendu par le parlement de Paris le 6 mai 1776, contre Thomas Artur comte de Lally, &c. & tout ce qui a suivi.

2°. Plaidoyer du comte de Lally Tollendal, &c. au parlement de Rouen, contre M. Duval d'Eprémesnil, conseiller au parlement de Paris, neveu, par son pere, du feu sieur Duval de Leyrit. Ce volume in-4°. a 314 pages.

3°. Arrêt du conseil d'état privé du Roi, qui casse les sept arrêts du parlement de Rouen, des 11 août 1779, 8, 10 & 15 mars; 19 & 24 avril & 12 mai 1780, & généralement toute la procédure relative soit à l'intervention du sieur Duval d'Eprémesnil, soit à la reprise d'instance de la comtesse d'Aché, dans le procès criminel du feu comte de Lally & autres parties; évoque le dit procès criminel attribué au parlement de Rouen & le renvoie au parlement de Dijon;

ordonne, du propre mouvement, qu'il sera passé outre à l'instruction & au jugement dudit procès, nonobstant toute opposition; donne acte au comte de Lally Tollendal & autres parties, de leurs réserves contre le sieur Duval notamment pour les écrits & libelles dont il a inondé toute la France.

Sur les requêtes y insérées du comte de Lally Tollendal, du sieur Alen de Saint-Wolston, ci-devant major général de l'armée de l'Inde, & du sieur de Pouilly, ci-devant grand prévôt de ladite armée.

L'arrêt est du 31 juillet 1780, & le volume a 142 pages in-4°.

4°. Discours du comte de Lally Tollendal, dans l'interrogatoire qu'il a prêté au parlement de Dijon, en qualité de curateur à la mémoire du comte de Lally, son pere, le samedi 16 août 1783. Ce discours, avec les pieces y jointes, contient 34 pages in-4°.

5°. Enfin, Correspondances de M. Duval d'Eprémesnil avec M. le marquis de Montmorency & M. le chevalier de Crillon, publiées par le comte de Lally Tollendal, avec ses observations.

La premiere a 56 pages in-4°. & la seconde 99.

3 *Novembre.* Mardi dernier, pour faire aller la *Toison d'or*, qui pourtant n'est encore qu'à sa huitieme représentation, on y a joint un nouveau ballet des *Sauvages.* Ceux qui l'ont vu assurent que c'est un foible appui.

3 *Novembre.* On prétend que la cour est deserte à Fontainebleau & que ceux-mêmes qui y sont attachés n'y paroissent guere que pour leur service, & s'en éloignent dès qu'ils en ont la

liberté ; ce qui rend plus sensible le vuide & augmente l'ennui. On veut qu'afin de remédier à cette solitude, le Roi ait donné ordre à tous les grands officiers de la couronne & autres de service à Fontainebleau, de n'en point découcher, & même de ne s'en éloigner jamais de suite, pendant plus de quatre heures.

4 *Novembre.* M. de Tourzel, le fils de M. de Sourches, grand prévôt de l'Isle-de-France, a fait à Fontainebleau une chûte de cheval si considérable, qu'on croit qu'il en est mort.

4 *Novembre.* Extrait d'une lettre de Londres, du 27 octobre 1787..... On a traduit en anglois *Richard cœur de lion*, & on l'a joué presque en même temps sur les deux théâtres de cette capitale. Les propriétaires ont tâché de se surpasser mutuellement : celui de *Covent-Garden* a cru devoir faire un *Pasticio* musical, c'est-à-dire, un ouvrage ni copie, ni original, un pot-pourri de toutes sortes de musique, propre à mettre en jeu les talents de ses meilleurs acteurs ; & le traducteur des paroles ne s'est pas plus asservi à conserver l'ensemble de la piece & l'esprit de chaque rôle. Il y a voulu joindre aussi, du sien à la maniere angloise ; des bouffonneries, des scenes d'ivrogne : ce mêlange n'a pas réussi, & *Richard cœur de lion* ainsi métamorphosé, a été jugé détestable sous les deux aspects. Ce qui doit sur-tout consoler M. Gretry, c'est que messieurs Anfossi, Bertoni, David Rizzio, Duni, Tenducci & autres illustres dont on avoit emprunté des airs pour varier les siens, n'ont pas été plus heureux : ils ont été sifflés, ainsi que lui, & il est tombé en bonne compagnie.

Au contraire, le propriétaire de Drury-Lane,

a suivi une autre route ; il a voulu conserver à ce spectacle l'esprit de l'original & le coloris françois ; il a prié un François, homme de goût & d'esprit, connoissant parfaitement le théâtre & la musique, de diriger la traduction, & l'exécution de *Richard cœur de lion* ; on a suivi strictement la musique de M. Gretry, & la piece a été aux nues. Il est vrai que rien n'avoit été épargné pour la magnificence du spectacle, habits, costume, décorations....

5 *Novembre*. On écrit de Fontainebleau que dans le besoin urgent de fonds où est M. le contrôleur général, quoiqu'il ait écrit le contraire il n'y a pas long-temps, il a imaginé de remettre sur le tapis l'affaire des protestants : elle s'agite vivement au conseil en ce moment, où l'on est débarrassé du clergé, qui ne se rassemblera pas de si-tôt. On ne seroit pas surpris de la voir réussir. On sait qu'il s'agit de leur donner un état légal & civil en France, & d'y laisser rentrer tous ceux qui le desireront, connus sous le nom de *Réfugiés*. On prétend qu'ils offrent une somme considérable, des millions en grand nombre & en si grand nombre que cela semble fort exagéré.

5 *Novembre*. On juge que le sieur Pankouke, qui avoit magnifiquement payé le privilege d'insérer les *Prospectus* d'ouvrages nouveaux dans son mercure, a gagné son proces contre le journal de Paris ; car il recommence d'en user & renouvelle son avertissement à cet égard. Il fait voir combien une telle jonction doit être avantageuse aux auteurs, non-seulement pour donner plus de cours & de consistance à leurs annonces, mais encore pour épargner des frais plus consi-

déiables. Ceux de la méthode proposée ne reviendront qu'à 42 livres pour deux pages, à 84 pour quatre, &c. Le rédacteur exige en outre un exemplaire de chaque livre.

5 *Novembre.* Le 8 août un jeune guide de Chamouni, *Balmat*, a monté jusqu'à la plus haute cime du Mont-blanc; il étoit accompagné d'un médecin nommé *Paccard*, qui se vante de cette découverte, quoiqu'il n'y fût qu'en second.

5 *Novembre.* Le ballet des *sauvages* est de la composition des sieurs Gardel, freres; mais en plus grande partie de celle du jeune, & ne peut faire honneur ni à l'un ni à l'autre : rien de piquant dans la pantomime; point de précision, de netteté dans le dessin; les airs mêmes ne sont nullement saillants, & sans l'exécution rendue par les meilleurs danseurs & les plus agréables danseuses, ce spectacle auroit été absolument insipide.

6 *Novembre.* Suivant les éclaircissements pris concernant l'affaire de l'abbé Beauregard, elle n'est point arrangée à son égard. Elle l'est pour le vicaire; c'est-à-dire, que son sermon examiné par l'abbé Asseline, grand-vicaire de M. l'archevêque, lui a été rendu, & qu'afin de détruire les fâcheuses impressions que la sortie violente de son adversaire auroit pu laisser contre lui, il a été autorisé à monter en chaire & à faire le prône; mais non à prêcher le même sermon : en effet, on y a remarqué une teinte de jansénisme, mais pas assez forte pour mériter l'anathême. La division est : *Point de charité sans bonnes œuvres : point de bonnes œuvres sans charité.* On conçoit que cette derniere proposition est très-

susceptible de chicane. Cependant, M. l'archevêque qui, élevé dans les principes du molinisme, déclare qu'à son âge on ne change point de façon de penser ; mais convient en même temps que sa façon de penser particuliere ne doit pas faire regle, n'a point voulu qu'on inquiétât ce bon prêtre. Il a même désapprouvé sincérement le zele outré de l'ex-jésuite. D'un autre côté, il ne voudroit pas le perdre, & n'ayant pu le faire fléchir autant qu'il auroit desiré, il lui a conseillé de s'éloigner pendant la fermentation élevée contre lui, & il paroît décidé que l'abbé Beauregard ne prêchera point à Paris durant l'avent. Cet échappatoire ne contente pas les jansénistes, qui auroient voulu que M. de Juigné eût interdit authentiquement le fougueux prédicateur : à ce défaut, ils agissent auprès du parlement, afin de le mettre *in reatu* par une dénonciation, & l'on assure qu'ils ont gagné le président d'Ormesson, disposé à le faie à la rentrée.

6 *Novembre.* Les bruits répandus contre le baron de Breteuil se trouvent démentis par sa présence à Fontainebleau, dont il n'est pas revenu depuis le commencement du voyage ; il est vrai qu'il y est isolé, & n'y fait pas la figure brillante qu'il y devroit faire.

6 *Novembre.* Extrait d'une lettre de Fontainebleau, du 4 novembre.... C'est une chose admirable de voir tous les embellissements déja faits au château, sans parler de ceux qu'on y doit encore faire. Mais la piece la plus curieuse, c'est le boudoir de la Reine, que le public ne voit plus depuis que Mlle. Contat s'est avisée d'y commettre des indiscrétions, & tenir des propos qui

autoient dû la faire punir plus rigoureusement. Sa majesté, quand elle sort, en prend la clef, & personne n'y peut entrer.

Les petits appartements du Roi, au-dessus & au-dessous du grand, ne sont pas de cette magnificence : mais j'y ai admiré avec plaisir les travaux de sa majesté. On juge qu'elle s'y occupe du soin de ses sujets, par toutes les cartes de chaque province qu'on trouve sur son bureau, par les détails économiques qu'elles renferment, par des notes de sa main, & par des instructions aussi de sa main, que l'officier de la chambre, qui me montroit le cabinet du Roi, m'assura devoir être envoyées à divers intendants. Cela ne seroit pas plus extraordinaire que de voir ce monarque dicter à M. de la Peyrouse son voyage autour du monde.

7 *Novembre.* Les amusements de la société, & sur-tout du grand monde, plus sujet à s'ennuyer que les bourgeois & le peuple, s'usent facilement & changent comme les modes. Il y a six mois qu'on avoit eu la fureur de jouer aux synonymes, lorsqu'on vit éclorre le livre de l'abbé Roubaud sur cette matiere : aujourd'hui chacun compose des histoires de filles dans le goût de Nina, dont le succès continue. On a fait un recueil de quelques-unes de ces histoires lamentables, & l'on a composé à ce sujet le quatrain suivant :

Au théâtre françois un vieux fou (*) réussit ;
A celui d'arlequin c'est une jeune folle.
Nation aimable & frivole,
Est-ce que vous perdez l'esprit ?

(*) *Le Roi Léar*, tragédie des François.

7 *Novembre.* Les *Zélanti* du clergé ſont occupés en ce moment à gémir au pied des autels de ce qui ſe paſſe à l'égard des proteſtants ; car leur rappel eſt regardé comme décidé. On aſſure qu'il a été réſolu dans un grand conſeil tenu à Fontainebleau à cet effet, où tous les miniſtres ont voté pour ce grand événement, ſauf M. le garde des ſceaux, qui en a montré les inconvénients d'une maniere aſſez frappante pour tenir le Roi en ſuſpens ; on veut que ſa majeſté ſe ſoit rangée du grand nombre.

M. Necker, qui toujours ambitieux, cherche à jouer un rôle, & à occuper le public, eſt l'entremetteur de l'affaire de la part des proteſtants. On ne doute pas qu'ils ne donnent une ſomme d'argent, mais à titre d'impoſition, de capitation particuliere, comme ſujets.

Si l'affaire eſt auſſi mûre qu'on le dit, la nouvelle loi à cet égard ſera portée au parlement à la rentrée, & l'on ne tardera pas à en être inſtruit.

7 *Novembre.* Extrait d'une lettre de Fontainebleau, du 6 novembre..... Vous avez ſans doute ouï dire que M. le prince de Condé avoit deſiré ſe rendre le champion du cardinal pour la maiſon de Rohan, contre le baron de Breteuil, qu'elle accuſe d'avoir moins agi dans cette affaire en miniſtre, qu'en ennemi perſonnel, & qu'en conſéquence il avoit permis au baron de ſe meſurer avec lui : de là, le bruit qui courut au commencement du voyage de Fontainebleau, que ce miniſtre avoit été tué ; enſuite qu'il avoit reçu un bon coup d'épée, & en étoit dans ſon lit à Verſailles, ou à Saint-Cloud. Rien de plus faux que cette anecdote, du moins quant aux ſuites.

J'ai vu ici vingt fois M. le baron de Breteuil plein de vie & de ſanté. Il eſt vrai qu'il y eſt aſſez iſolé ; mais les maréchaux de Segur & de Caſtries n'y brillent guere davantage. Ce dernier n'eſt que depuis peu à Fontainebleau ; il a été malade : d'autres prétendent qu'il l'a fait dans le deſſein de pouſſer ſon fils le duc de Caſtries, & de ſe le donner pour adjoint ; mais cette ruſe n'a pas pris.

Le miniſtre fêté, c'eſt M. de Calonne ; il eſt radieux, entouré de courtiſans ; il ouvre ſans ceſſe les cordons de la bourſe, & les graces pleuvent : d'ailleurs, ſa galanterie des neuf chevaux de Sibérie, pour M. le Dauphin, n'a pas peu contribué à le rendre agréable à la Reine, & même au Roi.

M. le garde des ſceaux, toujours ſouple & trembleur, a vu avec peine ici des magiſtrats du parlement de Paris, qui ſembloient l'épier & examiner ce qui ſe paſſeroit dans la double affaire de M. Dupaty. Il eſt à préſumer que le chef de juſtice a fléchi, & redoute cette compagnie. M. Dupaty, qui ne doutoit pas de triompher à Fontainebleau, a du deſſous, & il eſt décidé que le réquiſitoire de M. Seguier ſera public à la Saint-Martin : ce proviſoire eſt un préjugé défavorable pour le fond.....

M. le Noir s'eſt montré auſſi à Fontainebleau, comme un aſpirant miniſtre, & il n'eſt perſonne qui, en voyant ſon air affable, aiſé, expéditif, ne le deſire dans une premiere place. Malheureuſement il ne veut point renoncer à ſa dignité de bibliothécaire : en cette qualité, il eſt ſous les ordres du ſecrétaire d'état au département de Paris ; & s'il paſſoit à quelqu'autre département, ce seroit un ministre assujetti à un autre : ce qui ne se peut. Il n'y auroit donc que la place de M. de Breteuil qui lui conviendroit.

8 *Novembre.* Avant-hier, au moment de commencer Zaïre, que les François avoient fait afficher, on est venu annoncer que l'indisposion subite d'un acteur ne permettant pas de jouer cette piece, on alloit donner à la place la premiere représentation d'Azemire, tragédie nouvelle. Elle venoit de tomber à Fontainebleau, & elle n'a pas mieux réussi à la ville : ce qui est d'autant plus fâcheux pour l'auteur, que ses rivaux pris au dépourvu n'avoient pu former de cabale contre lui, &, qu'au contraire, il avoit eu le temps de renforcer le parquet de ses partisans.

8 *Novembre.* *Fausse accusation de bigamie*, & *réclamation d'état.* Tel est le titre d'un mémoire très-important, très-curieux par les faits, mais qui malheureusement est très-mal écrit. On assure que cette affaire, dont l'origine date déja de plusieurs années, va prendre enfin couleur, & sera plaidée *in magnis.* Des gens puissants y sont intéressés comme parties adverses, entr'autres la comtesse de Marbœuf & le maréchal de Levis. Il est question encore d'abus d'autorité, de lettres de cachet obtenues de leur part, de détention illégale, de vexations horribles; en un mot, d'une intrigue inouie, incroyable, & d'une noirceur si profonde, qu'on regarderoit cette narration comme une fable, si elle n'étoit suivie d'une consultation détaillée, en date du 29 mai dernier, & souscrite de deux avocats, Me. Trumeau de Boissy, l'auteur du mémoire, & Me. Mauk-

trot ; ce dernier, homme grave, de poids & très-estimé parmi ses confreres.

Du reste, la plainte a été reçue au parlement, & c'est à cette cour que l'on doit plaider.

8 *Novembre.* Une disgrace que le corps épiscopal éprouve en ce moment, le fâche encore plus que le rappel des protestants ; c'est que le Roi semble décidé à ne point nommer de précepteur à M. le Dauphin. Ce précepteur étoit toujours un évêque ; il étoit indépendant du gouverneur, & M. le duc d'Harcourt a obtenu de ne point avoir de collegue de cette espece : il n'y aura qu'un ou deux sous-instituteurs, qui seront sous ses ordres, & conséquemment ne pourront être tirés du premier corps des pasteurs.

Plusieurs évêques sur les rangs se trouvent ainsi éconduits, entr'autres l'ancien évêque de Senez, qui visant de loin à cette place, a abdiqué son évêché il y a plusieurs années ; l'évêque de Nancy, ci-devant aumônier de la Reine, qu'elle aime beaucoup ; M. l'évêque de Langres, qui vient de publier récemment une grosse instruction pastorale, sans autre but que celui de faire du bruit & de s'annoncer favorablement.

Au reste, il n'y a rien de décidé absolument, & nosseigneurs cabalent de leur mieux pour qu'on ne déroge point à l'étiquette, ils font envisager cette exclusion comme une tournure indirecte des philosophes, pour empêcher qu'on ne verse dans le cœur du jeune prince les semences de religion & d'orthodoxie, que leurs prédécesseurs y ont constamment inculquées.

9 *Novembre.* Extrait d'une lettre d'Amiens, du 4 novembre.... Le prix de bienfaisance dont vous vous informez, fondé dans notre académie

par M. de la Tour, peintre du Roi, citoyen de Saint-Quentin, soit pour une action d'humanité faite dans l'année en Picardie, soit pour une invention utile, a été partagé cette année entre Antoine Sené, Magdelaine Marié & Charles Sené, trois habitants de la paroisse de Resions, élection de Montdidier, pour des efforts incroyables d'humanité, dignes du temps de la fable, & dont l'ensemble extrêmement compliqué forme une scene héroïque à lire dans le procès-verbal même du 16 janvier dernier.

9 *Novembre.* Extrait d'une lettre de Fontainebleau, du 8 novembre... Le marquis de Tourzel, mestre-de-camp, lieutenant-commandant du régiment Royal-Cravattes, en suivant la chasse du Roi sur un cheval très-fougueux, en fut emporté contre un arbre, où craignant de se fracasser la cervelle, il voulut sauter à terre: malheureusement son pied resta à l'étrier, en sorte que le coursier le traîna pendant long-temps sur les ronces & les cailloux, avec tant de violence que le moderne Hippolyte n'étoit plus reconnoissable; lorsqu'on lui a apporté du secours, il n'avoit plus figure humaine: les chirurgiens ne distinguoient ni le devant, ni le derriere de la tête, & tous ses parents & amis faisoient des vœux pour qu'il mourût promptement. Il a enfin succombé à ses souffrances avant-hier. Tout le monde regrette ce seigneur très-estimé. Le Roi en apprenant ce malheur, avoit sur le champ interrompu la chasse & fait donner une de ses voitures au blessé, pour le transporter. Depuis il l'a honoré de ses larmes, & s'est écrié: « J'espere » qu'on ne me dira point de mal de celui-là, » même après sa mort.... »

10 *Novembre.* On a parlé de la querelle élevée depuis peu de la part des novateurs pour la fortification de nos places frontieres, à la tête desquels est le marquis de Montalembert, qui a beaucoup écrit sur cette matiere, qui s'est fait écouter de plusieurs ministres, & auroit entraîné la ruine du systême du maréchal de Vauban, si le corps du génie n'y fût resté fermement attaché. Cette querelle est devenue si grave, on a tellement reproché aux ingénieurs françois de n'avoir jamais rien produit de leurs motifs pour cette injuste préférence, de n'etre que de froids & serviles imitateurs de leur maître, faute de talents pour sortir du cercle étroit de leur imagination, de n'avoir jamais raisonné leur objet; enfin, de croupir dans une coupable & apathique négligence, dans un silence honteux; qu'ils sont enfin entrés en lyce, & ont choisi l'académie des sciences, comme le seul tribunal impartial capable de les juger; & sur l'exposé des causes de leur préférence de la fortification perpendiculaire (c'est ainsi qu'on qualifie le systême de Vauban) cette compagnie a prononcé en leur faveur.

10 *Novembre.* La querele de M. Garat avec le clergé, qui l'a fait rayer par M. le garde des sceaux pour la pension qu'il avoit obtenue, est un peu plus ancienne que celle de l'abbé Beauregard, mais subsiste encore. C'est dans une de ses leçons d'histoire du mois d'août dernier, donnée au lycée, qu'elle est née par un rapprochement affecté, où il a comparé la guerre de Troyes à celle des croisades; il en a trouvé le sujet également futile : l'une se faisoit pour rendre une femme infidelle à son mari; l'autre pour la conquête d'un vain tombeau. A l'instant les

dévots ont été crier aux oreilles de l'archevêque ; que M. Garat étoit un athée. Le prélat en a porté ses plaintes au chef de la justice, & les Zelanti voudroient bien exclure de la chaire du lycée ce professeur trop philosophe. On doute qu'ils réussissent.

10 *Novembre.* Il paroît constant que les fermiers généraux se proposent & ont obtenu la permission de lever un régiment nombreux à leur solde pour la défense de leur mur, lorsqu'il sera achevé ; & c'est dans ce siecle, dans ce pays, dans cette capitale, centre des lumieres & de la philosophie, qu'on verra circuler cette horde soumise aux traitants.

11 *Novembre.* On assure aujourd'hui, que sans égard pour le choix de M. Sacchini, c'est M. Piccini que la cour a chargé de finir la tragédie d'*Evelina*, laissée imparfaite par le défunt. On vante beaucoup la docilité de ce grand maître à se prêter aux desirs de la cour ; l'on ajoute qu'il a composé un éloge de son rival, inséré dans une feuille publique, & qu'il y a joint la modestie de ne pas le signer.

11 *Novembre.* Le mémoire du comte de Lally Tollendal, produit au conseil d'état du Roi, est un chef-d'œuvre & dans le fond & dans la forme. Après un superbe & touchant exorde, où il paie l'hommage qu'il doit à la reconnoissance, où il trace le récit qu'il doit à la vérité, écarte les objections qu'il pouvoit attendre de l'injustice & de la mauvaise foi, discute les droits, établit sa qualité, ce fils généreux, tout entier à la justification de son pere, prouve, 1°. qu'il n'a pas été coupable ; 2°. qu'eût-il été le plus coupable des hommes, il a été mal jugé ; 3°. que

d'après l'état du procès, il ne pouvoit pas être bien jugé : en un mot, le comte de Lally a été condamné injustement, illégalement, incompétemment. Tel est le résumé des diverses parties de ce *Factum*, où l'éloquence prête des charmes au raisonnement & où le raisonnement donne une force merveilleuse à l'éloquence.

La premiere partie est une relation suivie & détaillée de toute la guerre de l'Inde durant le généralat du comte de Lally ; c'est un morceau très-précieux pour l'histoire : l'auteur y a joint une digression sur les vraies causes de la perte de nos comptoirs dans cette partie du monde, où l'on trouve des vues tres-judicieuses & un tableau frappant des vices de la compagnie, qui faisoient tendre cet établissement à une ruine certaine & inévitable.

La seconde partie est un historique de tout le procès, où malgré la sécheresse du sujet le comte de Tollendal a su jeter un grand intérêt, par les anecdotes dont il l'a enrichi, & par la maniere piquante de les raconter.

La troisieme partie est toute entiere dans le genre pathétique. Elle roule uniquement sur le supplice du comte de Lally : on y apprend les diverses circonstances qui ont précédé, accompagné & suivi son horrible catastrophe, & il tire les larmes des yeux du lecteur le plus prévenu.

Enfin ce magnifique plaidoyer est terminé par une péroraison en forme de discours au Roi, où le suppliant demande à la fois à sa majesté grace & justice : *grace*, pour un infortuné, obligé de se plaindre au monarque de la premiere cour de son royaume ; *justice*, pour un homme vertueux, immolé par la calomnie au sein de ce même royaume.

L'orateur, soutenu par son sujet durant une aussi longue carriere, ne perd pas haleine un seul instant ; après avoir épuisé en quelque sorte tous les genres d'éloquence assortie aux matieres qu'il avoit à traiter, il arrive au terme aussi vigoureux qu'il étoit parti.

12 *Novembre.* C'est vers le commencement d'octobre que M. de Calonne méditant sa galanterie pour M. le Dauphin, a fait arriver à Saint-Denis neuf chevaux de Sibérie, dont un de selle : ces coursiers qui n'ont pas trois pieds de hauteur, ont été depuis ce temps secrétement formés à l'usage auquel il les destinoit : il a également fait chercher de jeunes jockeys intelligents, en état de servir de cocher, de postillon & de valets de pied : il a aussi fait faire un petit carrosse très-élégant aux armes de M. le Dauphin ; il a fait habiller tout ce monde à la livrée de ce prince, & quand l'attelage a été bien éduqué & tout disposé pour le spectacle qu'il desiroit donner à leurs majestés, il a fait venir à Fontainebleau & a fait trouver sous les fenêtres de la Reine, le carosse attelé & garni de la livrée de M. le Dauphin : il s'étoit rendu dans l'appartement de sa majesté, qui, frappée de la nouveauté, appelle M. de Calonne pour la lui montrer. Le ministre en prend occasion de déceler son projet à la Reine & de lui demander la permission d'offrir cet amusement à M. le Dauphin. Sa majesté est enchantée de l'invention, & le Roi venu en ce moment, elle en rend compte à son auguste époux, auquel ne plaît pas moins cette

tournure galante ; en sorte que M. de Calonne est mieux que jamais en cour.

12 *Novembre.* Il est très-certain que demain le réquisitoire de M. Seguier & l'arrêt seront distribués à tous messieurs après la messe rouge & mis en vente pour le public : on dit le réquisitoire bien châtré, depuis qu'il a été lu aux chambres assemblées.

12 *Novembre.* Lundi dernier dans la nuit, il s'est passé à l'hôtel d'Angleterre, maison de jeu établie depuis long-temps dans Paris, un combat singulier, qui mérite d'être excepté de cette foule de rixes arrivant perpétuellement en pareils lieux & entre les mauvais sujets dont cette capitale abonde. L'origine en remonte à plus de deux ans.

Le vicomte d'Yzer étoit en 1784 pour quelque fredaine à Jabbaye Saint-Germain, prison de Paris consacrée aux militaires. Il voit un prisonnier occupé à dessiner une figure ; il reconnoît le portrait, & en effet il se trouve que c'est celui d'une fille nommée d'*Argens*, déja fameuse pour avoir été cause de la mort d'un homme. Le vicomte d'Yzer critique la gorge, qu'il juge placée trop bas. L'autre assure que la courtisane l'a de la sorte. Le vicomte prétend que non : delà une dispute entre eux si vive que ce dernier crache au visage du dessinateur, qui lui demande raison de l'insulte. N'ayant point d'armes ils conviennent de se battre au couteau ; chacun attache le sien à une canne & ils s'escriment de la sorte : on les sépare bientôt ; on rend compte du fait au tribunal des maréchaux de France, qui mandent les deux rivaux, les obligent de s'embrasser, leur font promettre & signer de ne point donner, étant libres, suite à cette rixe.

Tous deux sortis, celui qui avoit reçu le crachat, n'étoit pas satisfait & vouloit recommencer le combat : le vicomte ayant appris que son adversaire n'étoit que le fils d'un horloger de Rheims, ne se soucioit pas de redescendre dans l'arêne & prétendoit que sa naissance le dispensoit de rendre raison au vilain. Les choses en étoient là, lorsqu'ils se sont enfin rencontrés une nuit à l'hôtel d'Angleterre, où le vilain a obligé le vicomte à se battre. Celui-ci n'avoit qu'un sabre & l'autre une canne à dard. Le vicomte est resté sur la place, & le vilain est blessé griévement.

13 *Novembre.* Au moment où le sieur Pankouke sembloit triompher & en pleine jouissance de l'insertion exclusive des *Prospectus*, on est surpris de voir le *Journal de Paris* annoncer un avis à ceux qui auront des *Prospectus* & avis particuliers de librairie à publier, qu'ils peuvent s'adresser au bureau, & que, moyennant 21 livres pour les frais d'impression, de papier & de distribution d'une feuille de supplément, composée de huit colonnes ou quatre pages, ils seront satisfaits : sinon à raison de 27 livres par colonne ; ce qui semble plus cher que le prix demandé par le mercure. En outre, l'on prétend que celui-ci est plus répandu dans les provinces & chez l'étranger, & a beaucoup plus de souscripteurs ; mais il ne se publie qu'une fois par semaine.

13 *Novembre.* On trouve dans la réponse de M. de Tollendal à M. d'Eprémesnil, plaidée au parlement de Rouen, la même éloquence noble, abondante, nerveuse, pathétique ; la même logique, le même développement lumineux de ses preuves, que dans son grand *Factum.*

Après avoir établi quelques vues générales sur l'intervention de M. d'Eprémesnil, qui ne peut avoir eu pour but que d'empêcher le jugement de ce grand procès de l'embarrasser, de le gêner, de le retarder du moins, l'orateur fixe d'abord le point de sa cause ; il expose ensuite les faits dont ce point lui paroît exiger la connoissance, pour être saisi dans toute son étendue & apprécié dans toutes ses parties : il passe enfin à ses moyens, & il démontre invinciblement que l'intervention de M. d'Eprémesnil est contraire à toutes les loix, à tous les principes, aux notions les plus communes de l'équité, comme aux lumieres les plus simples de la raison ; qu'elle est sans aucun intérêt au procès dans lequel on veut entrer ; qu'elle est dans un procès du grand criminel, où l'on n'en admet point ; qu'elle a pour objet une action irrévocablement proscrite & pour jamais éteinte, une action nouvelle à intenter contre un homme mort depuis plus de treize années, & pour en montrer à la fois l'injustice, l'odieux & le ridicule, qu'elle est fondée sur ce que son pere, avant de mourir, a injurié, dit-on, le chef des dénonciateurs qui ont causé sa mort.

13 *Novembre*. Le college royal, centre de tous les arts, de toutes les sciences, de toutes les connoissances, quoique beaucoup plus ancien que les diverses académies de cette capitale, soit à raison de cette ancienneté même, soit à raison de son local, de ses entours pédantesques, soit à raison de ses membres peu répandus en général chez les grands & dans la société ; quoiqu'il tînt périodiquement des assemblées publiques de rentrée, n'y voyoit guere affluer autre-fois

fois que ses écoliers ou des gens du pays latin. Depuis que ce college a été restauré à neuf, qu'il s'y trouve une salle de réunion infiniment plus vaste & plus décorée que celle des autres corps savants ou littéraires, les chefs du college ont cherché à se mettre au niveau de ceux-là.

Afin d'exciter la curiosité, les lecteurs & professeurs royaux ont d'abord arrêté qu'on inviteroit par billet, & qu'on ne pourroit être admis aux assemblées publiques sans cette formalité.

Ensuite, comme les femmes attirent les hommes, & qu'aujourd'hui elles se piquent de vouloir entrer jusques dans le sanctuaire le plus reculé des sciences, on est convenu qu'elles seroient introduites. Cette innovation a causé beaucoup de difficultés : M. l'abbé Garnier, comme inspecteur, & à raison de sa robe, s'y est fortement opposé : mais M. de la Lande, partisan dévoué du beau sexe, a tellement plaidé sa cause qu'il l'a emporté.

En conséquence, enchérissant sur les académies, on est convenu d'illuminer galamment la salle de bal, avec quinze lustres & vingt girandoles sur le bureau littéraire ; & pour plus de facilité au beau monde, l'heure de la séance a été reculée jusqu'à une heure de l'après dînée, qui est à peu près l'heure du spectacle.

Enfin, les lecteurs & professeurs royaux viennent de convenir tout récemment, & à commencer d'aujourd'hui, que dorénavant les diverses réceptions n'auroient lieu que dans ces assemblées publiques ; ce qui, d'un côté, en mettant plus d'appareil à la cérémonie, de l'autre en imposeroit davantage à la multitude.

En conséquence, Me. Laget Bardelin, fameux

avocat pour les matieres bénéficiales, doit être reçu aujourd'hui professeur en droit canon, à la place de M. l'abbé Rot de Mondon.

14 *Novembre.* L'ordonnance du Roi en date du 27 août 1786, concernant *l'école des enfants de l'armée*, mérite quelques détails.

Son objet d'abord de bienfaisance est d'empêcher que la plupart des enfants des bas-officiers & des soldats, auxquels le Roi a accordé les invalides ou des pensions dans les provinces, ne périssent, comme il arrive souvent, dans l'impossibilité où sont les peres de les élever.

L'école sera établie à Liancourt, généralité de Soissons. Le nombre des éleves est borné jusqu'à présent à 100. Il faudra, pour être admis, qu'ils aient sept ans révolus : ils seront sous l'inspection du duc de Liancourt.

Le gouverneur des invalides choisira les sujets, de concert avec l'inspecteur : au défaut d'enfants d'invalides, on prendra les éleves parmi ceux des soldats, cavaliers, hussards, dragons & chasseurs ; on préférera ceux qui auront moins de ressources.

A compter du premier janvier dernier, il sera accordé pour chaque enfant en tout & toujours au complet dix sous par jour.

Lorsque ces éleves auront seize ans révolus, ils seront incorporés dans les régiments de l'armée, pour y servir huit ans.

Il sera payé par les corps qui les recevront, 100 livres, dont 50 versées dans la caisse de l'administration de l'école, & 50 livres employées à pourvoir le jeune homme des effets qui lui seront nécessaires, suivant l'ordonnance du 21 février 1779, & frais de route.

Au surplus, on attend un autre réglement sur les formes de l'admission des éleves, l'administration & la police de cette école.

14 *Novembre.* Le discours de M. l'intendant de Bretagne, prononcé à l'assemblée des états le 24 octobre dernier, est rapporté dans les feuilles publiques de la province, comme un morceau d'éloquence précieux : c'est une énumération des merveilles du regne de Louis XVI : la phrase la plus remarquable est celle-ci, parce qu'elle fortifie le bruit répandu que Louis XVI pourroit bien visiter cette année le port de Brest ; ce qu'annonce ainsi l'orateur : *le moment où ce monarque chéri viendra se montrer à ses fideles Bretons, n'est peut-être pas éloigné.* La chûte de ce discours, si elle n'est pas d'une éloquence très-harmonieuse, est du moins très-sonnante : « *je ne saurois donc* » *mieux seconder votre empressement, qu'en vous* » *demandant au nom du Roi le don gratuit ordi-* » *naire de deux millions, à raison d'un million par* » *an, en douze termes & paiements égaux.* »

Malgré ce discours, le commissaire départi a essuyé de grandes mortifications pour une méprise envers un gentilhomme pauvre & mal vêtu. Il ne l'a expiée qu'à force d'excuses, de courbettes & de protestations de son respect pour l'ordre de la noblesse.

14 *Novembre.* Les auteurs du projet annoncé en 1784, pour l'érection d'un monument en l'honneur de Descartes, ne trouvant point assez d'enthousiastes de ce grand philosophe, désesperent de le voir exécuté, & avertissent en conséquence les souscripteurs de retirer leur argent.

14 *Novembre.* Il paroît que les formes des discours de réception au college royal, sont à

peu près les mêmes, que celles des discours académiques, c'est-à-dire, fades & monotones. L'éloge du fondateur François I, l'éloge du restaurateur Louis XV, l'éloge du Roi régnant, l'éloge du ministre protecteur, l'éloge du défunt, l'éloge de chaque confrere présent : telles étoient les diverses parties de celui de M. Laget Bardelin, qui, au surplus, l'a débité hier moins en maître sûr de sa matiere, qu'en écolier qui balbutie.

On a goûté davantage le petit compliment que lui a adressé M. Poissonnier, professeur vétéran, chargé de lui répondre : il l'a fait briévement, avec beaucoup de naturel, d'aisance & grace : il a été fort applaudi.

Ensuite M. l'abbé Pluquet a lu un discours savant d'introduction à des mémoires qu'il compose sur l'histoire universelle. Son objet seroit d'appliquer l'histoire à la morale & sur-tout de former le cœur & les mœurs de ses éleves : il a dit là-dessus de très-bonnes choses, mais peu neuves & d'une maniere très-peu piquante.

Un mémoire d'astronomie de M. de Lalande a égayé l'assemblée ; on a ri de ses efforts pour y répandre de l'esprit & même de la galanterie : il s'agissoit du passage de Vénus sur le disque du soleil, de celui de Mercure, de la découverte de mademoiselle Herschel : il a gémi qu'on ne tournât pas davantage le goût de nos Françoises vers cette étude, sur-tout depuis qu'il a composé à leur usage une *Astronomie des Dames*. On a jugé facilement que cette annonce étoit le vrai but de son discours, très-bref, dénué de faits & absolument vague.

M. Vauvilliers a fait part au public de la traduction d'une ode de *Pindare* très-courte, mais dont le préliminaire a été fort long ; il a mis dans sa déclamation toute l'emphase de son modele & a fortement ému l'assemblée.

Un mémoire sur la rage, de M. Portal, avoit pour but de prouver que les frictions mercurielles sont encore le meilleur traitement. Son objet étoit de combattre la méthode de la cautérisation admise par des praticiens modernes très-habiles, comme M. Sabatier ; ou du moins de ne l'admettre que comme auxiliaire, en y joignant en outre des boissons antispasmodiques.

M. Mauduit, lecteur & professeur royal pour la géométrie, professeur de mathématiques, de l'académie d'architecture, a présenté à l'assemblée un instrument nouveau ou perfectionné, dont il a fait la description & démontré l'usage, mais d'une façon si imparfaite, que ses confreres n'y ont rien compris.

L'abbé de Cournand a terminé par la lecture d'un chant d'un poëme intitulé : *les quatre âges* : il a lu *la Jeunesse*. Ce poëme didactique, dénué d'épisodes, d'images & d'harmonie, a paru philosophique, rempli d'idées, de traits assez satiriques, & seroit mieux qualifié *Discours en vers* : quant à ceux-ci ils sont corrects, soignés, mais secs & sans chaleur.

14 *Novembre. Relation de la séance publique de l'Académie Royale des Inscriptions & Belles-Lettres, pour sa rentrée d'après la Saint Martin.*

Les réparations & changements auxquels on travaille dans la salle de l'assemblée de cette compagnie, n'étant pas encore achevés, elle a tenu sa séance d'aujourd'hui dans la salle de l'académie des sciences.

1°. Le prix dont le sujet étoit d'examiner *quel*

sur l'état du Commerce des Romains depuis la premiere guerre punique jusqu'à l'avénement de Constantin à l'Empire. qui avoit été remis en 1785 & par conséquent étoit double, a été décerné à M. François Mengotti, de Venise.

2°. Le sujet du prix que l'académie doit décerner à Pâques 1788, sera d'examiner *quelles ont été les différentes Peuplades de Barbares, transportées par les empereurs Romains sur les frontieres de l'Empire : en quel temps, pourquoi & comment se sont faites ces émigrations ; & quelle a été l'influence de ces Peuplades sur les loix, les mœurs, le langage des contrées où elles se sont établies ?*

3°. Le prix extraordinaire pour l'*Eloge historique de M. l'Abbé de Mably*, proposé par une personne qui ne veut pas être connue, dont l'académie a accepté le jugement, est remis à un an.

Après ces annonces, M. Dacier a lu l'éloge de M. de Burigny. Né à Rheims en 1692, il témoigna dans sa jeunesse autant d'aversion qu'il a montré depuis d'ardeur pour l'étude. Lorsque cet amour lui est venu, ils étoient trois freres, qui ayant tous le même goût, étoient réunis à Paris & y vivoient en retraite, pour vaquer plus entiérement au travail. Leur objet commun étoit l'histoire ; mais chacun d'eux avoit sa façon de l'envisager. M. de Burigny, entraîné par un attrait particulier pour l'histoire ancienne, s'appliquoit en conséquence à apprendre les langues qui pouvoient l'aider à remonter aux sources ; il se mettoit au fait des monuments, des inscriptions, des médailles. M. de Pouilly plus livré à la métaphysique & aux sciences exactes, sondoit dans l'histoire les profondeurs du cœur humain, débrouilloit la chronologie, calculoit les forces & la durée des empires. M. de Champeaux goûtoit davantage l'histoire moderne, où il prenoit des notions relatives à la science diplomatique dont il s'occupoit spécialement, & qui le mirent ensuite à portée de courir une carriere brillante dans les négociations.

Quant à M. de Pouilly, retourné depuis dans sa patrie, où il exerçoit avec distinction la charge de lieutenant général, ce qui lui a valu un brevet de conseiller d'état; il fait preuve de son goût & de son talent, principalement dans un ouvrage estimé, *la Théorie des sentiments agréables*: il avoit mérité une place d'associé libre dans l'académie des belles-lettres; mort peu de temps avant M. de Burigny, M. Dacier en prend occasion de réunir leur éloge, en commençant par M. de Pouilly qui, éloigné, lui étoit de la sorte plus étranger: aussi n'en a-t il donné qu'une courte notice.

M. de Burigny étoit un excellent académicien dans toute la force du terme. Assidu aux séances, il les a suivies jusques dans l'age très avancé où il étoit parvenu: jouissant d'une santé constamment robuste, il est mort presque la plume à la main. Outre plus de 50 mémoires dont il a enrichi ceux de la compagnie, il a composé une quantité considérable d'ouvrages particuliers. Le travail étoit chez lui un besoin, la seule passion dominante qui absorboit toutes les autres; il n'écrivoit que pour la satisfaire, & plus amoureux du repos que de la gloire, il ne cherchoit nullement la célébrité. Il seroit resté long-temps inconnu, si M. de Saint-Hyacinthe, son ami, ne l'eût excité à publier avec lui un journal sous le titre de l'*Europe Savante*, journal qui eut plus de vogue, puisqu'ils l'interrompirent au bout de deux ans. La premiere production de M. de Burigny, qui lui appartint en propre & la seule qui ait fait beaucoup de bruit, ce fut son traité de l'*autorité du Pape*. Elle parut en 1722, dans le fort de la querelle des jansénistes & des molinistes; & comme elle tenoit la balance entre les deux partis, aucun n'en fut content. On la trouve respectivement trop modérée. Cependant elle parvint à Rome, qui en fut très-scandalisée; elle excita une grande fermentation dans le sacré college; on l'a mit à l'index. Heureusement les persécutions qu'éprouva l'ouvrage, ne rejaillirent point sur l'auteur; mais de crainte de ne pas s'en tirer aussi-bien une autre fois, il laissa les deux partis se battre & se retira prudemment de la mêlée. Il ne composa plus que des ouvrages savants ou littéraires, tels que son *Histoire des Deux-Siciles*, *la vie de Grotius*, celle d'*Erasme*, les *Révolutions du bas Empire* & une infinité d'autres, avec lesquels un écrivain qui auroit eu des vues mercantiles, auroit fait fortune: depuis que M. de Burigny eut perdu la plus grande partie de son bien au systême, il resta toujours dans la médiocrité, & n'en étoit que plus content; il connoissoit & pratiquoit cette maxime de Voltaire: *la modération est le trésor du sage.* Entré à l'académie des belles-lettres a l'âge de soixante-quatre ans, il n'obtint la pension qu'à quatre-vingt-deux ans: après le ministre de Paris lui en fit donner une par le Roi, comme au doyen de la littérature de l'Europe. M. de Burigny, qui ne l'avoit nullement sollicitée, qui ne s'y attendoit en rien, fut comblé de cette grace. Son historien observe à cet égard que M. de Breteuil, depuis qu'il est en place, a déja plus fait à lui seul pour la protection des lettres, que tous ses prédécesseurs ensemble.

M. Dacier, après avoir fourni une notice ample & raisonnée des principales productions du défunt, passe à la partie intéressante, aux détails de sa vie privée; il rend compte de son caractere, de ses mœurs, de ses vertus sociales : il revient sur sa modération, son désintéressement, sa modestie, & cite des anecdotes qui en font preuve.

Lorsqu'un livre de M. de Burigny étoit mis en vente, il s'informoit avec soin comment elle alloit. Lorsque la vente étoit au point qu'il jugeoit les frais de l'impression rentrés, il disoit à ses amis : « Félicitez-moi, j'ai eu bien du » plaisir à composer tel ouvrage, & ce plaisir n'a » rien coûté à mon libraire. » Un jour quelqu'un parloit à M. de Burigny de l'*Europe savante*, & lui disoit, c'est un fort bon journal, mais tels & tels endroits m'ont paru foibles; il répondit : « Vous avez raison, ils sont de » moi : tels & tels sont excellents, & ne sont » pas de moi. »

M. de Burigny étoit plus susceptible d'attachement que ne le sont communément les savants : il mettoit dans sa conversation à défendre ses amis la même chaleur d'un autre à défendre ses opinions. Cette sensibilité qui s'affoiblit avec l'âge, étoit restée la même chez lui. Peu de temps avant sa mort un homme de considération dans un cercle brillant parloit mal de Saint-Hyacinthe : M. de Burigny voulut d'abord repousser ce propos par le raisonnement ; voyant que ses preuves ne convainquoient point, les larmes lui vinrent aux yeux : « Monsieur, lui dit-il, » vous me percez le cœur ! M. de Saint-Hyacinthe étoit mon ami ; je l'ai bien connu, & „ vous ne le peignez que d'après la calomnie. » Tout le monde fut attendri de cet épanchement, & ce qui le rendoit plus touchant, c'est qu'il y avoit un demi-siecle environ que Saint-Hyacinthe étoit mort.

Madame Geoffrin avoit connu le mérite de cet excellent homme & l'avoit engagé à prendre un logement chez elle. Depuis Mad. la Ferté Imbaut, sa fille, avoit regardé M. de Burigny comme une portion précieuse de l'héritage de sa mere & n'a point voulu s'en départir : il est mort chez elle.

Parvenu à cette époque, le secrétaire rapporte une anecdote qui est comme le dernier coup de pinceau au portrait de son héros. M. de Burigny n'avoit point reposé ; on le plaignoit d'une nuit aussi ennuyeuse : « Point du tout, s'écria-t-il ; „ je l'ai passée fort doucement. Je me suis re„ présenté les divers auteurs de l'antiquité ; j'ai „ cherché celui auquel je voudrois ressembler, & „ je me suis décidé pour *Plutarque*.

Cet éloge, quoi qu'il ait duré près de trois quarts d'heure de lecture, n'a point ennuyé ; on l'a écouté avec une attention soutenue, & parce qu'il étoit rempli de faits, & parce que l'historien a eu l'art d'intéresser jusqu'au bout en faveur de son héros. Simple, naturel, pur, sage comme lui, dénué de toute affectation d'esprit, rempli d'onction & de sensibilité, c'est un petit chef-d'œuvre dans son genre, qui a remporté les suffrages les plus difficiles.

Avant de parler des mémoires, il ne faut point

oublier d'ajouter que M. de Burigny a laissé presque autant d'ouvrages manuscrits qu'il en avoit composés. M. Dacier nous fait craindre qu'aucun ne voie le jour. Il regrette sur-tout une *Vie des Mages.*

Le premier mémoire qui a succédé à cet éloge, c'est un de M. Mongès, chanoine régulier de Sainte-Genevieve, *sur les charrues anciennes.* Il a découvert que nos charrues modernes, simples & composées, étoient connues dès la plus haute antiquité, & il en donne la preuve dans une foule de figures gravées d'après les médailles.

M. l'abbé le Blond a lu ensuite une dissertation très-bien faite *sur les médailles d'Alexandre.* Il a confirmé l'erreur reprochée à le Brun d'avoir représenté dans ses fameuses batailles la tête de Minerve pour celle du héros Macédonien; il prouve que la véritable ressemblance d'Alexandre doit se prendre d'après un jeune homme revêtu de la peau de lion, qu'on a cru mal-à-propos être celle d'Hercule jeune.

M. l'abbé Brotier, qui nous avoit entretenus, il y a un an, des *labyrinthes d'Egypte*, nous a parlé cette fois de ceux de Grece & d'Italie. Le dernier de ce genre est celui de Porsena, roi d'Etrurie. Depuis les labyrinthes n'ont plus été que ce qu'ils sont aujourd'hui, des ornements de jardins. Même érudition, même sagacité, même clarté dans ce mémoire, qui a de plus le mérite de la brièveté.

La séance a été terminée par la lecture d'un mémoire de M. Anquetil, où, en comparant le Gange ancien, avec le Gange moderne, il a retrouvé les descriptions des auteurs les plus reculés très-exactes; même relativement aux changements arrivés depuis, & il venge les anciens des détracteurs modernes

Le temps n'a pas permis de lire deux autres mémoires destinés à cette séance, l'un d'érudition grecque, de M. l'abbé Garnier; l'autre sur la saint Barthelemi de M. Desormeaux, en réponse à un journaliste.

15 *Novembre*. On raconte que la Reine qui s'amusoit à suivre la chasse du cerf, lorsque le Roi se livroit à cet exercice : un jour s'étant plaint à son auguste époux qu'elle n'avoit pas bien vu l'animal, parce qu'un paysan traversant la forêt avec son âne, l'avoit obligée de se détourner : sa majesté s'étoit écriée qu'il falloit punir un homme qui avoit si peu respecté les plaisirs de la Reine; qu'il falloit l'arrêter & le mettre en prison. On court en conséquence après ce malheureux; on se saisit de lui & on l'attache à un arbre, jusqu'à ce que la maréchaussée soit arrivée pour le conduire à Fontainebleau.

Le Roi passe par-là, voit ce pauvre diable & demande ce que c'est; on lui raconte que c'est en exécution de sa volonté : « ah, l'horreur ! » s'écrie le monarque : falloit-il m'en croire dans » mon premier mouvement de colere ? » En même temps il fait détacher ce patient & lui donner dix louis en dédommagement de cette cruauté.

15 *Novembre. Relation de la séance publique de l'académie royale des sciences, pour la rentrée d'après la saint Martin.*

Quoique l'affluence n'ait pas été moins grande que de coutume, cette séance a été fort maigre. Aucune annonce de prix. M. de Condorcet a lu un ſeul éloge, celui de M. l'abbé de Gua de Malves. Le reſte du temps s'eſt employé à couler à fond quatre mémoires. Le premier, de chymie, par M. l'abbé Rochon; le ſecond d'aſtronomie, par M. de la Lande; le troiſieme d'anatomie, par M. Vicq d'Azir, & le dernier de médecine, par M. Portal. Un moment avant la fin de celui-ci cinq heures ont ſonné, & quoiqu'il reſtât encore cinq mémoires à lire, M. Fougereux de Bondaroy, le directeur, a jugé à propos de clorre la ſéance contre l'uſage, qui eſt de la prolonger juſqu'à cinq heures & demie au moins, & quelquefois par-delà.

Les vieux académiciens, indignés de cette innovation & attachés à leur devoir, ne vouloient point lever le ſiege; ils ſe récrioient contre le tort qu'on faiſoit au public en raccourciſſant ſon inſtruction; ils réclamoient la regle. M. le directeur a prétendu que les réglements portoient que les ſéances ſe termineroient à cinq heures en hiver. M. Briſſon lui a obſervé que la ſéance publique devoit être exceptée; que depuis vingt-ſept ans qu'il avoit l'honneur d'être de l'académie, il n'avoit jamais vu cet exemple. M. le duc d'Ayen a ſoutenu la conduite de M. de Fougereux, il a dit que la fin du jour devoit rigoureuſement être le terme des travaux de la compagnie; il a cité l'exemple de M. d'Alembert, qui en pareil cas s'ennuyant & voyant que l'heure étoit paſſée, avoit pris ſon chapeau & s'étoit en allé. M. le Roy eſt intervenu & a expliqué la difficulté, en obſervant que les aſſemblées, aux termes de l'inſtitution, étoient de la durée de deux heures; que les particulieres finiſſoient à cinq heures, parce qu'on les commençoit à trois; mais que la séance publique ne commençant qu'à trois heures & demie, devoit aller jusqu'à cinq heures & demie. M. de la Lande a donné une solution encore plus précise; il a rappellé les termes sacramentaux, suivant lesquels la durée des assemblées doit être de 120 minutes: « or, a-t-il ajouté, une heure & demie n'en » contiennent que 90. »

Cependant les spectateurs se regardoient; ils sourioient de pitié; ils ne pouvoient concevoir comment des hommes si savants, si profonds, si habiles raisonneurs étoient en discord sur une chose aussi simple, faisoient une question d'un fait qui s'expliquoit par les réglements mêmes; en un mot, avoient perdu la mémoire au point de ne pas se souvenir de ce qui se pratique depuis un siecle deux fois en une année, de ce qui s'étoit passé il y avoit un an, il y avoit six mois: & chacun s'est en allé en se récriant: « oh! qu'un académicien est souvent un petit » homme! » Revenons aux discours.

M. de Condorcet a partagé l'éloge de M. l'abbé de Gua en deux parties: dans la premiere, il a fait l'historique de ses travaux; dans la seconde, il a parlé de ses aventures & de ses malheurs.

M. l'abbé de Gua, livré de bonne heure à la géométrie, avoit rendu de grands services à cette science, sinon par ses propres découvertes, au moins par celles des autres, qu'il a mises en lumiere & fait valoir. Il en eût rendu encore davantage sans un incident; il étoit entêté, opiniatre, hargneux; il se prit de querelle avec un de ses confreres: l'académie lui donna le tort; ce qui le mécontenta déja beaucoup; ayant après essuyé une préférence injurieuse, une sorte de passe-droit, il se dégoûta entiérement & demanda par dépit la vétérance ; il n'étoit alors qu'*Adjoint* & resta de la sorte à la queue de toute sa compagnie : privé ainsi de tout espoir d'avancement, de la pension & même des jetons des séances, il tomba dans une sorte de détresse & fut obligé d'avoir recours à faire des traductions. A l'occasion de son *Dialogue entre Hylus & Phyloaus*, traduit de l'anglois, roulant sur le systême de Barclai, qu'il n'existe point de corps, que nous voyons tout en Dieu ; systême que développe succinctement & combat le marquis de Condorcet ; il cite une estampe ingénieuse mise par le traducteur à la tête du livre, qui en étoit comme le résultat complet : on y voyoit un enfant devant un miroir, étendant la main derriere comme pour saisir son image. Un philosophe présent rioit de sa naïveté ; au bas étoit ce vers d'Horace :

Quid rides ! mutato nomine de te fabula narratur.

Il se présenta une autre ressource à M. l'abbé de Gua. Le comte de Clermont avoit en ce temps-là le projet d'établir une compagnie savante & patriotique, dans le goût de celle connue depuis sous le titre de *société libre de l'émulation* : on représenta à son altesse l'abbé de Gua, comme un homme propre à la diriger & à la présider. Cette institution s'anéantit bientôt, ainsi que celle qui l'a suivie.

M. l'abbé de Gua est le premier qui ait fait connoître le projet de l'encyclopédie en France par la traduction du plan de Scilius ; mais d'autres en ont recueilli les fruits.

Sur la fin l'académie ayant reçu en grace M. l'abbé de Gua, il reprit ses travaux aux séances.

Deux endroits de cet éloge ont fortement excité les applaudissements de l'assemblée, parce qu'ils étoient extrêmement satiriques. Dans l'un, il s'agissoit de différents plans de loterie, que M. l'abbé de Gua, ami des systèmes & des nouveautés, avoit proposés au gouvernement. Son panégyriste observoit que ces plans n'avoient pas été & ne pouvoient être goûtés : que l'auteur cherchoit à y concilier l'avantage de l'état avec celui de la nation, & à rendre ces impôts déguisés les moins onéreux possibles; sur-tout à y répandre une clarté odieuse aux administrateurs & à leurs suppôts, ne cherchant qu'à pressurer le peuple, ne se plaisant qu'à pêcher en eau trouble.

Dans l'autre, il étoit question d'un procès qui avoit cruellement tourmenté le défunt académicien, & à cette occasion le panégyriste faisoit une sortie violente contre les officiers de justice, contre les juges & la justice.

Dans le premier mémoire fort ennuyeux, l'auteur a rendu compte de ses expériences sur la platine, qui l'ont conduit à faire un télescope de six pieds avec ce métal; télescope inférieur à celui du fameux Herschel, mais bien supérieur à ceux connus jusqu'à présent.

Le second, très-court, rouloit sur les satellites de saturne; l'astronome s'y plaint que ses confreres aient négligé cette partie du ciel depuis soixante-dix ans, & il a donné le calcul du mouvement du nœud du cinquieme satellite, le ſeul qui doive éprouver cette eſpece de dérangement.

L'anatomie comparée de l'homme & des différentes eſpeces d'animaux, ſuite des travaux en ce genre du ſecrétaire de l'académie & de la ſociété royale, a fourni au public la ſolution pourquoi ces animaux en apparence ſi voiſins de l'eſpece humaine en reſtoient pourtant toujours ſi éloignés. Il fait voir que ces animaux manquent réellement des parties néceſſaires aux principales facultés humaines. Et c'étoit le ſujet du troiſieme mémoire aſſez long, mais curieux dans ſon genre & parfaitement bien composé.

Un mémoire utile concernant l'effet des vapeurs méphitiques ſur l'homme & les animaux, a confirmé tout ce que le ſavant médecin, ſon auteur, avoit déja fait & écrit en pareille matiere ; il en conclut les moyens par leſquels on peut rappeller à la vie les aſphyxiés.

M. Dupaty, dont il eſt beaucoup queſtion en ce moment-ci, pour lequel M. de Condorcet a composé deux diatribes contre le parlement, étoit à cette ſéance derriere lui, & le ſecrétaire de l'académie l'avoit flatté vraiſemblablement d'une heureuſe exploſion de la compagnie & du public en ſa faveur, mais il eſt entré & ſorti ſans un ſeul coup de main, &, ſans doute, avec beaucoup d'ennui.

16 *Novembre.* La requête de M. le comte de Tollendal, préſentée au conſeil, pour y demander la caſſation des arrêts de Rouen, eſt précédée d'une très-bien faite du ſieur Alen, où il repréſente que l'arrêt de cette cour, en date du 24 avril, renverſe toutes les formes de l'ordre judiciaire, fronde le texte littéral & précis de l'or-

donnance, expose enfin le suppliant & les autres accusés à gémir pendant des années entieres dans les liens d'une procédure criminelle, & sous le joug d'un décret de prise de corps; tandis que sa majesté les avoit renvoyés à ce tribunal pour y obtenir, non-seulement *bonne*, mais *brieve justice*.

Vient ensuite celle de M. de Tollendal, extrêmement curieuse par le détail exact & circonstancié de tout ce qui s'est passé au parlement de Rouen, depuis que le procès y a été renvoyé: ce récit contient une foule d'anecdotes singulieres & incroyables, dont l'exposition seule suffit pour apprécier les arrêts critiqués & en nécessiter la cassation.

Ces deux requêtes sont signées de Me. Voilquin, avocat aux conseils, dont la signature étoit nécessaire, qui y aura mis la forme; mais par-tout on reconnoît la netteté, la vigueur, l'énergie de la plume de M. de Tollendal.

16. *Novembre.* On assure que les comédiens italiens ont acheté des héritiers du duc de Choiseul, leur salle, que ce seigneur avoit fait bâtir, & dont il avoit conservé la propriété. On veut même qu'elle ne leur ait coûté que 300000 liv. & qu'en conséquence elle leur appartienne aujourd'hui en totalité.

17 *Novembre.* Jamais on n'a vu le parlement si peu nombreux à la rentrée: on n'y comptoit que vingt-neuf à trente de Messieurs. Au surplus, M. d'Epremesnil les a merveilleusement rassurés & réjouis; il étoit allé à Londres voir le docteur Cagliostro. Il leur a raconté qu'il avoit rassemblé les jurisconsultes les plus lumineux, les plus expérimentés de cette ville, & les avoit

consultés sur nos loix criminelles : que tous les avoient approuvées & trouvées à peu près aussi bonnes que le comportent l'état social & l'imperfection de l'esprit humain : qu'interrogés sur la comparaison qu'ils en faisoient avec les leurs, ils avoient décidé les nôtres bien supérieures ; ils avoient déclaré que s'ils étoient maîtres de changer, il les adopteroient préférablement à celles de leur pays.

Messieurs ont été d'autant plus satisfaits du rapport de M. d'Epréménil, qu'il confirme ce que M. Seguier avance dans son réquisitoire, devenu en quelque sorte l'ouvrage du parlement, depuis qu'il l'a consacré par un arrêt mis au pied & enchérissant sur les conclusions.

17 *Novembre*. Le seul ouvrage qui ait véritablement réussi à Fontainebleau, c'est une piece à ariettes, jouée hier sur le théâtre de la comédie italienne, & dont le succès n'a point été équivoque. Elle pour titre : *les Méprises par ressemblances*, en trois actes & en prose. Cependant les deux premiers actes ont amusé beaucoup plus que le dernier, dont le dénouement trop surchargé d'action ne se développe pas avec assez de clarté. On conçoit que les *Menechmes* doivent avoir fourni l'idée de cette comédie, où il y a des incidents heureux, un comique de situation, une intrigue assez forte, & sans doute trop forte pour le genre : de la finesse quelquefois, & d'excellentes plaisanteries. On pourra revenir sur cet ouvrage, dont les paroles sont de M. Patras & la musique de M. Gretry. Celle-ci est une des meilleures productions de son auteur.

17 *Novembre*. M. le contrôleur général, après

avoir desiré un intermédiaire entre les intendants des finances & lui pour la partie contentieuse & les grandes questions, en la personne de M. le Noir son ami, vient de créer un autre intermédiaire pour les affaires intérieures, entre les subalternes, ses secrétaires intimes & lui. C'est M. le Hoc qui aura pour titre celui de secrétaire général des finances, & sera le seul dans le cas de travailler directement avec ce ministre. Au reste, comme M. le Hoc n'est nommé que depuis peu de jours, lui-même n'est pas encore parfaitement instruit de ses fonctions & de leur étendue.

18 *Novembre.* M. l'archevêque de Paris a reçu depuis peu une lettre imprimée, en date du 28 octobre dernier, qui l'a humilié & confondu. Ce sont des *Observations* sur son *Pastoral* : c'est ainsi qu'on qualifie le rituel de M. de Juigné, d'après son propre titre : *Pastorale Parisiense illustrissimi & reverendissimi Antonii Eleonori Leonis le Clerc de Juigné, archiepiscopis Parisiensis.* Cet ouvrage est en trois volumes, dont deux roulent sur les sacrements, & renferment les instructions du prélat à son clergé sur cet objet : le troisieme renferme le rituel, qu'il substitue à celui qui étoit en usage dans son diocese.

Dans le mandement, joint à l'envoi de l'ouvrage, M. de Juigné distingue ce troisieme volume à l'égard du rituel ; il ordonne & enjoint à tous ceux qui sont soumis à sa jurisdiction de l'adopter, & d'en faire usage à l'exclusion de tout autre, dans l'administration des sacrements & dans toutes les fonctions de leur ministere : il se contente, pour les deux premiers volumes, de les exhorter à se pénétrer des principes qu'ils ontiennent, afin de se diriger par cette lumiere.

C'est en conséquence sur ces deux premiers volumes que l'écrivain s'égaie, & avec raison : il y trouve un tableau idéal de ce que la plus grossiere ignorance peut substituer de plus absurde aux saines notions sur le sacrifice de la messe, de ce que la plus vile superstition peut imaginer de plus risible : ce sont des inepties qui font rire de pitié, des idées extravagantes qui dénaturent les vérités les mieux établies, des propositions qui tiennent du blasphême : il en cite par exemple la distribution des fruits du sacrifice de nos autels, & rien de si plaisant que la maniere dont les théologiens de M. l'archevêque en font trois parts, qu'ils subdivisent encore : on croiroit entendre des casuistes des siecles les plus ignorants & les plus barbares, des franciscains du quatorzieme siecle....

18 *Novembre.* Il n'est point de mode qui, graces à la légéreté, à la futilité, à la fureur de nos petits-maîtres & de nos élégants pour tout outrer, ne dégénere en extravagance. C'est ainsi que la manie des boutons est aujourd'hui poussée à un ridicule extrême : non-seulement on les porte d'une grandeur énorme, comme des écus de six francs ; mais on en fait des miniatures, des tableaux : en sorte qu'il y a telle garniture d'un prix incroyable. Il est de ces garnitures qui représentent les médailles des douze Césars, d'autres des statues antiques, d'autres les métamorphoses d'Ovide. On a vu au Palais-Royal un cynique offrir impudemment sur ses boutons les trente figures de l'Arétin ; ce qui obligeoit les femmes honnêtes de détourner les regards, dès qu'elles approchoient de lui. Les

jeunes gens, romanesques à l'imitation des anciens chevaliers, portent sur leurs boutons le chiffre de leur maîtresse; il est des farceurs qui avec des lettres de l'alphabet forment de plats *rebus*, tels qu'on en voyoit autrefois sur les écrans : en un mot, la fabrique des boutons est aujourd'hui un travail d'imagination, qui exerce merveilleusement l'esprit du compositeur & de l'acheteur, & qui devient ensuite dans la société un texte de conversation inépuisable.

18 *Novembre*. Le dernier spectacle qu'on ait donné à Fontainebleau cette année, a été un opéra comique de M. Sedaine, intitulé *Albert*, opéra comique mal reçu, quoique la musique fût du sieur Gretry. M. Sedaine, après le spectacle, se promenoit sur le théatre, & attribuoit le peu de succès de sa piece à la négligence avec laquelle on l'avoit mise au théatre, à la médiocrité des décorations, des habillements, au défaut de pompe, de monde suffisant qu'exigeoient les situations, & il ajoutoit : « On » n'en fera pas payer moins au Roi ces décora- » tions, ces habillements, ces soldats, &c. » Un subalterne qui entend ce propos, va sur le champ le rendre à M. de la Ferté, sur lequel il portoit indirectement, comme étant l'intendant des menus en exercice : il arrive furieux, & dit tout haut : *où est Sedaine*? Ce poëte qui l'entend, lui crie : *la Ferté, monsieur Sedaine est ici : que lui voulez-vous*? De là une conversation très-vive entre ces deux personnages, où ils se disent réciproquement des vérités dures : comme elle étoit publique, les spectateurs n'ont pas manqué de la rapporter aux courtisans, qui ont sur-tout ri aux dépens de la Ferté.

19 *Novembre.* On annonce un nouvel ouvrage périodique, qui doit commencer au premier janvier 1787, sous le titre de *Journal de Languedoc.* L'emphase puérile du *prospectus*, l'affectation outrée de prôner les journaux, une longue & minutieuse énumération de tout ce que doit contenir celui-ci, tout cela est peu propre à prévenir en faveur de l'entreprise qu'on annonce comme formée par une société de gens de lettres : pour comble de ridicule, on ajoute que ce journal sera *l'armorial mobile & perpetuel de la province*, qu'on mettra à la tête & à la fin de chaque cahier des vignettes & des culs-de-lampe, ornés des écussons de quelques-uns des membres des états-généraux selon leur rang, à commencer par nosseigneurs les commissaires du Roi & par les grands officiers de la province.

19 *Novembre.* M. de Tollendal transporté à Dijon, troisieme théâtre de sa piété filiale, n'y a produit de nouveau que le *Discours* prononcé devant cette cour, le samedi 16 août 1783, dans l'interrogatoire qu'il y a prêté en qualité de curateur à la mémoire du comte de Lally, son pere.

Dans ce discours, sur une matiere où l'éloquence de l'orateur devroit être épuisée, elle semble encore toute neuve. Il y établit d'abord les trois points qui ont motivé la cassation de l'arrêt de Paris; savoir, une *Instruction, qui ne permet aux juges d'arriver qu'à la condamnation, & qui interdit tout accès à la justification, est sans doute une nullité plus frappante, un moyen de cassation plus victorieux que l'oubli d'une formalité de procédure : il n'y a pas de témoins ; il* n'y a pas de délit. Ensuite il rend compte de la marche qu'il a suivie ; enfin il se disculpe du *ton* que quelques personnes ont reproché à ses mémoires, & c'est le morceau vraiment pathétique ; si l'on y trouve plusieurs traits d'amertume, de ressentiment, de désespoir, c'est qu'il trempoit sa plume dans le sang d'un pere.

Quant aux *Observations* du comte de Tollendal sur les correspondances de M. Duval d'Eprémesnil avec M. le marquis de Montmorency, & M. le chevalier de Crillon ; c'est une pure discussion, mais où la logique de l'observateur est autant au-dessus de celle de son adversaire, que l'est son éloquence dans les mémoires.

20 *Novembre*. La tragédie d'*Azemire*, dont la seconde représentation a traîné quelque temps sur l'affiche, est vraisemblablement tout-à-fait retirée. Son auteur, M. de Chesnier, après avoit été sifflé *incognito*, a eu peur de l'être d'une maniere plus éclatante.

20 *Novembre*. Dans ce temps, où le despotisme avance à grands pas dans son projet d'anéantir la magistrature françoise, le seul obstacle qu'il redoute encore, il est nécessaire de redoubler d'efforts pour s'y opposer, s'il est possible. Tel est le but d'un nouvel ouvrage intitulé : *Accord des Principes & des Loix, sur les Evacuations, Commissions & Cassations* : ouvrage sérieux, sec & abstrait, mais bien fait dans son genre, & qui résume dans un court espace tout ce qu'on peut dire de plus lumineux en faveur des cours souveraines, sur lesquelles on empiete chaque jour d'une façon illégale & absolument arbitraire.

L'auteur est M. Ferrand, conseiller au parlement

lement de Paris, qui s'est déja distingué dans les assemblées des chambres & dont le nom est connu dans l'histoire. Ce qu'on juge par cette apostrophe de sa préface : « O toi, qui m'as „ laissé un nom que ta mort dut rendre plus „ respectable, toi qui péris par les mains de „ séditieux, en défendant la cause de Louis XIV ; „ encore jeune, guide aujourd'hui les travaux „ de tes descendants. Sans doute, il te fallut du „ courage pour t'exposer à la fureur d'une po- „ pulace révoltée : peut-être aujourd'hui n'en „ faut-il pas moins pour rappeller de grandes „ vérités à un siecle qui les ridiculise ou les „ persécute. »

20 *Novembre*. Aujourd'hui que l'arrêt du 11 août dernier contre le memoire justificatif pour trois hommes condamnés à la roue & la consultation, lacérés & brûlés dès le 19 par la main du bourreau, est imprimé & publié, on peut rapporter les qualifications en termes sacramentaux : ce mémoire & la consultation sont proscrits, *comme contenant un exposé faux des faits, & un extrait infidele de la procedure, des textes de loix aussi faussement rapportés que faussement appliqués, calomnieux dans tous les reproches hasardés contre tous les tribunaux, injurieux aux magistrats, tendant à dénaturer les principes les plus sacrés, destructifs de toute confiance dans la législation & dans les magistrats qui en sont les gardiens & les dépositaires, tendant à soulever les peuples contre les ordonnances du royaume & comme attentatoires à l'autorité & à la majesté royale.*

20 *Novembre*. Le régiment Royal-Cravattes, dont M. de Tourzet étoit colonel, a été con-

servé à son fils. Il en avoit donné la démission avant de mourir. Quand on en rendit compte au Roi, sa majesté s'écria : *pouvoit-il me faire l'injustice de se défier de ma bonne volonté ; de croire que je souffrirois qu'on se prévalût d'une telle circonstance pour faire perdre 100000 livres à sa famille ?* Sa majesté a donné en même temps l'administration du régiment à un oncle, & sur ce qu'on lui représentoit que l'enfant étoit bien jeune : « ils sont majeurs dans cette famille „ avant l'âge, » répliqua sévérement le monarque.

21 *Novembre.* Le réquisitoire de M. Seguier, que peu de personnes auront le courage de lire en entier à raison de sa longueur & de la sécheresse de la matière en beaucoup d'endroits, est de 168 pages in-4°. Il répond à la bonne opinion qu'en avoient donnée les magistrats ; il est écrit sans enflure, sans pédantisme philosophique, sans mouvements exagérés : le style en est noble, naturel & facile.

Le début est du ton le plus grave & le plus imposant ; l'orateur parle ensuite de la sensation extraordinaire qu'a causée le mémoire qu'il s'est chargé d'analyser & de réfuter ; il n'en est point étonné ; il dévoile les motifs de l'explosion & de l'effet qu'elle devoit produire : après ces réflexions préliminaires, il discute le mémoire sous trois points de vue différents, qui forment les trois parties de son discours.

1°. Relativement à la forme dans laquelle le mémoire a été distribué.

2°. Relativement aux nullités dont on prétend que toute la procédure est infectée

3°. Enfin relativement aux reproches honteux faits à notre législation.

L'avocat général examine subsidiairement, s'il est de la dignité de la cour de s'occuper des injures que l'écrivain déclamateur a prodiguées à la magistrature pour la justification de ses clients.

Il semble qu'en général le public impartial est satisfait de ce mémoire: mieux éclairé sur la nature de nos loix pénales, il ne desire plus avec tant d'ardeur la réforme de notre code criminel & reste convaincu de la difficulté de faire mieux, quelques grands défauts qu'il y ait encore.

21 *Novembre*. On étoit surpris de ne point entendre parler de l'ouverture périodique du *Salon de Correspondance*, annoncée chaque année avec beaucoup d'emphase; mais on apprend, que ce qu'on avoit prévu est arrivé; son fondateur, le sieur de la Blancherie, après avoir essuyé des fortunes diverses, après avoir lutté depuis dix ans contre des obstacles sans cesse renaissants, a été décidément obligé de mettre la clef sous la porte & de s'enfuir, en laissant pour environ 40000 livres de dettes: du moins c'est le bruit qu'on fait courir.

Ce sort du premier fondateur de tous les lycées, musées, clubs & autres établissements de cette espece, est le même qui menace ceux qui, cherchant à se donner aux dépens du public une consistance aussi précaire, nont pas de même plus de ressources pour la soutenir.

22 *Novembre*. La scene arrivée à Fontainebleau entre M. Sedaine & M. de la Ferte cause une grande fermentation parmi les gens de lettres, & sur-tout parmi les membres de l'académie françoise dont il est. Les partisans de

l'intendant des menus ne veulent pas convenir du triomphe de M. Sedaine ; ils assurent qu'il a perdu la tête dans la dispute, qu'il s'est trouvé écrasé par la supériorité que l'autre avoit en ce moment & à raison du lieu, & à raison de sa qualité ; qu'il s'est humilié, a reconnu son tort & a fait des excuses au commissaire du Roi. Les amis de M. Sedaine prétendent au contraire, que c'est M. de la Ferté qui, démonté, a fini par dire des injures & des sorties au poëte ; que celui-ci reprenant alors tout son sang-froid, s'est écrié : « vous avez pris, » Monsieur, le vrai langage pour m'empêcher „ de répondre ; je ne vous entends plus, & ces „ termes ne sont pas dans mon dictionnaire. » Quoi qu'il en soit, il est au moins certain que M. Sedaine n'a reçu aucune punition, comme sembloit l'exiger son apostrophe à M. de la Ferté, & que la cour s'est contentée de rire de leur querelle On rapporte que la Reine a dit en riant : « Je ne sais pas si M. de la Ferté, eût „ porté en compte les décorations, les habille„ ments, les soldats & tous les accessoires qui, „ suivant l'auteur, manquoient à la piece ; mais „ je suis bien sûre que maintenant il ne le fera „ pas. „ On ajoute que le Roi a traité les choses plus sérieusement, en observant que M. Sedaine avoit traité M. de la Ferté de voleur, & que c'étoit une chose à éclaircir.

22 *Novembre.* L'opéra de *Phedre* a été exécuté hier sur le théâtre lyrique avec moins de défaveur qu'à Fontainebleau. On ne peut pas dire cependant qu'il ait joui d'un succès complet. On a éprouvé de l'ennui, sur-tout au second acte : le troisieme a le mieux réussi. Madame Saint-Huberty y joue supérieurement : c'est le

pendant du rôle de *Didon*. On ne peut encore rendre un compte plus long de cet ouvrage, auquel les auteurs se proposent de faire des changements, même pour la seconde représentation.

23 *Novembre*. On rapporte que M. le comte d'Artois, à la chasse du Roi à Fontainebleau, s'étant égaré dans sa route, avoit rencontré un petit garçon qu'il avoit questionné, en le tutoyant, pour savoir le chemin qu'il devoit tenir. Ce pâtre ne répondant à aucune de ses questions, il lui demande s'il étoit sourd ou muet? " Je ne suis „ ni l'un ni l'autre; mais quand on ne me parle „ pas poliment, je le deviens. *Oh bien! Monsieur*, „ *dites-moi, je vous prie, où est la chasse?* Mon- „ sieur, elle est-là... „ Et comme il s'en alloit, le comte d'Artois le rappelle, lui donne quelque argent & lui ajoute en riant, que c'est pour le payer de sa leçon dont il le remercie.

23 *Novembre*. La nouvelle loi établie provisoirement concernant les corvées à payer en argent, va s'exécuter par-tout, excepté dans les pays d'états, que sa majesté a dispensé de s'y conformer jusqu'à nouvel ordre, & au cas où ils trouveroient quelque meilleur remede à cet affreux fléau des gens de la campagne. On attend à voir aujourd'hui ce que statueront à cet égard les états de Bretagne assemblés en ce moment, qui, dans le temps du duc d'Aiguillon, ont crié si fort contre les corvées.

23 *Novembre*. Extrait d'une lettre de Gonesse, du 20 novembre..... Je suis surpris que les journaux si empressés à publier tout ce qui concerne les actes de bienfaisance & les prix qu'on leur décerne, n'aient fait aucune mention d'un fondé depuis peu par M. Semillard des Coiliers, doc-

teur de Sorbonne & curé de la paroisse du Tremblay, village voisin de ce bourg.

Le 25 septembre dernier, M. l'archevêque de Paris, qui continue à parcourir son diocese & à en faire la visite pastorale, arrivé en ce lieu, y est monté en chaire, spectacle qu'il offre fréquemment & que n'avoit jamais donné son prédécesseur si exalté : après quelques réflexions sur les avantages de pratiquer les vertus chrétiennes & sociales, il est descendu & a mis une couronne de laurier sur la tête d'un nommé *Etienne Carette*, chartetier, désigné par les charretiers & par les manouvriers ses confreres, comme un de ceux qui méritoient le prix ci-dessus. Il est d'une somme de 240 livres.

24 *Novembre*. Par le dernier arrangement pris au sujet des créanciers des princes de la maison de Rohan Guimené, qui ont des priviléges sur leurs terres, il est constaté que ceux-là ne perdront rien. Le Roi se met au lieu & place des débiteurs & fait face : ces créanciers vont toucher la moitié des arrérages de leurs rentes échus au premier janvier dernier & recevoir un nouveau titre, par lequel sa majesté leur assure le paiement de l'autre moitié, & se charge de la continuation de leurs rentes.

Il n'en est pas de même des créanciers non hypothécaires, ou chirographaires; il est décidé qu'ils perdront la plus grande partie de ce qui leur est dû, & malheureusement cette portion se monte bien plus haut, à 20 millions environ de capital.

24 *Novembre*. L'arrêt du conseil nouveau concernant les corvées, se publie déjà, quoique non enrégistré encore dans les cours souverains. Il

est en date du 6 novembre ; il ordonne l'essai pendant trois ans, de la conversion de la corvée en une prestation en argent. Il a été rendu après avoir demandé & reçu l'avis de tous les intendants. On a reconnu généralement la nécessité de proscrire l'usage de la corvée personnelle, & d'adopter à cet égard le systême de M. Turgot; mais celui-ci, plus juste dans ses répartitions, vouloit que les seigneurs profitant plus spécialement des grands chemins, y contribuassent plus abondamment, & en conséquence assignoit le nouvel impôt sur une augmentation de vingtieme : aujourd'hui par une injustice criante, & de peur de blesser l'amour-propre des magistrats, qui doivent enrégistrer la nouvelle loi, & s'étoient si fort élevés contre celle de M. Turgot, au travail en nature on substitue une prestation pécuniaire répartie au marc la livre des contributions *roturieres*; de façon qu'il n'y aura que les *vilains* assujettis à cette taxe.

Ces fonds seront dans les généralités respectives à la disposition de l'intendant; sauf dans celle de Paris, où ce sera l'intendant au département des ponts & chaussées & le bureau des finances, qui conformément à ce qui s'est pratiqué jusqu'à présent, en ordonneront.

La contribution sera réglée chaque année en raison des ouvrages reconnus nécessaires, & sera répartie de maniere à ne pouvoir jamais excéder le sixieme de la taille, des impositions accessoires & de la capitation roturiere réunie pour les lieux taillables, non plus que les trois cinquiemes de la capitation roturiere, pour les villes ou communautés franches ou abonnées, ainsi que pour les pays de taille réelle.

Les communautés qui auront connu que la contribution en argent leur est moins favorable que le travail en nature, sont autorisées à s'adresser aux intendants, de maniere que le Roi, après le temps fixé pour cet essai, puisse connoître quel est le vœu commun de ses sujets, pour l'une ou l'autre méthode.

24 *Novembre*. Il paroît *Idées générales sur l'état actuel du Commerce* en trois volumes, qu'on annonce dans des écrits publiés comme un supplément à l'histoire politique & philosophique des deux Indes: ce qui faisoit mettre le nouvel ouvrage sur le compte du même auteur. L'abbé Raynal, dans une lettre datée de Marseille le 5 novembre, adressée aux journalistes de Paris, le désavoue absolument, & déclare n'avoir directement ou indirectement aucune part à sa composition ou à son impression.

25 *Novembre*. On assure que les deux premiers actes d'*Evelina*, cet opéra resté imparfait dans les papiers de Sacchini, sont absolument finis, ainsi que la moitié du troisieme; qu'il ne reste que trois morceaux à composer, dont encore un est déja désigné & ébauché.

On veut aujourd'hui que M. Rey ait été chargé par ce musicien mourant de mettre la derniere main à cet ouvrage, & que l'intention de celui-ci soit de compléter l'opéra dont il s'agit, avec de la musique de Sacchini même, afin d'éviter toute disparate.

25 *Novembre*. M. Retout, le fils du peintre de ce nom, a des marais à Picpus, où il a été surpris de trouver dernièrement des jalons plantés: il a demandé ce que c'étoit, de quel ordre, si l'on ignoroit que ce bien lui appartenoit? On lui a

rédondu qu'il s'agissoit de tracer dans cette partie le mur qui doit enclorre Paris ; que c'étoit par ordre du Roi & que l'on le dédommageroit. Il s'est opposé vivement à cette entreprise & a prétendu que le Roi ne s'emparoit pas ainsi despotiquement des propriétés. Sa résistance est parvenue aux oreilles des fermiers généraux, qui en ont rendu compte à M. de Calonia, le maître des requêtes chargé de cette partie. Le magistrat a envoyé chercher M. Retout, l'a réprimandé, & lui a dit qu'il falloit obéir aux ordres du Roi. Ce propriétaire ayant fait des objections & fini par demander de quel droit on le chassoit ainsi de sa propriété ? *Par le droit canon*, a répondu M. de Calonia. Réponse d'un magistrat qu'on ne pourroit croire, si elle n'étoit rapportée par M. Retout lui-même. Au surplus comme il ne s'est pas rendu à ce droit *canon*, & que la contestation suivie d'autres incidents, inutiles à rapporter, est à la veille d'être mise en justice, on saura plus positivement à quoi s'en tenir, s'il se publie des mémoires.

16 *Novembre*. Le réquisitoire de M. Seguier qui, à son tour, cause autant de fermentation que le mémoire, est trop important pour n'y pas revenir, pour n'en pas parler plus au long, pour n'en pas faire connoître les particularités & les anecdotes, qui échapperoient au commun des lecteurs.

D'abord c'est à la suite d'un procès-verbal du 7 mars dernier, dressé les deux chambres assemblées, qu'a été formé l'arrêt dudit jour, ordonnant que l'imprimé, intitulé *Memoire justificatif, &c.* seroit remis aux gens du Roi, & en même temps qu'ils prendroient communication du procès-verbal, où il étoit établi que le but de l'auteur du mémoire est *de persuader que la plus grande partialité a régné dans la sentence & dans l'arrêt ; que les accusés ont été condamnés non-seulement sans preuves, mais même contre la preuve de leur innocence ; que les témoins sont des calomniateurs*, *&c.* Par une délibération postérieure prise, toutes les chambres assemblées, il a été de même arrêté que les gens du Roi prendroient aussi connoissance du procès-verbal du 5 mai suivant, comme relatif à celui du 7 mars.

M. Seguier envisage le *Mémoire* prétendu *justificatif*, comme un assemblage monstrueux de paradoxes & de faussetés. Il y voit le fanatisme porté au dernier excès, la liberté de tout écrire poussée jusqu'à l'aveuglement, la mauvaise foi déguisée sous une interprétation de la loi, & les principes les plus séditieux voilés sous des protestations de respect & de soumission. Malgré cela, il ne croit point qu'il soit de la dignité du premier tribunal de France de s'occuper d'un auteur qui ne doit sa célébrité qu'à son audace, & il propose de le renvoyer pardevers le Roi, pour que sa majesté décide si le délit doit être abandonné ou suivi, &c. Quant au mémoire, il n'avoit conclu qu'à la suppression.

Il est encore plus doux envers Me. le Grand de Laleu, l'avocat qui a signé la consultation & n'a cru que faire une acte d'humanité ; sa sévérité est presque désarmée par l'espece d'interdiction provisoire que l'ordre des avocats a prononcée contre ce membre.

N'osant rien conclure contre M. Fretteau, le

conseiller, qui, suivant les procès-verbaux, a eu communication de la procédure, l'a confiée à M. Dupaty, son beau-frere, & a souffert qu'il la surchargeât d'un grand nombre de notes marginales tracées en crayon ; ce qui a obligé M. Seguier d'en faire dresser procès-verbal avant de la recevoir ; cet avocat général se contente de le désigner comme un faux frere, comme un traître, à la page 253, par la phrase suivante : « Ils (des esprits entreprenants) ont » trouvé ces prosélytes dans tous les états ; & » la justice elle-même est surprise de compter » des ennemis secrets au nombre des ministres » chargés du soin de maintenir les loix & de les » faire exécuter. »

Enfin, quant aux *Réflexions d'un citoyen non gradué*, cette brochure de M. de Condorcet, sanglante contre le parlement, on assure que touché des bassesses que celui-ci a faites pour n'être pas compromis, l'orateur magistrat se contente de l'indiquer en déclarant, qu'il y trouve les mêmes principes & les mêmes invectives, le même esprit & la même arrogance.

Mais si M. Seguier montre beaucoup de modération contre les personnes, il s'éleve avec une véhémence vraiment victorieuse contre l'ouvrage & ses assertions : ce qu'il répond concernant les questions, si un dénonciateur peut être entendu en déposition comme témoin ? Si l'on doit admettre ce qu'on appelle *les témoins nécessaires* ? Ce qu'il dit des interrogatoires sur la sellette, sur le refus d'un conseil aux accusés, sur le secret de la procédure, sur les délais pour l'admission des faits justificatifs ; tout cela est aussi bien senti que raisonné, & il prouve invinciblement que ces loix prétendues barbares contre l'individu, sont la sauve-garde de l'humanité entiere.

Il faut distinguer encore le morceau contre les mémoires imprimés sans nécessité, répandus avec profusion, devenus moins la défense des clients, qu'un objet d'amusement & de curiosité pour le public, bien plus une affaire de commerce dans la librairie & une spéculation d'intérêt pour les avocats; cette explosion, qui ne vint jamais plus à propos, a sans doute provoqué les réglements mis de nouveau en vigueur à ce sujet.

M. Seguier convient que depuis qu'il a l'honneur de porter la parole, aucun ouvrage ne lui a donné tant de peine; mais c'est peut-être aussi la meilleure production qui soit encore sortie de sa plume.

26 Novembre. Les directeurs de l'académie royale de musique, d'après l'essai fait au mois d'avril, jugeant qu'on pourroit faire paroître avec succès sur le grand théâtre les trois éleves de l'école royale du chant, goûtés alors par le public, ont arrêté que leur début auroit lieu mardi prochain 28 de ce mois, dans le même opéra de Roland, où ils avoient obtenu généralement les suffrages. En conséquence on doit remettre cet opéra, qui n'avoit pas été joué depuis cinq ans.

La Dlle. Mullot, qui n'avoit pour toute recommandation que sa voix, qui n'a commencé à être instruite à l'école du chant que depuis deux ans & à l'âge de dix-huit, jouera le rôle d'*Angélique*.

Le sieur Dessaules, confié à cette école par

l'académie royale de musique depuis deux ans & demi, & âgé de 26 ans sera Roland.

Le sieur le Fevre, entré à la même école, il y a dix-huit mois, à l'âge de vingt-deux ans, sortant du régiment de dragons de Ségur, sera Medor.

On se propose de rendre leur début brillant par de nouveaux ballets & tous les accessoires propres à embellir ce spectacle.

27 *Novembre.* Depuis plusieurs mois on joue au Palais-Royal sur le théâtre des *Variétés*, une nouvelle piece qui fait beaucoup de bruit & attire constamment la foule : elle en est à sa dix-neuvieme représentation, & a pour titre : *Guerre ouverte*, ou *Ruse contre ruse* : elle est en trois actes & en prose. La premiere & même la seconde fois, elle fut mal accueillie ; les seuls connoisseurs en présagerent le succès. Elle est d'un acteur de ce théâtre, nommé *Dumaniant.* Depuis que cette comédie, connue par son mérite uniquement, fait du bruit, les envieux ont voulu qu'elle ne fût pas de cet inconnu, & l'ont mise sur le compte de M. Cailhava d'Estandoux.

M. Dumaniant a cru devoir revendiquer sa propriété, & se propose de faire insérer au journal de Paris une lettre où il dément ces faux bruits, adoptés sur-tout par le *Courier de l'Europe*. Il convient avoir tiré son sujet d'*Augustin Morello*, auteur Espagnol, mort depuis plus d'un siecle, & l'on peut fouiller dans cette source pour comparer & juger à quel point il se l'est approprié.

27 *Novembre.* Le sieur Ruillan, armateur de la corvette à bord de laquelle le Roi a passé de

Honfleur au Havre, a reçu en don & comme une marque de la ſatisfaction de ſa majeſté, une ſuperbe boîte d'or.

Le Roi a bien voulu ajouter à cette grace celle de nommer la corvette *le paſſage du Roi*, d'approuver qu'elle porte une fleur de lis rouge dans ſon pavillon de pouppe.

Sa majeſté a décidé en même temps, que ce bâtiment ſera exempt à l'avenir du droit de baſſin, tant au Havre de Grace, qu'à Honfleur.

28 *Novembre.* Extrait d'une lettre de Nîmes, du 15 novembre .... La ville de Saint-Gilles attendoit le moment où les barques pourroient venir charger ſes denrées ſur le canal que la province fait conſtruire d'Aigues-Mortes à Beaucaire; elle fut inſtruite que le 19 octobre la communication ſeroit libre.

Le jour indiqué, les officiers municipaux ſe rendirent à trois heures après midi ſur les bords du canal, au bruit des fanfares, & ſuivis d'un cortege très-nombreux: plus de deux mille habitans furent le long du canal, ou dans de petits bateaux, à la rencontre des barques. On vit bientôt paroître, dans le lointain, une flotte compoſée de plus de quarante voiles; à cet aſpect, on entendoit de tous côtés des cris de *vive le Roi & M. l'Archevêque de Narbonne* (le préſident des états): à quatre heures, les barques arriverent, précédées de pluſieurs petits bateaux remplis de citoyens, qui formoient comme une eſpece d'avant-garde: elles furent reçues au bruit des tambours & des fanfares; les acclamations redoublerent.

La barque, nommée *la Terrible*, conduite par

le patron Pierre Chervet de Cette, fut la premiere qui aborda : elle salua par une décharge de mousqueterie la ville, qui répondit par une décharge de boîtes. Le patron fut conduit devant les officiers qui, pour lui témoigner leur satisfaction, lui présenterent un mouton orné de rubans de divers couleurs, & un pavillon blanc aux armes de la ville. On fit couler des fontaines de vin, qu'on avoit préparées : on distribua du pain au peuple, qui ne cessa de répéter les cris de *vive le Roi! vive M. l'Archevêque de Narbonne!*

Le patron Pierre Chervet voulut donner à la ville des marques de reconnoissance pour l'accueil favorable qu'elle lui avoit fait. Le dimanche 22, il invita les officiers municipaux & les principaux habitants à dîner à son bord. Ils s'y rendirent & furent reçus au bruit des fanfares ; on hissa le pavillon aux armes de la ville, qui fut assuré par une décharge de boîtes. Le repas fut fort gai ; on y ajouta la santé du Roi, celle de la famille Royale, & ensuite celle de M. l'archevêque de Narbonne. Le dîner fut suivi d'un bal sur la barque, jusqu'à dix heures. La danse dura ensuite dans la ville presque toute la nuit.

Indépendamment de la beauté des travaux déja exécutés, on admire sur-tout la justesse des nivellements dans la conduite des eaux de ce canal jusqu'à Saint-Gilles.

28 *Novembre.* Extrait d'une lettre de Lausane, du 18 novembre 1786 . . . . . Il est arrivé depuis peu en Suisse, un François célèbre : c'est M. le comte de Catuelan, le frere du premier président du parlement de Bretagne. Sa réputation l'avoit dévancé ; c'est lui qui est mis en scene dans

l'*Espion Anglois*, comme un des plus violents Anglomanes de Paris, & nous avons reconnu la vérité du portrait. Il n'est point dans cette ville, mais aux environs. Plusieurs Anglois que nous possédons actuellement, n'ont pas manqué de députer vers lui, pour l'inviter à se rendre parmi eux & à y résider : mais il s'y est refusé. Il est ici pour économiser & liquider ses dettes ; car tous ces grands philosophes qui s'occupent de diriger les états dans leurs savantes spéculations, sont ordinairement fort mal-adroits à gérer leurs propres affaires, & M. de Catuelan est du nombre. Il a laissé la direction des siennes à une Dlle. de Keralio, sa compatriote, autre bel-esprit connu par des ouvrages & dont on lit les lettres avec admiration & intérêt.....

28 *Novembre.* M. le prince de Condé, qui avoit à Chantilly un superbe cabinet d'histoire naturelle, enrichi par les magnifiques présents en ce genre que lui ont faits successivement le Roi de Danemarck & le Roi de Suede, vient d'acquérir aussi celui de M. Valmont de Baumare, très-riche dans les trois regnes : Son altesse sérénissime lui en laisse la jouissance pendant le dernier cours que doit faire ce démonstrateur célebre, le premier & long-temps le seul d'histoire naturelle qui ait existé dans Paris.

M. le prince de Condé a institué en même temps M. Valmont de Baumare, directeur de ses cabinets, qui, fondus ensemble & arrangés suivant sa méthode, en formeront un des plus importants, des plus complets & des plus intéressants qu'il y ait en Europe.

29 *Novembre.* Un anonyme a adressé au mer-

cure, *Image d'un mylord déiste aux approches de la mort*, en menaçant les rédacteurs de rendre *leur foi suspecte*, & de déclarer qu'ils *prennent peu d'intérêt à ce qui a rapport à la religion*, s'ils refusent sa demande. Ces messieurs lui répondent dans le N°. 25 de ce mois, qu'il est parfaitement libre d'exécuter ses menaces, mais qu'ils ne publieront point les litanies de son *déiste*, qu'il ne leur ait exhibé, en se faisant connoître, une copie légalisée de la lettre du *mylord déiste*, qui en constate l'authenticité. Il faut suivre cette singuliere anecdote & observer ce qu'elle deviendra.

29 *Novembre*. Depuis six mois que le mausolée dont on a parlé comme érigé dans l'église des Carmes de la place Maubert, est découvert, il ne cesse d'exciter la curiosité des nationaux & des étrangers. Ce n'est pas qu'il soit supérieur aux monuments de cette espece dont cette capitale abonde; mais c'est à raison d'une singularité précieuse & peut-être unique. Elle consiste dans les deux portraits en mosaïque des deux époux, exécutés par le procédé qu'on a suivi à Rome pour copier les tableaux originaux de Saint Pierre, procédé qu'on ignore en France; dont on prétend que ces deux portraits sont peut-être le seul exemple qui existe dans Paris. Quoi qu'il en soit, il faut restituer ici deux distiques de l'époux, gravés au pied du cénotaphe qu'on avoit oubliés : ils sont en latin & d'une précision difficile à faire passer dans notre langue; dans le premier il aspire à rejoindre bientôt sa moitié :

In tumulo placidè requiescit amabilis uxor;
Junxit amor mentes; corpora jungat humus.

Dans l'autre distique il est censé mort & s'écriant :

Nunc cessant mea vota : simul requiescamus ambo ;
Jam cinis unus erit, quæ fuit una caro.

29 *Novembre. La Veuve Angloise*, comédie en un acte & en prose, jouée hier aux Italiens, est si médiocre, le sujet en est si invraisemblable, la morale en est si triviale, qu'on n'en fait mention que pour mémoire. Ce théatre auroit des milliers de pieces de cette espece, avant d'avoir un répertoire. Celle-ci a pourtant joui d'une sorte de succès : on la croit tirée de l'Anglois, où le traducteur, M. Faur, auroit tout aussi-bien fait de la laisser.

29 *Novembre.* Le succès des trois éleves qui ont debuté hier sur le théâtre de l'opéra, a répondu aux espérances qu'ils en avoient données il y a six mois. On a jugé qu'ils avoient fait plus de progrès qu'on n'avoit droit d'en attendre, relativement au peu de temps de leurs études & à l'âge auquel ils ont commencé d'apprendre. Au reste, il faut les voir jouer plusieurs fois & dans divers opéra pour les mieux juger.

30 *Novembre.* Le timbre pour la musique éprouve des difficultés & l'on espere qu'il n'aura pas lieu du tout. D'abord les marchands de musique, sur les plaintes desquels on appuyoit cet impôt, ont réclamés & se sont élevés contre la fausseté de cette assertion. Ensuite on est convenu que ce seroit une inquisition offensée de mettre un droit sur la vieille musique ; en conséquence on est convenu qu'il n'auroit pas lieu :

enfin, quant au droit sur la nouvelle, pour ne pas paroître reculer tout-à-fait, on a dit qu'il seroit suspendu jusqu'au premier janvier 1787.

30 *Novembre*. Le bruit court que la fortune de l'abbé d'Espagnac venue si rapidement, s'est en allée de même : au lieu de s'en tenir à ce qu'il avoit gagné, la frénésie de l'agio lui a fait faire de nouvelles spéculations, & ses affaires sont si mauvaises, qu'il a été obligé d'obtenir un sauf-conduit.

30 *Novembre*. Lorsqu'autrefois Racine voulut mettre sur scene françoise la tragédie de *Phedre*, pour se conformer au goût de la nation, il crut devoir adoucir le caractere *d'Hippolyte* & rendre ce prince amoureux : aujourd'hui, par une bizarrerie fort étrange, M. Hoffman, en le transportant sur le théâtre de l'opéra, n'osant lutter sans doute contre son maître, a imaginé de prendre une autre route & de rendre à *Hippolyte* toute la rudesse, tout le sauvage de son caractere. En conséquence il a supprimé le rôle entier *d'Aricie* : malheureusement pour M. Hoffman, le rôle ajouté est une des moindres beautés du poëte françois; il a su s'approprier toutes celles d'*Euripide*, & le poëte lyrique n'a pu échapper à une comparaison qu'on fait malgré soi & toute entiere à son désavantage. Il faut d'abord analyser sa *Phedre*, réduite en trois actes.

Dans le premier, le théâtre représente la campagne voisine de Trésene : les édifices de la ville paroissent dans le fond, à droite : dans le fond à gauche, on voit un côteau couvert d'une forêt, & sur la droite en avant s'éleve un temple nouvellement bâti & consacré à Vénus. Le jour est à son aurore.

Hippolyte & une troupe de chasseurs se disposent à leur exercice ordinaire ; ils invoquent *Diane* : arrive la prêtresse de Vénus, qui les avertit de l'approche de *Phedre* pour implorer la deesse des amours ; ce qui effraie *Hippolyte*, ainsi que sa suite, & le détermine à accélérer son départ pour la chasse. Survient la Reine qui, dès qu'elle apperçoit le jeune prince s'éloignant, s'arrête & fixe les yeux sur lui, jusqu'à ce qu'elle le perde entiérement de vue ; puis, elle va se placer en face du temple sur un trône qu'on y voit elevé. On fait les cérémonies d'usage, on brûle l'encens, on chante l'hymne à Vénus ; *Phedre* elle-même lui adresse sa priere, & indique mystérieusement la passion dont elle est dévorée ; elle entre dans une espece de délire ; elle voudroit suivre dans les forêts *le plus vaillant des satellites de Diane* : à ce mot tout le chœur des prêtresses entre en convulsions : les femmes de la Reine se jettent sur les degrés du temple & supplient la déesse de lui pardonner cet écart de la raison : *Phedre* ne peut tenir à tout ce cérémonial & à cette gêne ; elle fait retirer les prêtresses & ses femmes ; elle reste seule avec *Oenone* & lui avoue son amour pour *Hippolyte*. Au moment de cette confidence, les grands de l'état & le peuple entrent ; ils gémissent sur la nouvelle de la mort de *Thésée* ; ce qui jette un rayon d'espérance dans le cœur de la Reine.

La décoration change au second acte, & le théâtre n'offre plus qu'une galerie du palais des Rois de Trézene.

Oenone profite de la circonstance pour faire envisager à sa maîtresse la possibilité de satisfaire sa passion : en effet *Phedre* conçoit le projet de enter *Hippolyte* par l'offre de sa main & de sa ouronne. Elle lui sacrifie l'intérêt de ses propres nfants. La confidente va le chercher : il se rend ux ordres de sa souveraine : elle lui fait sa délaration; il frémit & la menace du courroux & le la vengeance des dieux. *Oenone* rentre toute ffarée & éclare que *Thesée* est arrivé. *Phedre* etombe dans le spasme violent où elle étoit auparavant : sa honte est plus grande d'avoir trahi on secret ; elle en fait reproche à sa suivante & sort. Cependant on célebre le retour de *Thesée* : il se livre à toute sa joie de revoir un peuple chéri, mais il est surp is que la Reine ne s'empresse pas de se joindre à l'alégresse générale : il interroge *Hippolyte* à ce sujet ; il veut que ce prince vienne avec lui chez *Phedre* : le jeune prince prie son pere de l'en dispenser. Celui-ci attribue ce refus à la crainte d'*Hippolyte* de la vieille inimitie de sa belle-mere, chacun part de son côté & l'acte finit.

Ici l'on voit à gauche la colonnade extérieure du palais; à droite, se présente un jardin orné de statues ; au fond, des portiques laissent appercevoir la mer : dans l'intervalle des colonnes ; & derriere le portique, à droite, s'éleve un ancien temple de Neptune, bâti sur les rochers qui bordent le rivage.

Le troisieme acte s'ouvre par *Thésee & Oenone* ; celle-ci vient d'accuser *Hippolyte* : douleur, effroi, indignation, fureur du monarque. Après avoir ordonné à la confidente d'aller rassurer la Reine, il invoque le secours de Neptune pour le venger d'un fils incestueux, lorsque celui-ci se présente : il apprend le crime dont il est accusé, & croit ne pas devoir détromper son pere tout-à-fait en lui révélant celui de *Phedre* : il se contente de protester de sa propre innocence, d'avoir recours aux prieres, aux larmes. *Thésée* persiste à le dévouer au courroux du dieu des mers & se retire. Tendre scene entre *Hippolyte* & ses amis, qui veulent le suivre dans son exil. Le théâtre se vuide en ce moment pour faire place à *Phedre*, qui ne doute pas qu'*Hippolyte* n'ait révelé son forfait à son époux. *Oenone* est avec la Reine : elle l'instruit de ce quelle a fait pour couvrir son honneur, & la débarrasser de la présence d'*Hippolyte*. *Phedre* la maudit & l'oblige d'éviter sa présence & sa rage. Elle reste en proie à ses remords : le ciel s'obscurcit, le tonnerre gronde, la mer s'agite, on entend les cris du peuple dans le fond, un éclat de foudre le fait entrer avec effroi sur la scene, & *Phedre* épouvantée se jette sous le vestibule du palais : cependant *Thésée* arrive & se repent de son homicide vœu : le ciel s'éclaircit, l'orage cesse & la mer s'appaise : un chœur de chasseurs annonce la fatale nouvelle : ici *Phedre* qui a disparue pendant la scene précédente, rentre d'un air égaré & écoute le récit de la mort d'*Hippolyte*. La marâtre ne peut résister à ses remords ; elle s'avoue seule coupable ; elle rend justice à la vertu du jeune prince & pour se soustraire aux imprécations & à la vengeance de son époux, elle se tue.

Cette longue analyse oblige de remettre à une autre fois les observations à faire & sur le poëme, & sur la musique, & sur leurs accessoires, d'autant mieux que cet opéra n'est encore qu'à la troisieme représentation, & peut subir bien des changements.

Premier Décembre 1786. La caisse d'escompte, plusieurs banquiers & quantité de porteurs de lettres de change, sont dans une crise en ce moment. Il s'agit de lettres de change, non fausses dans leur signature, mais fausses dans l'énoncé des sommes qu'on a décuplées, en changeant le mot *cent* & le convertissant en celui de *mille* : on prétend qu'il y en a pour près de deux millions au moins dans le commerce. Les banquiers, au nom desquels sont faites ces lettres de change, ou plutôt qui en sont accepteurs, n'ont pas voulu les acquitter; ils ont suspendu leurs paiements du 30; ils ont porté leurs registres à la police. C'est la matiere d'une grande question : qui perdra ces sommes, d'eux ou des porteurs de bonne foi? Et c'est lundi 4 que les consuls doivent prononcer.

1 *Décembre.* Outre les boutons & les boucles, les gillets sont aujourd'hui un grand objet du luxe dans les modes concernant les hommes : on en a par douzaine, par centaine, comme des chemises, & plus. On en varie le dessin à l'infini, on l'étend, on l'enrichit; on y voit de haut en bas de petits personnages fort jolis, des scenes galantes ou comiques : des vendangeurs, des chasses, &c. ornent le ventre de nos élégants : sur le ventre de quelques autres on voit passer un régiment de cavalerie. On assure qu'un homme passionné pour les belles choses, a fait commander une douzaine de gillets qui doivent offrir les scenes de *Richard cœur de lion*, de *la Folle par amour*, de *la Folle journée*, &c. afin que sa garderobe devienne un répertoire savant de pieces de théatre,

& puisse un jour lui servir de tapisserie. Il est fâcheux qu'on ne nomme pas ce petit-maître curieux.

2 *Décembre.* L'avidité du sieur Pankouke est insatiable : à lui seul, s'il pouvoit, il envahiroit toute la librairie. Il vient d'obtenir encore du ministere, à titre de bail, l'exercice de *la Gazette de France*, à commencer du premier janvier 1787. A l'en croire, il a de grandes vues pour l'amélioration de cet ouvrage, que personne n'a pu encore rendre bon; & cependant ces grandes vues ne peuvent se remplir de suite : il annonce, qu'en attendant il n'a aucun dessein de rien changer au plan, à la forme & au prix.

C'est M. de Fontanelle qui continuera d'être chargé seul de la rédaction de la gazette.

2 *Décembre.* Le 29 novembre dernier, M. l'archevêque de Paris a célébré à Saint-Jean-en-Greve, le premier mariage d'une fondation annuelle de 600 livres, faite pour récompenser de jeunes personnes qui se seront distinguées par leurs mœurs & leur piété.

On ne nomme point encore le fondateur : il a fait frapper pour piece de mariage une médaille, qui doit servir à perpétuer la mémoire de cette fondation, & à exciter l'émulation des jeunes gens pour mériter ce prix.

2 *Décembre.* M. l'abbé Lucas, chanoine de l'église de Paris & son chantre, intendant des censives, assistant aux derniers sacrements qu'on administroit à son portier, s'apperçoit que les prieres sont toutes changées & ne reconnoît rien à leur formule ; il s'en plaint au curé, qui lui dit qu'il s'est conformé au nouveau rituel.

M.

M. l'abbé Lucas dénonce au chapitre assemblé ce rituel, qui ne lui a point été communiqué par M. l'archevêque; il prétend que c'est une lésion des droits du chapitre, le conseil né du prélat, fait pour gouverner le diocese durant la vacance. On prend aisément feu sur cet objet; l'on arrête des représentations à M. l'archevêque, & provisoirement on défend au curé aucune innovation; on lui ordonne de se conformer au rituel adopté

Comme chancelier de l'église de Paris, M. l'abbé Chevreuil, grand-vicaire de M. l'archevêque, lui parle au nom de son corps & lui en fait les représentations. Le prélat répond qu'il n'a point voulu blesser les droits du chapitre; que la communication exigée n'en est point un; qu'elle n'est que d'usage; d'ailleurs que c'est une vaine formule. Cependant ne voulant rien faire qui déplaise au chapitre, il demande six semaines pour s'aviser.

3 *Décembre.* M. Monvel est arrivé à Paris; il a voulu juger par lui-même de l'effet de son drame & des corrections qu'il exigeoit : il s'en est occupé depuis son retour, & les ayant mûrement combinées, il les a fait exécuter vendredi; il s'est fait demander par ses partisans : il a paru & a été accuelli avec distinction. Son projet, dit-on, est de dédier sa piece au roi de Suede.

3 *Décembre.* M. Greuze, piqué de l'indifférence du public, qui ne le voyant point au salon depuis nombre d'années, l'oublie insensiblement, & ne recherche plus son attelier comme autrefois pour l'y ramener, a imaginé une singuliere tournure. Il continue à traiter les divers caracteres de la vie; il a composé un tableau qui

représente un pasteur, aidant une mere de famille & ses enfants de ses conseils & leur donnant des leçons de vertu. Il en fait tirer une estampe, intitulée *la veuve & son curé*, & il doit envoyer incessamment au journal de Paris une lettre en forme d'épître dédicatoire aux curés. Voici comme le peintre raconte lui-même l'historique de sa composition.

La scene est à la campagne, dans un salon simplement décoré; cette mere, encore dans l'âge de plaire, est en déshabillé du matin & entourée de ses enfants : le curé vient d'entrer; on lui a offert le siege le plus distingué; il s'assied, & un grand chien est à côté de lui : alors il s'adresse avec dignité & bonté à la fille aînée, qui, d'un air aussi respectueux qu'embarrassé, la main droite sur la poitrine, s'excuse ingénument des reproches qu'il lui fait : la mere sourit avec un regard doux & modeste & tourne ses yeux vers le curé; les deux mains ouvertes de la mere expriment son admiration & sa reconnoissance.

Le plus jeune garçon, caché derriere sa sœur, & appuyé sur sa chaise, tremble de peur d'etre apperçu : son regard malin lui donne l'air de méditer sa retraite : la sœur cadette est derriere sa mere, & appuyée sur le dossier de son fauteuil; elle observe avec plaisir la peine dont sa sœur est pénétrée; cette jouissance maligne suppose des préférences données à leur sœur aînée sur la cadette; préférences qui, à tous les âges de la vie, blessent les ames délicates, & jettent les premieres traces de l'indifférence dans les cœurs faits par la nature pour s'aimer.

Appuyé près de sa mere & sur une petite chaise,

est l'enfant gâté, le fils aîné : il n'a point de motif de jalousie contre sa sœur ; il l'aime, il ne la voit pas gronder de sang-froid, & il porte sur le curé des regards indociles, qui annoncent tout à la fois & son attachement pour sa sœur, & la contrariété qu'il éprouve de la leçon qu'elle reçoit.

Par le récit même de M. Greuse, on juge qu'il n'a point assez approfondi son sujet, que la composition en est vague, & qu'il ne caractérise ni la veuve, ni le curé : que d'ailleurs les diverses intentions des personnages ne sont pas d'une grande justesse. Au reste, il faut voir le tableau & en juger par soi-même.

3 *Décembre.* Le *Courier lyrique ou amusant, ou passe-temps de toilettes*, se soutient; mais au premier janvier 1787, il change de propriétaire & de rédacteur. Ce ne sera plus M. Knapen fils, mais madame Dufrenoy, & ce journal en effet sembloit devoir être du domaine des Graces.

4 *Décembre.* On a déja observé qu'un grand tort de M. Hoffman étoit d'avoir choisi un sujet traité par Racine, quoique pour un autre théâtre. Un second, c'est de l'avoir choisi d'une nature qui exigeoit nécessairement, pour être supportée, des adoucissements, conséquemment des passages insensibles, des nuances, des gradations inadmissibles sur la scene lyrique : un troisieme enfin, c'est de s'être privé des ressources naturelles à cette scene pour les fêtes, les accessoires, les oppositions, par la suppression du rôle d'*Aricie*.

En examinant ensuite la maniere dont monsieur Hoffman a rendu son plan, malgré ses retranchements, il l'a encore trop alongé. Il a embarrassé l'action ; & quoique réduite en trois actes, elle paroît languissante & moins pleine que dans Racine. C'est sur-tout dans le rôle de *Phedre* que se remarque cette redondance de dialogue : faute d'avoir rendu *Hippolyte* amoureux, il s'est privé d'une ressource essentielle pour varier ce rôle, & lui donner un nouveau ressort par la jalousie qu'éprouve la Reine, instruite qu'elle a une rivale aimée. D'ailleurs, ayant appris d'*Oenone* & l'accusation formée contre le jeune prince & les vœux cruels du pere & le destin funeste dont est menacé son fils, elle tarde trop à vouloir le sauver par l'aveu de son crime & son trépas.

Enfin si l'on examine la versification, on la trouve beaucoup moins harmonieuse que celle de la tragédie, beaucoup moins susceptible d'être mise en musique, & l'on est fâché que dans les endroits nombreux où M. Hoffman s'est rencontré avec Racine, ne pouvant le surpasser, ne pouvant l'égaler, dans l'impossibilité même d'en approcher, il n'ait pas conservé, comme le bailli du Rollet, dans l'*Iphigénie en Aulide* tous les vers que le rithme musical lui auroit permis de transporter dans son poëme : sans doute il n'en auroit pas recueilli de gloire, mais du moins il ne se seroit pas exposé à une comparaison humiliante, & au reproche trop fondé de manquer de justesse & de goût.

Quant à la musique, M. le Moine s'est surpassé, & a fait preuve d'un talent bien supérieur à celui qu'on remarque dans son *Oreste*. On ne le croyoit capable que d'une expression forte & profonde, que des accès de la douleur, des cris de la vengeance & de toutes les fureurs des passions violentes. Il a exprimé dans son opéra d'aujourd'hui les passions douces & tendres, autant que l'auteur des paroles le lui a permis. C'est une raison de plus pour regretter le rôle d'*Aricie*, dont il auroit tiré un parti très-avantageux pour l'ensemble de son ouvrage.

Les morceaux de ce genre qui ont excité le plus d'applaudissements, sont, au premier acte, le départ d'*Hippolyte* pour la chasse, le sacrifice à Vénus & le moment où il est interrompu par le nom de *Diane* échappé à la bouche de *Phedre*; & dans le troisieme acte, les adieux d'*Hippolyte* à ses compagons dans le moment de son exil, & le chœur de ces derniers qui ne peuvent se résoudre à l'abandonner.

Quant aux fêtes, aux airs de ballets, le musicien n'a eu que deux occasions pour y déployer son talent; lorsqu'on danse en l'honneur de Vénus au premier acte, & au second, lorsqu'on célebre le triomphe & le retour de *Théfée*: il a semblé saisir parfaitement le caractere de chacune.

4 *Décembre*. M. l'archevêque, par une suite de son rituel a supprimé tout-à-fait les jeûnes que M. de Beaumont, en supprimant les fêtes qui les occasionnoient, avoit renvoyées à l'avent. Il a été lu hier dimanche au prône à cet effet une lettre pastorale du premier décembre, dans laquelle il est fait mention de personnes honorables & pleines de lumiere que le prélat a consultées. Le doyen ayant présenté au chapitre de Notre-Dame cette lettre pastorale, les chanoines ont trouvé cette phrase injurieuse pour eux, qui n'en avoient eu aucune connoissance préalable: en conséquence arrêté que cette lettre seroit jointe au fond, jusques à ce qu'il eût été statué

par le prélat sur les premieres plaintes du chapitre.

4 *Décembre.* Le gouvernement n'a point voulu laisser à la décision des consuls un cas aussi embarrassant, ou du moins aussi important que celui des lettres de change dont le paiement a été suspendu ; il a nommé pour y statuer une commission, composée du lieutenant de police, des deux lieutenants particuliers & autres membres du Châtelet.

5 *Décembre.* On sait qu'il part annuellement de nos ports, sur-tout de Granville, quantité de navires pour la pêche de la morue à Terre-Neuve. Les travaux de la pêche une fois terminés, la plupart des pêcheurs reviennent en *ressac*, c'est-à-dire, s'embarquent au nombre de trois ou quatre cents sur un même navire, dont la destination est directe pour le port d'où ils sont partis. On prétend que l'usage des armateurs est de ne leur donner des vivres que pour un mois.

Cette année les vents du nord, qui ont régné pendant long-temps, contrariant la rentrée des navires dans nos ports, les armateurs de Granville ont craint la plus extrême détresse pour plus de trois mille matelots attendus dans ce port dès la fin du mois dernier & partis en *ressac* : messieurs des maisons Perrey, Maire & Fonteny ont conçu le projet d'envoyer à la rencontre de ces mêmes navires un bâtiment chargé de munitions de bouche. Ce projet communiqué aux armateurs, a été arrêté d'une voix unanime & exécuté en vingt-quatre heures, par l'effet de leur activité.

Le bâtiment a ordre d'étendre sa croisiere jusqu'à cent lieues au-delà d'Ouessant, & de donner des secours à tous ceux qui en auront besoin.

5 *Décembre.* Extrait d'une lettre de Boulogne sur mer, du 28 novembre... La pêche du hareng n'a pas été aussi bonne cette année sur nos côtes que les années précédentes, & les pêcheurs ont fort bien vu que les harengs étoient inquiétés & dévorés par une foule innombrable de requins & autres monstres de mer qui les chassoient. Ces bonnes gens se sont servis d'un moyen digne de leur crédulité dans le pays où la philosophie n'a pas encore fait de grands progrès. Pour écarter ce fléau, ils ont demandé & obtenu des processions publiques, des prieres à Dieu, afin qu'il exterminât, ou du moins contînt ces requins & daignât soustraire les harengs à leur voracité : à ce trait, vous jugez aisément que notre bon prélat n'est pas plus philosophe qu'eux.

5 *Décembre.* Le 12 novembre dernier, M. Nairac l'aîné a eu l'honneur de présenter au Roi une médaille que les négociants raffineurs de Bordeaux ont fait frapper pour perpétuer le souvenir des encouragements accordés à leur fabrique par l'arrêt du 25 mai dernier.

5 *Décembre.* Toujours quelque charlatan en médecine occupe ici la scene. C'est aujourd'hui un docteur Smith, médecin anglois qui succede au docteur Mesmer, au docteur Cagliostro : il ne prend aucun argent & se sert des procédés ordinaires : *Saignare, purgare, clysterium donare*; mais ses drogues viennent de très-loin, en sorte que ses médecines coûtent 120 livres chacune. Toute la pharmacie s'est liguée contre lui, & soutenue de la faculté de médecine, elle a cherché chicane à cet empirique; elle a fait une descente

chez lui, & il est en justice au Châtelet. On voit les détails curieux concernant cet étranger, imprimés dans un mémoire de Me. Tronçon du Coudray, qui se publie en ce moment & n'est que le préliminaire d'un autre.

6 Décembre. M. de Tollendal étant plus facile en ce moment à distribuer des exemplaires de sa lettre à MM. du conseil, en date du 2 septembre 1786, il est aisé de la lire & d'en juger par soi-même. Elle répond à l'opinion qu'en donnoient ceux qui en ont eu connoissance les premiers, & quoique la longue discussion qu'elle entraîne soit ennuyeuse, elle est semée de quelques anecdotes piquantes, propres à réveiller l'attention, & qu'on apprend toujours avec plaisir. Au reste, s'il y sort un peu de la modération qu'il s'étoit prescrite & qu'il avoit conservée pendant six ans, c'est qu'il est un terme à tout.

Le paragraphe le plus nouveau de cette lettre, est celui où le comte de Fumel est mis en scene & traité avec moins de ménagement qu'il ne l'avoit été jusques-là par le comte de Tollendal, qui avoit affecté de ne le désigner, par égard pour son nom & sa famille, que par une lettre initiale.

6 Décembre. Le dernier opéra nouveau se traîne lentement; ce qui a donné lieu hier à un calembour assez juste: *Phedre déracinée*, dit-on, *a peine à se soutenir.* En conséquence on doit dès jeudi en donner un autre, menacé de n'avoir pas un meilleur succès; il s'agit des *Horaces.* On peut se rappeller qu'à Fontainebleau la répétition en avoit tellement déplu, que la Reine n'en avoit pas voulu & avoit demandé en sa place *Iphigenie.* Cependant les *Horaces* ont été exécutés samedi à Versailles, mais sans succès; & l'on ne peut guere éprouver un sort plus humiliant pour une tragédie de ce genre, qui, au lieu de faire pleurer la cour, l'a fait rire.

6 *Décembre.* On varie tellement sur l'historique des lettres de change, objet de l'inquiétude du commerce & de la contestation actuelle; sur la maniere dont elles ont été fabriquées & tournées en friponneries; sur la quantité qui en est dans le public; sur leurs auteurs, qu'on ne peut encore rien rapporter de positif à cet égard. Ce qu'il y a de sûr, c'est que les banquiers Tourton & Ravel ont sollicité un arrêt du conseil pour être autorisés à suspendre leurs paiements, & l'ont obtenu.

7 *Décembre.* Un fait à extraire de la lettre du comte de Tollendal, parce qu'il est peu connu & doit avoir des suites; c'est que le comte Allen, un des co-accusés du comte de Lally, enfermé, mis hors de cour en 1766, absous au bout de dix-sept ans en 1783, dénonce à son tour M. de Fumel, comme ne l'ayant calomnié que pour lui enlever les appointements de major-général, & que, porté par le vœu de toute l'armée, muni de témoignages de tout ce qui en reste aujourd'hui, il poursuit à la fois contre son délateur & la vengeance de son honneur, & la restitution de sa fortune.

7 *Décembre.* La *Vie de M Turgot,* dont on parle depuis long-temps, est véritablement de M. le marquis de Condorcet; c'est une longue amplification de l'éloge qu'en a prononcé autrefois à l'académie des belles-lettres M. Dupuy. Il rappelle dans un *Avertissement* les mémoires sur la vie de ce ministre, qui ont paru en 1783, &, en leur

rendant justice, il prétend que les siens sont encore à lire, parce qu'il y envisage le même objet sous un point de vue différent, & qu'il cherche à faire connoître dans son héros, le philosophe, plutôt que l'homme d'état. Le grand défaut de cette vie, bien supérieure aux mémoires, c'est d'être aussi ennuyeuse qu'eux; c'est de suivre les diverses opérations de M. Turgot administrateur; les divers projets de M. Turgot spéculateur; les divers ouvrages de M. Turgot auteur, jusques dans les détails les plus minutieux : c'est de donner en quelque sorte l'inventaire de tous les papiers de son cabinet, jusqu'aux moindres chiffons; c'est de le louer sans relâche; c'est d'en faire le plus grand ministre, le premier génie d'entre les philosophes, le plus vertueux des hommes.

7 *Décembre.* L'opéra des *Horaces* exécuté ce soir a été mal accueilli; la musique a eu peu de succès, & le poëme a excité de temps en temps des réclamations vives de la part du parterre. Lorsque la toile a été baissée, il s'est même élevé des huées générales assez soutenues, & par un contraste qui ne faisoit que les confirmer, *le Devin de Village* qu'on jouoit à la suite, dès l'ouverture a été accueilli avec des transports indicibles, transports qui n'auroient pas eu lieu dans un autre cas pour un ouvrage aussi rebattu.

8 *Décembre.* Les états de Bretagne qui se tiennent actuellement, ont arrêté que la statue du Roi, qu'ils ont résolu en 1784 de lui ériger, sera placée à Brest, d'après le desir de sa majesté.

8 *Décembre.* M. d'Aligre a repris en effet le le collier de misere, c'est-à-dire, toute la plé-

nitude de ses fonctions, que depuis quelques années partageoit M. d'Ormesson. A la rentrée du parlement les avocats allant lui faire leur cour dans son hôtel, il s'est complu à parler de cet événement, de la durée de sa présidence; il a passé en revue les portraits de ses prédécesseurs qu'on voit dans une galerie, & s'est arrêté à celui qui a exercé le plus long-temps cette dignité, pendant vingt-deux ans; il a observé qu'il la possédoit depuis dix-neuf ans, & tout le monde a fait *chorus* pour desirer qu'il y restât encore plus que ce magistrat tenace.

8 *Décembre.* L'aventure de la comtesse de Morangies commence à s'éclaircir, quant au fait, par deux mémoires qui se répandent dans le public: le premier, pour *Jean-François-Charles de Molette, demandeur en intervention, & défendeur; contre messire Jean-Anet de Molette de Morangies, Baron de Saint-Alban, maréchal des camps & & armées du Roi; contre messire Jean-Adam de Molette de Morangies, mestre-de-camp d'infanterie, chevalier non profès de l'ordre de Malte;* & encore *contre demoiselle Jeanne-Michelle de Molette de Morangies, demoiselle majeure, tous demandeurs & complaignants, accusateurs: en présence de M. le procureur général du Roi.*

Le second, *mémoire pour demoiselle Marie-Louise-Joseph de l'Espiniere, comtesse de Morangies, accusée, détenue ès prisons du grand Châtelet, demanderesse & défenderesse, contre les mêmes personnages.*

On voit par ces mémoires qu'en effet la comtesse de Morangies a été arrêtée le premier octobre dernier, vers les six heures du soir, ſur les boulevards dans ſa voiture, par autorité de juſtice ſur l'accuſation du crime de bigamie. Ses deux beaux-freres & ſa belle-ſœur, qui ſont ſes ſeuls accuſateurs, prétendent qu'elle étoit déja femme de François Fremain, domeſtique du comte de Morangies, lorſqu'elle a convolé en ſecondes noces avec leur frere. L'affaire eſt en inſtance à la chambre criminelle du Châtelet, & le comte de Morangies demande à y intervenir comme époux de l'accuſée, & à faire valoir ſes fins de non-recevoir contre ſes accuſateurs : & la comteſſe de ſon côté, ſollicite ſon élargiſſement proviſoire ; elle établit ſes fins de non-recevoir auſſi ; elle propoſe ſes moyens ſur le fond pour appuyer ſa demande proviſoire, & même inſtruire les magiſtrats en tout état de cauſe.

Ces mémoires pourroient être fort intéreſſants, s'ils étoient bien faits, mais compoſés par le même avocat *Plaiſant de la Houſſaye*, auteur des derniers, ils ne ſont pas meilleurs, & demandent d'être lus & relus pluſieurs fois pour bien s'éclaircir de la queſtion & même d'autres faits ſubſidiaires, bons à conſerver & capables de faire anecdote.

9 Décembre. La *Chronique ſcandaleuſe*, ou *mémoires pour ſervir à l'hiſtoire de la génération préſente*, dont on a parlé en 1783, ſe reproduit aujourd'hui. On annonce que c'eſt une nouvelle édition conſidérablement augmentée & renfermant les anecdotes les plus piquantes que l'hiſtoire ſecrete des ſociétés ait offertes juſqu'au premier janvier 1785. *A Paris, dans un coin d'où l'on voit tout.*

Cette rapſodie, où l'on copie ſans pudeur une

anecdote entiere de seize à dix-sept pages, que l'on lit mot-à-mot dans le cinquieme volume de *l'Espion Anglois*, prouve que le rédacteur n'est pas bien riche de son propre fonds, & prend ainsi de côté & d'autre tout ce qui lui tombe sous la main. Il y en a cependant quelques-unes, telles que celle de M. de la Tude, mis à la Bastille en 1749, celle du chevalier de Mouhy, le comte de Ligurie, qui méritent d'être exceptées & semblent neuves ou peu connues.

Une note qu'on lit à la fin du premier volume, dans laquelle on cite la *correspondance littéraire secrete* de M. de la Lande, comme une feuille périodique, où l'on montre à nud les vices & les ridicules du temps actuel, donne à croire que l'auteur a beaucoup puisé dans cette correspondance, & en a extrait quantité de morceaux.

Tel qu'il soit, ce recueil doit avoir du débit, parce qu'il fournit mille historiettes à placer dans la conversation pour ceux qui l'ont naturellement aride & ne trouvent pas dans leur propre fonds de quoi l'alimenter.

9 Décembre. M. le comte de Guibert gouverneur des invalides, est mort avant-hier de la goutte, qui l'a suffoqué presque subitement. Il avoit dîné le mercredi en ville, il s'étoit couché se portant bien en apparence; il s'est relevé se trouvant mal, s'est promené, s'est recouché, comptant être mieux: peu de temps après, il a encore sonné son valet de chambre, il a fait avertir madame la comtesse de Guibert; il lui a pris la main, lui a dit que c'étoit pour la derniere fois, & est passé avant qu'on lui ait pu administrer aucun secours.

9 Décembre. On est fort surpris de ne point entendre parler de M. le comte de Bussy d'Agonau, depuis plusieurs mois qu'il est sorti de Pierre-Scize. Tout ce qu'on sait c'est qu'il a écrit à sa mere pour lui demander de l'argent & des effets, en lui annonçant en même temps un mémoire de six mille pages; débordement bien opposé à la petite feuille qu'on a rapportée precédemment.

10 *Décembre*. On parle d'une chanson en huit couplets sur l'air, *ton mouchoir*, *belle Raymonde*; où l'on trouve des allusions très-malignes, mais qui ne sont sensibles que pour ceux qui en ont la clef: pour les autres lecteurs elle n'est que vague & roulant sur une fable cent fois ressassée.

10 *Décembre*. C'est M. Abbatacci, gentilhomme Corse & ancien lieutenant-colonel, qui excite aujourd'hui la commisération publique: son aïeul & son grand-oncle ont commandé des armées, son frere est mort colonel au service de la république de Venise; sa famille est alliée aux plus anciennes maisons de la Corse: il a bien mérité par ses services; le marquis de Monteynard, lorsque cet officier fut élevé en 1771 au grade de lieutenant-colonel, lui écrivoit, que le Roi *le récompensoit en considération de son zele & de ses talents*.... Et c'est lui que le 5 juin 1779, le conseil supérieur de Bastia avoit condamné à neuf ans de galeres: en vain les états de Corse dont il étoit membre, comme député noble de la province d'Ajaccio, demanderent la suspension de l'exécution de l'arrêt, afin d'avoir le temps de recourir au souverain. M. Abbatacci se vit livré à la main du bourreau, conduit à la chaîne des galériens, où il a été attaché pendant trois ans.

Sur une requête présentée par Me. d'Amours, avocat aux conseils, & sur un rapport aussi touchant que lumineux de M. d'Ambrun, maitre des requêtes, le conseil par un arrêt du 28 mars 1782, a cassé le jugement & la procédure.

Cette procédure instruite de nouveau par la sénéchaussée d'Aix, M. de Lange de Saint-Suffren, qui en étoit le chef, n'épargna ni peines, ni recherches, pour découvrir la vérité : les parjures accusateurs de M. Abbatacci se rétractèrent ; le curé de Quitera, instigateur de cette machination horrible, fut condamné à être pendu : enfin un arrêt solemnel du parlement d'Aix du 17 juillet dernier, en confirmant cette sentence, a pleinement réhabilité cet innocent, & lui a *réservé des dommages & intérêts contre qui de droit.*

C'est à l'occasion de l'interprétation de cette clause de l'arrêt, que Me. de la Croix consulté, a pris occasion de faire connoître cette nouvelle iniquité dans ce pays-ci, où elle n'étoit point parvenue, par un mémoire rempli d'onction, & quoique court, assez détaillé pour révolter tous les lecteurs contre le conseil de Corse.

Cette indignation augmente à la lecture de la consultation, en date du 8 novembre dernier, où il développe les vices de l'arrêt du conseil de Corse, arrêt qui ne doit point s'attribuer à quelqu'une de ces erreurs malheureuses, appartenant à la foiblesse humaine, mais à plusieurs contraventions formelles aux ordonnances. En conséquence Me de la Croix estime que M. Abbatacci seroit très-fondé à demander la prise à partie contre les juges supérieurs de Corse; mais il insinue en même temps les difficultés de cette voie judiciaire, son inutilité pour obtenir des dommages & intérêts de plus de 80000 livres de frais qu'il en coûte à cet innocent pour recouvrer l'honneur. Me. de la Croix propose une voie extrajudiciaire, c'est de présenter requête au parlement d'Aix pour obtenir, par les sollicitations de cette cour, de l'équité de sa majesté, que le suppliant soit replacé dans le grade de lieutenant-colonel dont il a été injustement destitué ; que les appointements dont il a été privé depuis l'arrêt de 1579 lui soient payés, & que le temps de son service, pendant son infame détention, lui soit compté & continue de courir, comme si cet injuste jugement n'avoit jamais été rendu.

10 *Décembre.* On parle d'un ballot de mémoires de Me. Linguet, arrivé à la douane & remis à la chambre syndicale, qui, sur l'inspection de son adresse, à MONSIEUR *frere du Roi*, a été remis à cette altesse royale. On ne dit point encore ce qu'elle en a fait.

Du reste, il paroît constant qu'il y a des lettres de continuation pour les juges, & que Me. Linguet ne fera que reprendre son plaidoyer où il l'avoit laissé. On parle du 20 décembre comme du jour indiqué pour l'audience.

11 *Décembre.* Le comte de Morangies, dans son mémoire d'*intervention*, le commence par le récit de ses malheurs, dont l'enchaînement occupe presque le cours entier de sa vie. Issu d'une famille, qui compte vingt-deux gentilshommes de son nom tués au service du Roi, pour conserver en entier le patrimoine de ses peres il a commencé par se charger de 350000 livres de dettes : il se flattoit de les acquitter par des spéculations qui se sont trouvées fausses ; il a toujours travaillé à l'avancement de ses freres : la reconnoissance de ceux-ci n'y a pas répondu ; les altérations de sa fortune augmentoient, & ils s'y sont toujours montrés insensibles. Crédule & confiant, un procès cruel a commencé sa ruine,

Il avoit été forcé en 1768 d'abandonner ses biens à ses créanciers : en 1779 ne pouvant figurer suivant son état dans sa patrie, il voyage. Son fils l'accompagne, ainsi que madame Noblaire, alors sa maîtresse, & une fille qu'il en avoit. Le fils devient amoureux de sa sœur, & couche avec elle : ses remords le conduisent à l'acte de donation du 11 mai 1782 ; il avoit été précédé d'une célébration de mariage entre la mere & le pere, le 16 mai 1781.

Le marquis de Morangies n'étant plus amoureux, se repent de sa donation ; il s'enfuit de Metz & de la maison paternelle ; il se laisse aller aux conseils de ses oncles : des informations ministérielles se commencent aussi-tôt contre l'honneur & l'état de l'épouse du comte de Morangies, & dans une requête du 10 août dernier, il se permet des impostures, des calomnies inconcevables contre sa belle-mere ; il veut ôter l'état à sa sœur, & refuse même de payer à son pere la pension alimentaire qu'il lui doit, & allégue pour prétexte sa fâcheuse détresse, au même-temps où il aspiroit à la main d'une jeune, belle & riche héritiere, de Mlle. de Cabris, & s'offroit en conséquence comme un magnifique seigneur, ayant 40000 livres de rentes.

Tandis que les contestations concernant les répétitions formées par le comte de Morangies & sa fille sont suspendues au parlement durant les vacances, les oncles se déterminent à se montrer, & sur leur accusation de bigamie, font décréter la nouvelle comtesse de Morangies : accusation dans laquelle ils doivent succomber comme n'étant pas parties compétentes ; mais accusation qui s'aggrave par l'évasion du domestique du comte de Morangies, regardé comme le premier mari de la comteſſe & dont elle auroit le plus grand beſoin pour convaincre parfaitement ſes adverſaires.

D'un autre côté, on voit avec peine les difficultés que fait dans ſon mémoire la comteſſe de répondre aux queſtions : *qui êtes-vous? à qui devez-vous le jour? & pourquoi juſqu'à la déclaration de votre mariage avez-vous changé tant de fois de nom & de domicile?* Quoi qu'elles n'aient rien de commun avec le fait & le crime de bigamie à juger, elles laiſſent ſur elle des doutes injurieux & donnent bien à croire que ce mariage, même légitime, n'eſt rien moins qu'honorable pour le comte.

11 *Décembre* chanſon ſur l'air : *Ton mouchoir, belle Raymonde, &c.*

L'amour eſt un méchant drôle
Qui ſe rit même des dieux ;
Si l'on n'en croit ma parole,
Ce trait le prouvera mieux.
Fier de ſon pouvoir ſuprême
Rien ne peut l'intimider ;
Il chiffonne un diadême
Comme un chapeau de berger.

La déeſſe de Cythere,
Un beau jour du haut des cieux,
Sur la plaine de la terre
Ayant baiſſé ſes beaux yeux,
Apperçut près de la Seine,
Berger dont l'éclat divin.
Valoit bien, dit-on, la peine
Qu'on laiſsât pour lui Vulcain.

A ſon char Vénus attele
Et colombes & deſirs ,
Et de la voûte immortelle
Deſcend avec les plaiſirs.
Vulcain d'une main ardente ,
Durant ce voyage-là ,
Frappoit l'enclume brûlante
Dans les cavernes d'Etna.

Jà la céleſte héroïne ,
Loin du noble forgeron ,
Preſſe ſa bouche divine.
Sur celle du Céladon.
Peut-être au ſein de la terre
Et ſuant comme un forçat ,
Sans ſe douter de l'affaire
Vulcain forme un cadenat.

Autour de mon couple tendre
Les Amours danſent en rond ,
L'amant ne ceſſe de prendre
Les deux immortels tetons.
Vulcain à forger ſe tue ;
Son épouſe & le berger
A chaque coup de maſſue
Répondent par un baiſer.

Je veux prouver à la terre
Par cette aventure-ci ,
Que la reine de Cythere
Aimoit beaucoup ſon mari.

Du charmant objet qu'on aime,
On adopte le penchant;
Vénus étoit tout de même,
Elle forgeoit joliment

Dieux! quelle charmante enclume,
Et quel aimable marteau!
L'Amour forge & se consume
A souffler sur le fourneau.
Vulcain nerveux & robuste
Frappe *bis*, avec effort;
Venus frappe un peu plus juste,
Mais ne frappe pas si fort.

Toutes les nuits, dit l'histoire,
La friponne doucement
Quitte le sein de la gloire
Pour le sein de son amant:
Quoi! j'excuse sa foiblesse,
N'avoit-elle pas raison?
Berger qui nous intéresse,
Vaut mieux qu'un forgeron.

11 *Décembre*. On parle d'un abbé Gibelin, secrétaire de M. l'évêque duc de Laon, (*Sabran* en son nom) & précepteur des enfants de madame *de Sabran*, comme arrêté par ordre du Roi. On dit que l'exempt a d'abord prévenu le prélat & la dame; qu'il est allé ensuite chez l'abbé, assisté d'un commissaire; que celui-ci a fait la visite de ses papiers. Après quoi il a été conduit à la Bastille. On prétend qu'il s'agit de bulletins de nouvelles, distribués par cet écrivain. On dit qu'on a arrêté

aussi & conduit à l'hôtel de la Force quelques domestiques de la maison.

12 *Décembre. Discours sur la liberté civile, ou la défense des droits de l'espece humaine, par J. B. Sanchamans*, 118 pages, grand in-8°. dédié aux princes célebres de l'Europe, avec cette épigraphe: *homo sum, humani nil à me alienum puto.* A Amsterdam. Tel est le titre d'un livre qui fait bruit, sans qu'on puisse en citer encore autre chose; on croit cependant qu'il concerne plus particuliérement les Hollandois & les troubles actuels de leur république.

12 *Décembre.* Le docteur Smith étoit depuis cinq ans à Paris; il exerçoit la médecine malgré lui, puisqu'on venoit le chercher & qu'il n'alloit voir des malades qu'excédé d'importunités qu'on lui faisoit à cet égard: du reste, il ne prenoit d'argent de personne. Cette conduite a excité la jalousie, ou plutôt l'envie, & pour leur ôter tout prétexte de le persécuter, il avoit acheté une charge de médecin des Cent-Suisses du Roi. Malgré cette précaution, on le dénonce au procureur du Roi du Châtelet comme un imposteur, une espece d'escroc, qui, en affichant le désintéressement & la bienfaisance, se prévaut de ces apparences de vertu, pour mieux faire des dupes; qui se mêle d'ailleurs d'exercer une science qu'il ne connoît pas: en conséquence le magistrat rend plainte: M. Smith est décrété le 21 janvier dernier d'assigné pour être ouï, & le 15 février suivant, en son absence, un commissaire, escorté de suppôts de police, se transporte chez lui; ils étoient accompagnés d'apothicaires, de serruriers: on enfonce les armoires & les secrétaires; on lit toutes les lettres de ses malades, on en enleve quelques-unes: on se saisit d'autres effets,

entr'autres de quelques morceaux d'hiſtoire naturelle, qui n'ont point reparu & qu'on nie avoir vu : en vain ſa femme, préſente, s'éleve contre l'indignité de cette exécution militaire, requiert qu'on mette ſeulement les ſcellés : on ne l'écoute pas, on veut même la forcer à révéler les ſecrets de ſon mari. Au retour de M. Smith, elle lui apprend cet eſclandre; il conſulte, & on lui déclare qu'une telle voie de fait en France, comme en Angleterre, eſt attentatoire aux droits des citoyens.

Cependant on décrete d'ajournement perſonnel Me. Fourcy, l'apothicaire, qu'on ſuppoſe s'entendre avec le docteur Smith, pour vendre ſes drogues exorbitemment cher : il prouve par ſes réponſes, que les délits qu'on leur impute ſont imaginaires.

L'analyſe des poudres emportées, ayant été ordonnée par le lieutenant de police, & faite avec toute la ſévérité poſſible, ne conduit à aucun réſultat qui juſtifie l'accuſation.

Enfin pour deux malades, à l'occaſion deſquels les envieux du docteur Smith lui ſuſcitent ce procès, deux cents autres, gens tous diſtingués & connus, tous vraiment dignes de foi, lui rendent les témoignages les plus honorables.

C'eſt à cette époque que ſe termine le premier mémoire du docteur Smith, aſſez mal fait, curieux toutefois par un hiſtorique de ſa vie. Il eſt d'une grande naiſſance; c'eſt un homme à aventures, un perſonnage très-extraordinaire, comme tous ceux de ſon eſpece; il a 40000 livres de rentes & n'a pas beſoin de ſe faire payer pour exiſter honorablement. En outre il rend compte des remedes dont il ſe ſert, & un détail très-long sur cet objet est un morceau rare qu'on ne s'attendroit pas à trouver dans un écrit du palais : beaucoup d'avocats en font un reproche à Me. Tronçon du Coudray : cependant ces détails tenant à l'accusation, base du procès, y deviennent moins étrangers : ils pourroient seulement être élagués de beaucoup, & ils n'en seroient que meilleurs & plus plaisants.

12 *Décembre.* Les commissaires du conseil, chargés de faire exécuter les derniers réglements concernant *l'agio*, ont trouvé enfin de quoi exercer leur discipline. Deux agioteurs, l'un le sieur Muguet de Saint-Didier, l'autre le sieur Duplain de Saint-Albine, entrés en contestation au sujet d'un de ces marchés à terme, fait hors de la bourse, d'actions de la nouvelle compagnie des Indes, sans livraison ni dépôt, ont comparu devant nosseigneurs, ont établi le point de leur différend & plaidé leur cause ; & après les avoir entendus, les commissaires ont déclaré leur marché nul, & les ont condamnés chacun à 24 mille liv. d'amende. C'est le 29 novembre que le jugement a eu lieu : il a dû être publié & affiché notamment à la bourse, pour intimider ces sortes de spéculateurs.

12 *Décembre.* Deux brochures aussi rares que de mauvais livres, excitent une grande fermentation parmi les fideles & sur-tout entre les prêtres. L'une a pour titre : *Réflexions chrétiennes sur la précipitation scandaleuse* : l'autre *Dénonciation* (du même abus) *à M. l'archevêque de Paris.*

La premiere est appuyée sur les gémissements des personnes pieuses, se plaignant qu'il leur soit impossible de suivre nombre de prêtres dans la célébration des saints mysteres : l'auteur rapporte différents moyens qu'on a imaginés d'abréger les prieres de la liturgie, afin que dans les principales circonstances, les assistants se retrouvent à peu près au pair avec le célébrant, & il trouve honteux pour notre siecle qu'il faille recourir à de tels expédients. Quelle opinion peut-on avoir des prêtres qui célebrent la messe avec une telle précipitation?

L'auteur observe encore que M. de Juigné, dès son avénement sur le siege de Paris, a paru vouloir corriger un tel abus, que dans son ordonnance du 23 novembre 1783, il se plaignoit que des prêtres montent à l'autel avec un extérieur absolument contraire à la modestie & la régularité qu'exige leur état, avec des cheveux arrangés d'une maniere qui respire la mondanité..... Qu'ils célebrent la sainte messe avec une excessive précipitation, qui déconcerte l'attention des assistants & scandalise les peuples.

Mais le mal n'étoit point de nature à être guéri par de simples remontrances; les abus en sont devenus plus criants. En conséquence l'auteur voudroit que M. l'archevêque allât plus loin, qu'il fît avertir dans toutes les sacristies, qu'il se fera soigneusement informer des prêtres qui célebrent mal la messe, & qu'il les menaçât de l'interdit de leurs fonctions.

Dans la *Dénonciation*, l'auteur, qui vraisemblablement est le même que celui de la premiere brochure, devient plus satirique; il reproduit les prêtres à l'autel courant la poste, pressés de finir avant d'avoir commencé le saint sacrifice, & parlant à l'Etre suprême, comme ils ne parleroient pas à des valets. Après avoir si bien peint l'abus qu'il dénonce;

dénonce ; il en développe les suites funestes ; il en recherche les causes & en donne le remede : il consiste dans la suppression des honoraires de la messe ; ce qui rendra le saint sacrifice beaucoup plus rare, plus respecté & célébré seulement par ceux qui y croiront & en seront dignes.

Comme il y a quelques maximes jansénienne dans ces écrits, les molinistes, en s'accordant sur la proscription du scandale, desireroient d'autres moyens. Ce qui occasionne un schisme entre les deux partis, & fait rire celui des philosophes qui ne vont point à la messe, & conséquemment s'embarrassent peu qu'elle soit courte ou longue. Ce n'est donc que le sarcasme aiguisant ces deux pamphlets jansénieus qui les fasse lire.

13 *Décembre*. Il n'y a point eu de prix donné cette année ni en peinture ni en sculpture, & l'exposition même des meilleurs ouvrages du concours qui se fait ordinairement le 25 août & jours suivants n'a point eu lieu. Ce n'est que depuis peu que l'académie a jugé à propos de rendre compte au public de sa conduite en cette occasion.

1°. Quant à la sculpture, il a été généralement reconnu que les reliefs qui ont concouru étoient trop foibles.

2°. A l'égard de la peinture, c'est moins la médiocrité des ouvrages qui a déterminé l'exclusion, que la ressemblance des manieres, un des plus funestes écueils pour les éleves.

Quoi qu'il en soit, les éleves se sont récriés qu'il falloit au moins laisser le public maître de les juger ; que c'étoit un despotisme nouveau de la part des professeurs : leurs plaintes ont été appuyées par certains amateurs, & l'académie en conséquence a cru établir son droit absolu sur les aspirants, dont les officiers sont les maîtres & les juges. C'est ce qu'on voit dans la feuille du journal général de France, du jeudi 7 décembre

13 *Décembre.* Par une lettre de M. François de Neuf-château, procureur général au conseil supérieur du Cap-François, en date du 15 septembre dernier, on apprend l'étrange & affreuse catastrophe de ce magistrat.

Le 3 du même mois, il s'étoit embarqué sur le navire *le maréchal de Mouchy*, pour revenir en France; il avoit confié toute sa fortune à ce navire : le 5 il fit naufrage, tandis que deux autres bâtiments partis du port le même jour ont heureusement débouqué. Il se plaint sur-tout du pillage des matelots & autres gens de l'équipage. Enfin le 13 du même mois il est retourné à Saint-Domingue sur un caboteur anglois, de l'isle des Bermudes. Il est arrivé nud, avec une chemise & une grande culotte que lui a prêtée encore un matelot. Il regrette moins sa fortune, que trois porte-feuilles tout remplis de réflexions, de vues sur la colonie qu'il portoit au ministre, ainsi que plusieurs nouveaux ouvrages de littérature qu'il avoit composés dans ses loisirs. . . .

13 *Décembre.* L'opéra des *Horaces*, joué une seconde fois avec les retranchements & changements annoncés par les auteurs conformément au vœu du public, n'a pas eu plus de succès que la premiere. Il y a un vice radical dans le choix du sujet, qu'aucun talent ne sauroit faire disparoître entiérement. La déclamation est le seul rithme musical qui convienne à la tragédie proprement dite, & toutes les tentatives faites en ce genre inutilement, depuis le chevalier Gluck, prouvent qu'il

ne sauroit réussir sur le théâtre lyrique en France. La comparaison des chef-d'œuvres de Corneille & de Racine, avec les opéra dans lesquels on les travestit, donne un désavantage sensible à ceux-là, & il en résulte même une teinte de ridicule, que notre nation saisit trop facilement pour que leurs auteurs y échappent. D'ailleurs la galanterie françoise veut de l'amour, du spectacle, des danses, & tout cela s'accorde bien rarement avec des traits historiques, dont un héroïsme austere fait le fond. Il est donc à présumer que ce genre tombera, & que nos auteurs rentreront dans celui seul convenable à notre goût. Les Italiens, pour qui la tragédie n'est que le prétexte d'un concert, comme on a dit, ont perdu la premiere, sans avoir même un bon opéra: mais nous autres ne sommes point assez fous de musique pour faire un pareil sacrifice.

Cependant les *Horaces* présentoient aux auteurs une ressource, qui auroit dû sauver la sécheresse & l'austérité du sujet; ce sont des *intermedes* & des *entr'actes* liés à l'action, assez semblables aux chœurs de la tragédie grecque. Cette innovation n'a pas réussi plus que le reste; on en parlera plus au long, si les auteurs, à force de se modifier, de se retourner en tous sens comme ceux de l'opéra de *Phedre*, peuvent venir à bout de vaincre la répugnance des spectateurs.

13 *Décembre*. Autant qu'on peut recueillir de tous les éclaircissements pris, c'est un sieur Dufour du Rinquet, agioteur déja mal famé, à Bordeaux, à Rouen & même à la bourse de cette capitale, dont il avoit été chassé, qui, devenu caissier & chef en nom de la compagnie du doublage des vaisseaux, est le principal inventeur de

la friponnerie des lettres de change altérées. Après en avoir tiré tout le parti possible, il s'étoit refugié à Londres, où l'on prétend qu'il a été arrêté.

Son principal agent étoit un nommé *la Correge*, qui portoit les lettres de change à escompter, & en a infecté le public; il déclare avoir fait cette manœuvre de bonne foi. En effet il étoit resté à Paris, & a été arrêté dès le 30 novembre; il est à l'hôtel de la Force, au secret.

Les seuls banquiers dont on parle comme refusant de payer les lettres de change altérées, sont les sieurs Tourton & Ravel, qui en ont accepté la plus grande partie, & Galet de Santerre, pour une beaucoup moindre somme.

Le sieur Dufour du Rinquet, intrigant, insinuant, beau parleur, avoit échoué cependant auprès de plusieurs banquiers, auxquels il avoit proposé de prendre des fonds & d'accepter des lettres de change à acquitter, pour la même quantité à certaines époques, dont la plus éloignée est le mois de janvier 1787.

Ces lettres de change, à ce qu'on rapporte, arrangées exprès, sont toutes doubles, l'une bonne & l'autre altérée, c'est-à-dire, décuplée & montée ainsi au taux de la premiere; mais celle altérée, l'est si adroitement, si parfaitement semblable à la premiere, que les gens de l'art ne peuvent la distinguer, & s'y sont trompés. Les seuls registres des banquiers attestent la friponnerie.

On veut que les fonds remis en billets de la caisse d'escompte par le sieur Dufour du Rinquet ſoient de 1400000 livres, qu'ils ont dépoſées, & que le montant des lettres de change ſoit de pluſieurs millions.

Les banquiers craignant le jugement conſulaire, qui les auroit forcés de payer, ont ſollicité une commiſſion, & l'ont obtenue ; les lettres-patentes en ſont portées au Châtelet.

Les porteurs des lettres de change depuis ce temps ſe raſſemblent chez M. Vandenyver, qui en a auſſi ; ils ont de fréquentes conférences, & ils ont enfin décidé de préſenter une requête pour demander la ſuppreſſion de la commiſſion, & que la déciſion ſoit renvoyée devant les juges naturels.

Il y a ſur ce ſujet une grande fermentation au parlement & l'on ne ſeroit pas ſurpris qu'on en fît une dénonciation ; c'eſt à lui que par appel devroit aller le jugement des conſuls.

Voilà où en eſt cette affaire importante, qui agite tout Paris & jette le commerce & la finance dans de grandes anxiétés, dans une ſtagnation funeſte.

14 *Décembre.* Extrait d'une lettre de Luxembourg, du 28 novembre 1786.... L'abbé de Feller, ex-jéſuite, rédacteur du journal de cette ville, eſt en effet ſoupçonné l'auteur du libelle intitulé: *Lettre d'un Chanoine Pénitencier, &c. à un Chanoine Théologal, &c. ſur les affaires de la religion*, c'eſt-à-dire, ſur les édits de l'empereur, publiés depuis quatre ans, touchant la tolérance civile, la ſuppreſſion des maiſons religieuſes, les mariages, les autres innovations & entrepriſes de ce prince. Il les repréſente comme le fruit d'un ſyſtême réfléchi de deſtruction qui menace autant l'état que l'égliſe, & auquel les

évêques, les ministres d'état, les états des provinces, les conseils souverains, les magistrats, les différents ordres de citoyens, ne peuvent en conscience concourir ou participer. Si ce brûlot est fort rare à Paris, il ne l'est pas moins dans les Pays-Bas. On y a répondu d'abord par une brochure ironique, où, sans discuter le fond, on caractérisoit ceux qui passoient pour en être les auteurs ou les complices. On a cru plus récemment devoir réfuter le libelle d'une maniere solide ; ce qui est parfaitement exécuté dans la *Réponse aux Lettres d'un Chanoine Pénitencier.*

Quant à l'abbé de Feller, ce qui fortifie les soupçons contre lui, c'est qu'un écrivain périodique lui ayant attribué les *Lettres d'un Chanoine Pénitencier*, il s'est contenté d'un simple désaveu. Son adversaire est revenu à la charge; l'ex-jésuite a répliqué dans son journal du premier août: mais sa réponse embrouillée decele son embarras & n'est ni cathégorique, ni satisfaisante.... Il paroît que l'Empereur rit de tout cela....

14 *Décembre* Le *Journal général de France*, auquel sont réunis depuis trois ans la *Gazette & le Journal d'agriculture, commerce, arts & finances*, est en conséquence plus livré aux matieres économiques. Comme le rédacteur, l'abbé de Fontenay, y est peu versé, il a pris un adjoint qu'il annonce & présente au public par son *prospectus* pour 1787. Cet adjoint est M. de Sutières de Sarcey, déja connu par de très-bons ouvrages sur l'agriculture, c'est lui qui désormais sera chargé de rédiger tout ce qui concerne cette partie. Pour mieux la traiter & plus amplement, on augmentera le journal de deux *supplements* par mois; ce qui exige de la par

des souscripteurs un petit *Supplément* d'argent, de trente-six sous seulement pour Paris.

14 *Décembre* On a plaisanté de nos gilets devenus aujourd'hui des tableaux. M. le Marquis de Fulvy les a peints dans les vers suivants pour le moins aussi ridicules; ils sont adressés *aux Censeurs des Gilets nouveaux* :

Peut-on voir des guerriers rangés sur des gilets ?
Dites-vous ... quant à moi le tableau qui vous blesse
Je le préfere aux plus jolis bouquets :
Même en peinture un soldat m'intéresse.
Loin que ce dessin choque & doive être frondé :
Des bataillons de soie il faut peindre à la tête,
Nos héros que Bellone fête,
D'Estaing & Broglio, la Fayette & Condé.
Tel, qui dans l'apathie où la plupart nous sommes,
Sans gloire & sans vertu seroit toujours resté.
Pour guide alors vers l'immortalité
Auroit son gilet des grands hommes.

15 *Décembre* Genevieve Buffart, du village de Gonesse, agée de seize ans, boiteuse dès le berceau de la jambe gauche, & paralytique de la droite depuis trois ans, au point de ne pouvoir marcher sans deux béquilles, le 30 juin 1785 commençant une neuvaine à saint Pierre, patron de sa paroisse, se trouva guérie subitement, au point de laisser ses béquilles au pied de la statue du saint, d'aller & venir sans elles, en présence de tout le peuple, qui dans son enthousiasme religieux, cria sur le champ au miracle, entra en foule au presbytere & à l'église, se mit à

ſonner toutes les cloches & à chanter le *Te Deum* ſans aucun prêtre.

Le bruit de cette merveille retentit bientôt dans les paroiſſes des environs. On vient en foule à Goneſſe pour s'informer de cet événement & voir la miraculée. Elle ſuivit le dimanche ſuivant la proceſſion, ayant un cierge à la main & accompagnée de ſes deux freres, qui portoient en triomphe les deux béquilles. Elle préſenta le pain béni, fit la quête à la meſſe & à vêpres, & aſſiſta le ſoir au ſalut, ſans être fatiguée.

M. *Jollivet*, docteur de Sorbonne & curé de Saint-Pierre & Saint-Paul de Goneſſe, témoin du miracle & y croyant, auroit bien voulu le raconter au prône, ainſi que s'y attendoient les aſſiſtants; mais la diſcipline actuelle de l'égliſe ne permet la publication ſolemnelle d'aucun nouveau miracle avant le jugement de l'évêque diocéſain.

Dès le 2 juillet, ce paſteur étoit venu à Paris informer M. l'archevêque d'une telle merveille.... Le prélat lui avoit ordonné de l'inſtruire exactement des circonſtances. Il le fit le 9 juillet par une lettre fort détaillée; il écrivit depuis pluſieurs fois au prélat, & lui envoya le certificat du ſieur Cartre, chirurgien du lieu, déclarant qu'il ne peut attribuer la guériſon de la paralyſie, ni aux ſecours de l'art, ni aux ſecretes reſſources de la nature. Deux docteurs, M. Banau, connu dans toute l'Europe par ſa decouverte de l'eau d'écorce d'orme pyramidal, & M. Haſſelin, médecin ordinaire de l'hôtel-dieu de Saint-Denis & de Goneſſe, donnerent un avis conforme. M. Saillant, docteur régent de la faculté de Paris, membre de la ſociété royale de médecine de Paris

& de celle de Copenhague, s'étant transporté sur le lieu le 21 août suivant, fut du même sentiment que les autres docteurs.

Le premier septembre, M. de Juigné répondit qu'il alloit examiner ce qu'il conviendroit de faire ; que le délai ne sauroit être préjudiciable, & qu'au surplus l'affaire étoit trop importante pour qu'il la perdît de vue.

M. de Vauvilliers, professeur de la langue grecque au College-Royal, de l'académie des inscriptions & belles-lettres, de philosophe incrédule & de grand libertin, devenu sage & dévot, voulut constater juridiquement le miracle. Il se rendit à Gonesse le 20 août 1785, & ayant mis l'affaire en regle le 29 du même mois, écrivit à M. l'archevêque pour lui rendre compte de sa démarche & des motifs qui l'y avoient déterminé.

Le premier septembre, le prélat répondit au savant académicien qu'il desire, comme lui, qu'il y ait un miracle proprement dit dans la guérison de Gonesse; *mais*, ajoute-t-il, *il y a des formes à observer, & je dois prendre des renseignements très-exacts avant d'ordonner une information juridique.* Cependant depuis dix-huit mois que ce miracle est arrivé, il n'y a point eu d'information juridique, & la miraculée même, ni ses parents, n'ont point encore été interrogés de la part du prélat.

On assure que depuis, saint Pierre, indigné sans doute de la nonchalance de M. de Juigné, & peut-être de son incrédulité, a fait un second miracle dans Paris même.

Quoi qu'il en soit, ce qui donne de la célébrité à l'événement & le rend plus connu d'un certain monde, qui, jusqu'à présent, l'avoit parfaitement ignoré, c'est la lettre de M. de Vauvilliers, cet ancien coryphée du parti philosophique, devenu aujourd'hui une des lumieres du parti janséniste.

Il faut observer qu'une chose qui a mis en garde M. de Juigné & les théologiens contre le miracle, c'est que la jeune fille guérie de la jambe paralysée, est restée boiteuse de l'autre, comme elle l'étoit avant : *Tant mieux*, s'écrie M. de Vauvilliers, *c'est là précisément ce qui prouve un miracle au-dessus de tout soupçon : elle n'a point obtenu ce qu'elle n'avoit pas demandé....*

Enfin un peintre chrétien a cru devoir consacrer ses talents à perpétuer le souvenir d'une telle merveille ; il a fait sur ce sujet deux tableaux, qui sont maintenant exposés dans l'église de Saint-Pierre à Gonesse, & que vont voir & admirer les personnes pieuses voyageant dans le canton.

Plusieurs de ces personnes ont donné de l'argent pour la miraculée; mais sa mere ne veut pas le recevoir : il reste en dépôt, afin d'être distribué aux pauvres & d'obtenir de Dieu, pour la miraculée, la persévérance dans le bien & la force de soutenir les attaques & les mauvaises plaisanteries des incrédules.

15 *Décembre*. On a parlé, il y a quelques années, de l'offre faite au gouvernement par les freres Perrier de fondre, s'il le vouloit, des *caronades* : ce sont des canons d'un gros calibre, plus courts que les autres, jetant une quantité immense de mitrailles, & à peu de distance pouvant envoyer des boulets énormes : ils tirent leur nom du lieu de leur fabrication, Carron en Ecosse, dont les forges sont célebres. Cette

invention des Anglois, qui nous a été funeste durant la derniere guerre, étoit restée sans imitation.

Depuis peu on a accepté l'offre de messieurs Perrier ; ils ont fait fondre de ces carronades dans leur fonderie à Chaillot, & pour en faire l'épreuve, on a élevé à Versailles, au bout du canal, un simulacre de vaisseau avec tous ses agrêts, contre lequel le jeu des carronades devoit être dirigé, afin d'en voir, & d'en calculer l'effet. La premiere carronade fondue en fonte a été éprouvée le dimanche 3 de ce mois. Elle fut chargée à triple charge, & son recul fut d'environ vingt pieds.

L'épreuve a dû être réitérée devant le Roi avec la charge ordinaire.

15 *Décembre.* La cour des aides de Riom, qui étoit restée fort tranquille depuis sa derniere suppression, dont on a rendu compte en détail, est dans une nouvelle fermentation ; il s'agit de supprimer la franchise du sel dont jouit cette province, & d'y introduire la gabelle avec des adoucissements proposés par les fermiers généraux, qui sembloient devoir conserver les privileges des citoyens ; mais cette cour sentant l'insidieux des propositions, se refuse à l'enrégistrement de la nouvelle loi, & semble préférer une destruction glorieuse à la violation du droit de la province. On ne sait encore qu'en gros cette affaire importante qui mérite des éclaircissements plus amples.

15 *Décembre.* Les comédiens italiens ont offert hier au public *Cecilia*, comédie nouvelle en trois actes, mêlée d'ariettes, qui n'a point eu de succès.

16 *Décembre.* M. Blanchard, qui prétend être parvenu à donner toute la solidité possible aux ballons, auxquels on travaille toujours, écrit de Liege dans une lettre du 27 novembre, que s'étant occupé ensuite, avant de prononcer pour ou contre la direction, à chercher le moyen d'éviter le coup de l'air inflammable, si onéreux & si difficile à se procurer, après des épreuves réitérées depuis neuf mois, il se flatte d'avoir trouvé un résultat tel que par-tout, aujourd'hui, il peut remplir son aérostat d'air inflammable le plus pur & le plus léger, sans acide vitriolique, sans rognures de fer & sans embarras d'appareil; de sorte que, descendu des airs au milieu d'une campagne, il est le maître de faire aussi-tôt de de l'air inflammable pour continuer sa route. Il espere à l'époque de sa vingt-deuxieme expérience dans cette même ville de Liege, où il écrit, époque fixée au 18 décembre, manifester une découverte aussi importante.

16 *Décembre.* Dès lundi dernier, 11 de ce mois, MM. les professeurs royaux ont exécuté leur projet de solemniser les réceptions de leurs futurs confreres. M. le Fevre de Gineau, nommé professeur de méchanique & de physique expérimentale, à la place de M. Girault de Keroudou, grand-maître du college de Louis-le-Grand, qui a donné sa démission, a été installé dans une assemblée publique tenue *ad hoc*, dont tous les spectateurs ont été invités par billets.

Le récipiendaire a pris pour sujet de son discours, le tableau des progrès de la physique, depuis les Grecs jusqu'à nos jours.

M. Poissonnier, le doyen, lui a répondu; il a fait remarquer entr'autres choses, combien les expériences de physique étoient utiles : pour compléter les instructions au collège royal, où il y avoit déja un observatoire, un laboratoire de chymie & un amphithéâtre d'anatomie, le Roi a décidé qu'il y auroit aussi un cabinet de physique ; & c'est à M. le baron de Breteuil que les sciences auront cette obligation. Ce ministre étoit présent à la séance & a reçu le tribut d'encens qu'il méritoit.

Le reste du temps a été occupé par différentes lectures. M. le Monier a fait part d'un mémoire sur les variations de l'aimant dans la mer des Indes; M. de Vauvilliers a lu la traduction d'une ode de Pindare, & M. l'abbé de Cournant, un fragment de son poëme des quatre âges de la vie humaine, dans lequel il a peint les inclinations & les devoirs de l'age mûr. On a déja parlé, en rendant compte de la précédente séance, de la maniere de ces deux auteurs. Quant au mémoire de M. le Monier, purement scientifique, il ne mérite aucune analyse.

16 *Décembre*. M. Houdon commence à montrer aux amateurs dans son attelier le buste du général Washington, objet de son voyage en Amérique, & modelé parfaitement, à ce qu'on assure : les gens de lettres sont invités à lui trouver lorsque ce buste se transportera en Amérique, une inscription aussi belle & aussi juste que le vers latin composé pour celui de M. Franklin, & qu'on sait aujourd'hui être de M. Turgot, le ministre.

17 *Decembre*. Le critique du pastoral de M. de Juigné, archevêque de Paris, publie déja de *secondes observations* sur le même sujet. Il ne traite également qu'un seul point dans celles-ci ; il développe les maximes relâchées que les théo-

logiens lui ont fait adopter sur la conduite des confesseurs au tribunal de la pénitence. Cette théorie n'est pas aussi ridicule que la premiere; mais suivant l'auteur de la brochure, le bon sens & la religion n'y sont pas moins outragés: il regarde l'aveuglement du prélat, auquel on a fait adopter tant d'assertions pitoyables, comme une punition de Dieu, de s'être écarté de la conduite qu'il auroit dû tenir. Il le gourmande fortement d'avoir confié la composition d'un ouvrage aussi important à des casuistes de l'espece la plus vile, d'avoir préféré leurs lumieres à celles de tout son clergé, des curés de la capitale, du chapitre de l'église de Paris, de ses propres grands-vicaires, au mépris des regles du gouvernement de l'église.

Il n'est pas possible que M. de Juigné, dont les vues sont pures & le cœur droit, résiste à toutes ces attaques & ne retire incessamment un pastoral capable de déshonorer à jamais son épiscopat, s'il le laisse subsister.

17 *Décembre.* Ces jours derniers M. le comte de Sanois étoit chez Me. Bonnieres, son avocat, à l'attendre dans un premier cabinet. Il y trouve une dame en grand deuil, avec une espece de robin. Ceux-ci causoient, & la dame dit à son écuyer: " Les mémoires aujourd'hui sont fort „ dangereux; ce sont de vrais libelles pour la „ plupart; témoins ceux du comte de Sanois, „ remplis de mensonges, d'horreurs, de calom- „ nies.... Oh! mais, répond l'homme noir: „ c'est un fou, qu'il falloit laisser à Charenton.... „ Pas si fou, reprend la dame; c'est une tête „ exaltée seulement, mais un homme dangereux. „ Cependant Me. de Bonnieres arrive: M. de Sanois

l'entretient le premier, & comme l'avocat le reconduisoit, après leur conversation finie, il le prie dans l'antichambre de lui dire quels sont les deux étrangers qui l'attendoient aussi. Me. de Bonnieres lui déclare qu'il les voit pour la premiere fois, & ne les connoît nullement. Alors le comte de Sanois rentre, vient à la dame d'abord, & la prie de vouloir bien lui donner son nom & son adresse. Elle est si étourdie de l'apostrophe, qu'elle reste interdite & ne répond pas. Cependant il se retourne vers l'homme noir & lui fait la même réquisition ; puis en explique en même temps le motif : " Je suis le comte „ Sanois, dont vous venez de parler ; il paroît „ que vous le connoissez mal ; je veux vous en- „ voyer mes mémoires, ceux de mes adversaires, „ ma réplique, lorsqu'elle paroîtra, & vous „ mettre en état de juger.... „ Le Monsieur se répand en excuses, convient que madame & lui se sont expliqués bien légérement devant un inconnu.... Enfin pressé de nouveau, il dit qu'il est Me. Bourgeon, procureur au Châtelet ; qu'il suffira de lui en envoyer deux exemplaires, & qu'il en remettra un à madame.... " A votre ton „ tranchant, dit le comte de Sanois, je ne vous „ dissimulerai pas, Monsieur, que je vous croyois „ tout au moins un président ; n'importe, je „ serai fort aise de vous faire revenir de votre „ prévention, & de vous prouver que si je me „ pique d'être vrai & honnête, je me pique „ aussi de ne point me facher.. „ Nouvelles excuses, profondes révérences de la part du procureur.... Quant à la dame elle ne pouvoit revenir de sa stupéfaction..... Elle étoit encore comme pétrifiée, lorsque le comte la quitta.

Depuis on a ſu par Me. de Bonnieres que cette veuve étoit madame Pean de Moſnac, la veuve d'un maître des comptes, qui ſaiſie d'admiration de la patience, du ſang froid, de la ſageſſe du comte de Sanois, ne peut croire qu'un homme, dont l'extérieur annonce une conſcience auſſi pure, auſſi calme, n'ait pas raiſon, & chante par-tout ſes louanges. Quant au procureur, il eſt un peu ſot de s'être ainſi aventuré & ne conte pas volontiers cette aventure, dont il rejaillit néceſſairement ſur lui un ridicule indélébile.

17 *Décembre.* Depuis la conquête des arbuſtes des épiceries, faite par M. Poivre, ou du moins ſous ſes auſpices, & depuis leur tranſport à l'Iſle-de-France, cette culture a été un ſujet de contradiction continuelle entre les adminiſtrateurs, dont les uns ont deſiré la maintenir & les autres la ſupprimer. Malgré les progrès qu'elle a faits tout récemment encore, on avoit prévenu contre cet établiſſement M. le Braſſeur, qui part le mois prochain pour être à la tête de l'adminiſtration des iſles de France & de Bourbon, & il paroiſſoit décidé à faire fermer *Mon-Plaiſir*, le jardin du Roi, conſacré à la culture des épiceries. On lui avoit perſuadé que cette culture ne réuſſiroit jamais aſſez pour pouvoir ſe paſſer des Hollandois & égaler les dépenſes qu'elle occaſionne; que les habitants, dans le cas où elle réuſſiroit, ne pourroient avoir les ſoins, les recherches & l'aſſiduité continus qu'elle exigeoit; enfin qu'il regne dans la colonie des ouragans qui détruiroient en peu d'heures les fruits de pluſieurs années. Les amis de M. Poivre, les amateurs de la botanique, mais ſur-tout les patriotes & fins politiques, ont été alarmés de cette conjuration : Meſſieurs les abbés Teſſier &

Rochon, de l'académie des ſciences ; M. Melon, de la ſociété d'agriculture de Bretagne, & ſur-tout M. de Malesherbes, ſe ſont donnés les plus grands mouvements auprès du maréchal de Caſtries pour en arrêter les effets : le dernier a même propoſé au miniſtre de la marine de faire des eſſais de cette culture à Saint-Domingue ; culture à laquelle s'intéreſſoit vivement le nouveau gouverneur, M. de la Luzerne, ſon neveu, ami de la botanique; & l'on eſpere que l'orage eſt diſſipé.

Il eſt d'autant plus à ſouhaiter que le ſyſtême deſtructeur ne prévale pas, qu'en 1785 il exiſtoit au jardin du Roi à l'Iſle-de-France, plus de deux mille plans de girofliers, & que par la progreſſion calculée de leur rapport, d'après leur produit actuel, en 1800 on auroit au moins cent mille arbres en rapport ; & qu'en joignant la méthode de les augmenter en mettant en terre les anthofles ou clous matrices, cette reproduction donneroit ſept à huit fois autant d'arbres; en ſorte que leur nombre ſe monteroit au commencement du ſiecle prochain à ſept ou huit cents mille arbres ; quantité plus que ſuffiſante pour fournir des clous à tous les marchés du monde entier.

On n'eſtime pas que les Hollandois aient plus de 500 mille girofliers à Amboine & dans les autres iſles Moluques : le produit moyen eſt évalué à deux livres par arbre ; or un ſeul arbre, à Bourbon, en a produit quinze livres... Qu'on juge quelle facilité nous aurions de partager au moins ce commerce avec eux !

La culture des muſcadiers n'eſt pas dans un état auſſi brillant que celle des girofliers, parce qu'il faut le coucours des arbres mâles, qui ſont fort rares, pour féconder les arbres femelles, qui portent les noix muſcades : ce qu'on ignoroit d'abord. M. de Ceré, le directeur du jardin du Roi, qui en fait ſon unique occupation & a acquis beaucoup de connoiſſances en cette matiere, a imaginé de multiplier les muſcadiers par la méthode des provins, & en janvier 1786 il ſe félicitoit de ſes eſſais.

18 *Décembre.* Quelque écrivain s'eſt imaginé de profiter de la circonſtance, où l'on parle encore quelquefois du cardinal de Rohan & de ſon étrange procès, pour compoſer une brochure qu'il a intitulée : *Hiſtoire véritable de Jeanne de Saint-Remy, ou les aventures de la comteſſe de la Motte.* Quoiqu'on n'y trouve guere que ce qu'on a déja lu dans les mémoires, ces diverſes anecdotes rédigées en corps d'hiſtoire & raſſemblées ſous un même point de vue, ſont intéreſſantes & ſe font lire avec plaiſir. L'auteur a eu ſoin d'affecter autant qu'il a pu de l'impartialité ; cependant on voit qu'il eſt tout livré à la maiſon de Rohan, & peut-être même eſt-il ſoudoyé par elle. Du reſte, la brochure n'eſt point mal écrite.

18 *Décembre.* Quoique le nouveau marché de la marée ſoit fini depuis quelque temps, cependant il n'eſt point occupé. On ſait aujourd'hui que ce ſont les dames de la halle qui s'y refuſent. Dès l'origine elle ont réclamé contre la petiteſſe du local... On les a laiſſées ſe plaindre & l'on a toujours pourſuivi la conſtruction : alors elles ont cru devoir uſer de la liberté qu'elles ont d'approcher la perſonne du ſouverain, & ont arrêté la grande députation auprès du Roi, qui de cinquante-deux qu'elles ſont, eſt de trente. C'eſt la dame Joré qui a porté la parole, dans un diſcours bref & énergique ; après avoir expoſé l'inconvé-

nient de leur translation & la résolution où elles étoient plutôt de renoncer à leur métier, elles ont fini par dire: « SIRE, *point de marée, point de ma-» telots; point de matelots, point de marine.* » Cette phrase véhémente a frappé le Roi, qui a demandé leur cahier, a ordonné la suspension de leur translation, & leur a promis sa protection : elles en attendent aujourd'hui l'effet.

18 *Décembre.* MM. Tourton & Ravel ont reçu un courier extraordinaire de Hollande, par lequel ils ont appris qu'on avoit arrêté à Amsterdam deux particuliers François, l'un le sieur la Roche, passant pour le fabricateur des faux, & le sieur Bechade, un des tireurs. Du reste, outre le sieur de la Correge, dont on a précédemment annoncé la détention, on parle encore des sieurs Simon, & Bellancq & compagnie, associés avec lui.

18 *Décembre.* L'espece d'hymne composée par le sieur Moline en l'honneur de Sacchini, non-seulement ridicule par l'apothéose extravagante de ce musicien, mais encore très-susceptible d'être regardée comme une impiété, ou du moins comme une profanation du rite religieux par les dévots, n'a point éprouvé les difficultés qu'on craignoit pour le jour de la Toussaint; l'exécution n'en avoit été regardée qu'à raison de l'absence du sieur Rousseau, qui devoit la chanter. Il a rendu cet hommage à l'illustre étranger, dont le théâtre lyrique pleure la perte, au concert spirituel du jour de la conception de la Vierge. Il a été fort applaudi, & la musique, de la composition de l'abbé le Sueur, a fait disparoître la platitude emphatique du poëme : on a crié *bis*; mais la longueur du morceau n'a pas permis de satisfaire le public.

Cette fois le triomphe de la musique françoise a été complet, ainsi que du chanteur national, car on avoit précédemment hué la demoiselle Silberbour, ainsi que le rondeau italien *del Signor Caruso*, qu'elle avoit chanté.

19 *Décembre.* On ne nomme point l'auteur du poëme de *Cecilia*, & il fait bien de garder *l'incognito* : il paroît s'être conformé au vœu du public, en retirant absolument sa piece, trop mal accueillie pour être tenté de la reproduire une seconde fois. Ce qui rend la chûte plus humiliante, c'est qu'elle est tirée d'un roman du même nom peu ancien & qui a beaucoup de vogue. Au reste, la représentation a été si orageuse dès les premieres scenes, qu'il étoit impossible de suivre les détails de l'intrigue, encore moins ceux du dénouement qu'on a eu peine à laisser achever. L'amour-propre de l'auteur peut se retrancher sur cette mauvaise volonté d'un parterre prévenu & indocile.

Quant à la musique, de M. Devaux, elle a été mieux reçue; on l'a applaudi dans quelques airs, on a même trouvé qu'il n'y avoit pas assez d'ariettes, ni assez d'opposition entre elles; ce qui provenoit en partie des paroles. On a goûté aussi des morceaux d'ensemble : l'ouverture surtout a réuni tous les suffrages, & l'on sait que c'est la pierre de touche du talent des grands compositeurs.

19 *Décembre.* M. Necker, dans l'espoir de mieux se livrer à son goût de bienfaisance, avoit depuis long-temps dessein de se faire recevoir de la société philantropique; mais il vouloit voir avant si, moins frivole que les autres établisse-

ments formés récemment en France, elle acquerroit quelque solidité. Persuadé de son excellence, il a enfin communiqué son desir à l'un des membres, qui l'en a dissuadé : comme il faut être balotté, il lui a fait craindre une exclusion de la part des gros financiers à la tête de cet établissement, le détestant encore plus qu'ils n'aimoient l'humanité. M. Necker se l'est tenu pour dit, & a pris le parti de faire ses charités lui-même.

20 *Décembre.* Il n'est moyen, quelque honteux qu'il soit, dont les auteurs rougissent aujourd'hui pour se procurer un succès, ne fût-il qu'apparent. C'est un inspecteur de police, le sieur Quidor, grand ami de M. le Moyne, qui fait la fortune de *Phedre.* Cet inspecteur, qui a les filles dans son département, les excite toutes à aller voir *Phedre*, & celles-ci y menent des hommes, ou plutôt s'y font mener par des hommes; ce qui fait toujours nombre : ensuite il garnit le parterre de gens de la pousse, vigoureux battoirs, qui applaudissent à tout rompre; & l'on fait dire par le journal de Paris que le public commence à sentir les beautés de l'ouvrage, qu'il prend fortement; & les sots croient tout cela : enfin, pour dernier ressort, on a joint depuis peu à cet opéra un ballet étranger, sans caractere, sans effet, sans but; mais où figurent les douze meilleurs sujets, ce qui ramene le grand nombre; & l'on met sur le compte de l'opéra la foule que la danse attire, & le prestige est accompli.

20 *Décembre.* Hier mardi 19, dans une assemblée des chambres tenue à l'occasion d'une union de cures dont il s'agissoit, un de messieurs a dénoncé *ex abrupto* le rituel, & ayant été aux voix à ce

ſujet, il ne s'en eſt fallu que de deux qu'on n'en arrêtât ſur le champ la diſtribution. L'avis plus modéré de le remettre aux gens du Roi pour l'examiner & en rendre compte, a prévalu.

20 *Décembre.* Bien loin que Me. Linguet plaide aujourd'hui, ainſi qu'on l'avoit annoncé, il paroît qu'il y renonce pour le moment : il s'étoit effectivememt rendu ici ; mais prévenu qu'on l'empêcheroit de plaider en public, il n'a point voulu s'aſſervir à cet incognito : on prétend que dans une requête imprimée & adreſſée au Roi, imputant à M. le garde des ſceaux les nouvelles conditions qu'il éprouve, il ſupplie ſa majeſté de vouloir bien ordonner la ſuſpenſion de ſon affaire, tant que M. de Miromeſnil ſera à la tête de la juſtice. Après avoir lâché cette nouvelle diatribe qu'on dit très-méchante, & remiſe au Roi, il eſt parti vraiſemblablement pour ne plus revenir de ſi-tôt : on eſt avide de cette requête ; mais elle eſt fort rare.

21 *Décembre.* On parle d'un amateur de muſique, auteur d'un orgue qu'il a fabriqué avec des cartes à jouer. Cet artiſte tire de ſon nouvel inſtrument, rempli de petits détails, toutes les modulations des inſtruments à vent. Les organiſtes les plus célèbres qui ſe ſont exercés ſur le clavier, ont avoué de bonne foi que les ſons qu'il rendoit, étoient plus purs que ceux des tuyaux d'étain. Pour confirmer cette merveille, on cite un orgue en carton placé dans l'égliſe des récollets de Saintes en 1755 : il eſt de la facture d'un pere Julien, religieux du couvent, & depuis ce temps, à ce que rapporte M. Bourignon, rédacteur des affiches de Saintes, ſon auteur y fait entendre les ſons les plus harmo-

nieux. Tout cela mérite confirmation & semble fort exagéré.

21 *Décembre*. Extrait d'une lettre de Grenoble, du 10 décembre.... Dans un endroit de notre province qu'on nomme Chapareillan, Louis Truchon, dit la Treille, âgé de près de quatre-vingt-dix ans, étant né le 21 décembre 1696, le doyen du canton, le 23 du mois d'octobre dernier, s'est marié en troisieme noces avec une personne de vingt-cinq ans. Il jouit d'une santé peu commune à cet âge déja fort extraordinaire. Il a le visage très-frais, de beaux cheveux parfaitement blancs, & l'usage de tous ses sens & de tous ses membres. Il n'a d'autre incommodité, qu'un asthme qu'il éprouve dans les temps rigoureux de l'hiver. Il a l'esprit très-gai ; il a répondu aux plaisanteries qu'on lui a faites sur son troisieme hyménée par des facéties sans nombre, vraiment originales : mais celle qui fit le plus rire, fut la parole d'honneur qu'il donna au milieu du repas de noce, d'être plus adroit que le maréchal de Richelieu & d'avoir un garçon au bout de neuf mois. Sa mémoire est prodigieuse ; toutes les circonstances de sa vie lui sont présentes ; mais l'anecdote de sa jeunesse qu'il se rappelle & raconte avec plus de plaisir, est celle-ci : « J'étois allé joindre » mon oncle à Versailles, sous la minorité de » Louis XV ; me trouvant un jour assis dans une » des cours du château, le jeune Roi, qui me » connoissoit déja pour m'avoir vu, courut à » moi : j'ôtai vîte mon chapeau, & je reçus sa » majesté sur mes genoux, où elle dansa quel- » que temps, & puis, par après, elle me fit » donner un louis d'or par M. le duc de Villeroy, » son gouverneur, qui étoit présent...... »

21 *Décembre.* M. Beaujon, le *Crésus* de nos jours, qui végétoit depuis long-temps sans être guere plus que sexagénaire, vient de mourir enfin ; & l'on ne parleroit bientôt plus de lui, s'il n'avoit laissé un monument de bienfaisance à perpétuité. C'est un hospice de charité dont, afin de mieux assurer la durée, il confie l'inspection & l'administration au président de Lamoignon & à sa famille après lui, tant qu'elle subsistera, dans un certain ordre. Il accompagne ce titre d'honneur d'un legs plus lucratif, de 50000 livres de rentes.

22 *Décembre.* M. le comte de Guibert ne faisoit point de livre, comme son prédécesseur, le comte d'Espagnac ; mais s'entendoit mieux à régir & inspecter l'hôtel des invalides & sur-tout à se faire aimer. Il n'a été dans cette place que durant quatre ans & a réformé beaucoup d'abus ; la veille du coup fatal, il disoit avec une sorte de pressentiment sinistre : *Un autre finira ; il me faudroit encore deux ans.* Il avoit dit quelques jours avant : *J'ai fait quelque bien & je l'ai fait sans violence.*

M. le comte de Guibert avoit très-bien servi : dès sa jeunesse il avoit montré tant d'amour, tant d'intelligence de l'ordre & de la discipline, qu'il fut fait major du régiment d'*Auvergne* à 27 ans ; chose inouïe alors & sur-tout dans un vieux corps. Il fit toute la guerre de 1757 dans l'état-major de l'armée, & fut successivement employé par tous les généraux & honoré de leur confiance : un jour le maréchal d'Estrées lui demandoit, quel avoit été son secret pour se concilier tous ses chefs, même les plus opposés entre eux ? *Mon secret est simple*, répondit

pondit M. de Guibert, *j'ai servi le Roi & j'ai respecté ses généraux.*

Fait prisonnier à la bataille de Rosbach, le roi de Prusse ne voulut jamais consentir à l'échanger; il resta prisonnier dix-huit mois, & rapporta de sa captivité les premieres notions de la tactique de ce prince, d'après lesquelles le fils de M. de Guibert a depuis composé l'ouvrage de ce genre qui a commencé sa réputation.

Pendant la paix, M. le duc de Choiseul le chargea de la confection des ordonnances du service des places & de campagne. Puis il retourna à la charrue. Il aimoit singuliérement l'agriculture & consacroit à cet art tous ses moments de loisir. C'est de-là qu'il a été tiré successivement, pour tous les emplois qu'il a occupés & même pour sa derniere dignité. C'est dans cette place qu'il s'est fait connoître du public : de-là le propos de madame de Guibert à son fils : *Mon enfant, dans notre malheur nous sommes heureux; nous l'avons montré au public les quatre dernieres années de sa vie.*

22 *Décembre.* M. l'abbé de Boismont, qui languissoit depuis plus d'un an, vient de mourir & laisse une place vacante à l'académie françoise.

22 *Décembre.* M. Le marquis de Condorcet, professeur de mathématiques au lycée, mais qui n'avoit point paru de l'année derniere, a jugé à propos de monter en chaire au commencement de celle-ci, & après avoir parlé un peu d'astronomie, il a fait une digression sur les probabilités : on a facilement vu que son projet étoit de critiquer indirectement le réquisitoire de monsieur Seguier, & de prendre sa revanche du coup

de patte que cet avocat général lui donne. Il l'a fait d'une façon très-amere, il est tombé sur les magistrats & sur la législation françoise ; en un mot, il a tellement scandalisé les gens impartiaux, qu'il en a résulté beaucoup de fermentation.

Comme voilà déja plusieurs fois que les orateurs du lycée se permettent des choses très-répréhensibles, on assure que le gouvernement veut que les discours qui dorénavant y seront prononcés, soient assujettis à l'examen d'un censeur : du moins il en est fort question.

22 *Décembre.* On a vu aujourd'hui avec surprise affichée à tous les coins de l'opéra une ordonnance du Roi, par laquelle S. M. veut que dorénavant on ne puisse assister aux deux dernieres répétitions d'un ouvrage lyrique nouveau qu'en payant. Cette innovation scandalise beaucoup les auteurs de ce genre, & ils se disposent à faire des représentations.

23 *Décembre.* Depuis le retour du voyage de Fontainebleau, à la fin duquel est arrivée la querelle entre M. Sedaine & M. de la Ferté, dont on a rendu compte, on attendoit à voir ce que l'académie feroit en faveur d'un de ses membres publiquement insulté par cet intendant des menus. On assure que trouvant son confrere suffisamment vengé par le propos de la Reine, cette compagnie s'y tient, elle le regarde comme un jugement honorable pour M. Sedaine.

On raconte que M. de la Ferté sentant qu'après l'éclat de la scene scandaleuse avec l'académicien, il ne pouvoit se dispenser d'en rendre compte à la Reine, il l'a fait &, sans doute, de la maniere la plus favorable pour lui. A quoi sa majesté, après avoir entendu tranquillement son long & ennuyeux récit, lui a dit : « M. » de la Ferté, quand le Roi & moi parlons à » un homme de lettres, nous l'appellons tou- » jours *Monsieur*. Quant au fond de votre dif- » férend, il n'est pas fait pour nous intéresser. »

23 *Décembre*. Depuis plus de deux mois on annonçoit les volumes 25, 26 & 27 des *Mémoires secrets* de Bachaumont, &c. Mais un ballot de six cents exemplaires saisi avant son arrivée dans Paris, avoit jeté l'alarme parmi les amateurs. Enfin, il en perce quelques exemplaires : ces volumes embrassent l'année 1784, & contiennent des choses rares & curieuses, telles que la *Bibliothèque de la cour*, les *petites Affiches de la cour*, la *Lettre de M. le baron de Breteuil sur les lettres de cachet*, &c. On y trouve en outre des anecdotes très-hardies, & qui ont, sans doute, provoqué la prohibition sévere de ces volumes. Au reste, on n'en parle que sur parole, & l'on en rendra compte plus amplement quand on les aura lus. (Extrait d'un manuscrit de Nouvelles à la main, très-accrédité dans Paris, dans les provinces & chez l'étranger.)

23 *Décembre*. Extrait d'une lettre de l'Isle-de-France, du 15 mai ..... M. de Ceré continue avec ardeur la culture des arbustes d'épiceries, malgré les contradictions qu'il éprouve.

L'année derniere, c'est-à-dire, en 1785, il existoit au jardin du Roi plus de dix mille plans de girofliers ; on en a distribué les deux tiers aux habitants de cette isle & de celle de Bourbon, afin d'en propager l'espece.

L'on a récolté une centaine de livres de clous sur quatre cents cinquante jeunes arbres en rapport, dont trois cents ont donné de trente à quarante mille *anthofles* : un ſeul en a produit ſix mille.

Les *anthofles* ſont les clous qui reſtent ſur l'arbre, & y parviennent à maturité : ils y acquierent à peu près la groſſeur du pouce & renferment une gomme réſine, dure, noire, d'une odeur agréable & d'un goût fort aromatique. Les Hollandois confiſent ces antofles au vinaigre & au ſucre.

En mettant en terre ces clous matrices, l'on obtient bientôt des arbuſtes, & vous concevez quelle multiplication peut en réſulter, ou plutôt vous ne le concevez pas : M. de Ceré prétend, que ſi on le laiſſe faire, & ſi les habitants, auxquels il fournira de quoi étendre cette culture, ſuivent ſes inſtructions & veulent ſeconder ſes ſoins, le ſiecle prochain nous ſerons en état de partager entiérement le commerce du girofle avec nos bons amis les Hollandois. Il calcule qu'il ne ſe conſomme ſur la ſurface de la terre entiere plus d'un million de livres de clous de girofle.

Quoique la culture des muſcadiers ne ſoit pas autant avancée à beaucoup près, parce que M. de Ceré, manquant de connoiſſances préciſes à cet égard, n'a pu aller qu'à tatons, il ſe flatte d'avoir enfin découvert la bonne méthode, en multipliant les muſcadiers par les provins : un accident malheureux lui a fait naître cette idée. L'année derniere dix arbres portoient huit cents noix ; un coup de vent arrivé au mois de juin en fit tomber trois cents, avant qu'elles fuſſent parvenues à une parfaite maturité ; en ſorte qu'il n'en eſt réſulté que très-peu d'arbres. Comme les coups de vent ſont fréquents & inévitables dans la colonie, il a ſongé à provigner. Ses eſſais ont été heureux; au commencement de cette année 1786, il avoit quatre cents cinquante provins en bon état, & dont quelques-uns avoient de jeunes muſcades nouées.

Lorſque les muſcadiers ſeront en plein rapport, c'eſt ne rien exagérer que d'évaluer trois cents muſcades par arbre; il n'en faut que deux cents pour le poids d'une livre, ainſi le produit de chaque arbre peut être eſtimé au moins à une livre, & ſans rien forcer, on peut porter à cinq cents mille le nombre d'arbres qu'il eſt poſſible d'avoir à la fin du ſiecle.

Dieu maintienne à la tête de notre jardin du Roi, M. Ceré, à qui l'on a déja tenté ſouvent d'enlever cette direction : ſon mérite eſt heureuſement connu du miniſtre actuel.... Puiſſe M. le maréchal de Caſtries reſter long-temps lui-même en place! il ſemble intimement convaincu de l'avantage énorme pour le commerce & pour les échanges, que nous procurera l'abondance des épiceries.

24 *Décembre.* Quoique l'abbé de Boiſmont ſoit à peine en terre, l'on ſait déja le vœu général des académiciens pour lui donner un ſucceſſeur, & l'on ne pourroit le croire, ſi pluſieurs ne s'étoient ouverts à cet égard, & ne le nommoient même aſſez hautement. C'eſt un certain médecin, nommé *Vicq-d'Azir*, Normand ou Gaſcon, qui n'a commencé à acquérir de la célébrité, que lors de la formation de la ſociété royale de médecine. C'étoit le bo[illegible] du fondateur *Laſſone*, pour débaucher les ſujets de la faculté; ce qui l'a rendu, après ſon chef, le héros prin-

cipal des pamphlets satiriques qui ont paru durant cette guerre entre les deux corps. En outre, sa complaisance lui a valu la dignité de secrétaire. En cette qualité, il a prononcé des éloges de tous les membres obscurs de la nouvelle compagnie, morts depuis son établissement, & c'est à ce titre qu'il prétend au rang d'académicien françois.

Après M. Vicq-d'Azir, M. de Rulhieres est celui qu'on annonce aussi ouvertement pour réunir le plus de voix. C'est un sujet plus admissible dans cette compagnie, comme véritablement homme de lettres. Il a concouru pour le prix avec quelque succès. Il fait assez bien des vers, & a publié quelques pieces fugitives en ce genre, qui ont eu de la vogue : mais il fait valoir pour son titre principal une histoire de la révolution de Russie, par laquelle l'Impératrice actuelle est montée sur le trône, morceau historique dont on a parlé autrefois, qui n'étant que manuscrit & ne pouvant s'imprimer de long-temps devient nul. On sait que les suffrages de société doivent se compter pour peu de chose, & sont fréquemment démentis par le public.

Le mérite de ces deux aspirants bien apprécié, il est aisé de juger combien l'académie a perdu toute dignité, toute pudeur, en souffrant que plusieurs de ses membres déclarent que ces deux concurrents seront les seuls qui balanceront les suffrages.

24 *Décembre*. M. Sabathier de Cavaillon se trouvant derniérement à un dîner, où on lui demanda des vers pour madame la marquise de Suffren qui étoit présente, fit l'impromptu sui-

vant ; que chacun recueillit à l'instant sur les tablettes, & qui méritent d'être conservés.

Suffren, vainqueur de l'Inde, y fit briller ses armes,
Et la gloire, par lui, nous procure la paix.
L'amour, belle Suffren, ne la donne jamais
A ceux que soumettent vos charmes.

24 *Décembre.* Dans l'ancien hôtel de Choiseul, rue de Richelieu, il y avoit une galerie de soixante-cinq pieds & demi de long, sur vingt-un & demi de large, décorée d'un superbe plafond peint en huile par la Fosse. En démolissant l'hôtel, c'étoit le cas d'employer les procédés connus pour conserver ce chef-d'œuvre : on l'a enlevé par parties, on les a remises sur toile ; elles n'ont nullement souffert, & l'on assure qu'elles pourroient se réunir avec plus de facilité qu'on ne les a détachées. C'est ce qui fait aujourd'hui la curiosité des amateurs.

Le sujet représente l'assemblée des Dieux au moment où Minerve sort toute armée du cerveau de Jupiter : il est exécuté avec tant de supériorité, qu'il a toujours excité l'admiration des connoisseurs. C'est, sans contredit, le plus bel ouvrage de la Fosse ; il réunit à la vigueur de son coloris, le mérite d'être dessiné plus correctement & de présenter des formes plus agréables que les autres productions. Il a de plus un avantage éminent ; c'est que la couleur en est si brillante, qu'elle se soutient avec l'or & les meubles les plus riches ; ce qui arrive rarement aux ouvrages des grands peintres. En un mot, c'est un des plus beaux & des plus grands monuments de l'art, un modele du genre, qui sera toujours précieux aux artistes.

25 *Décembre.* Extrait d'une lettre du Cap, du premier octobre... Vous savez à présent l'affreuse catastrophe arivée à M. François de Neufchâteau. Dans les manuscrits qu'il a perdus, je regrette sur-tout la traduction en vers de dix-huit chants de l'*Arioste.* J'avois entendu la lecture de plusieurs, qui m'avoient séduit.

25 *Décembre.* Les états de Bretagne durant leur session continuent à s'occuper de la navigation intérieure de la province: afin d'y travailler d'une maniere plus sûre, plus lumineuse & plus économique, ils avoient demandé l'avis de l'académie des sciences: les abbés Bossut & Rochon, & MM. de Fourcroy & marquis de Condorcet, nommés commissaires, ont fait un rapport très-long. Son objet est de fournir une navigation qui traverse la Bretagne dans toute sa longueur, & qui ouvre une communicatian entre les provinces intérieures du royaume, & *Brest*, *l'Orient* & *Saint-Malo.* Il a été adressé aux états qui, sans doute, en feront usage.

25 *Décembre.* Il paroît encore une œuvre posthume du marquis d'Argenson. Elle a pour titre *les Loisirs d'un ministre*, en deux volumes. On assure déja que ce livre ne vaut pas ses *considérations.*

25 *Décembre.* M. Rochon étant à la veille de faire répéter un nouvel opéra de sa composition, *Alcindor*, seroit celui qui le premier souffriroit du nouveau réglement concernant les répétitions. En conséquence il s'est chargé de s'y opposer le premier; & vraisemblablement de concert avec les auteurs lyriques existants, il a composé un

mémoire qui doit être préfenté au miniftre de cette partie.

26 *Décembre.* La même lettre de l'Isle-de-France dont on a cité une partie concernant les épiceries, contient un grand éloge du jardin du Roi. A en croire celui qui l'écrit, ce jardin eft une des merveilles du monde. Le climat du lieu lui permet de multiplier en pleine terre les productions de toutes les parties de l'univers. Le voyageur y trouve raffemblé plus de fix cents efpeces d'arbres ou arbuftes précieux, tranfportés de divers continents. Tous n'ont pas encore atteint leur point de perfection : il faut du temps & des foins pour acclimater & naturalifer les arbres. M. Poivre excelloit dans cette partie de la culture, exigeant beaucoup d'obfervations, de fagacité & de philofophie. M. de Ceré, fon éleve, y eft devenu très-habile. Le manguier a été vingt ans dans les ifles de France & de Bourbon fans donner de bons fruits : les deux ifles en font couvertes à préfent & leurs fruits font délicieux.

Les clous de girofle fortis du jardin du Roi, & que l'abbé Raynal dans fon hiftoire du commerce des deux Indes a vu *petits, fecs & maigres*, n'étoient que les premiers fruits d'arbres tranfplantés nouvellement, encore foibles & languiffants. Les actuels font bien différents. On ajoute : « j'ai même vu de ces arbres donnant de très-» beaux & bons clous dans le jardin de M. Hu-» bert, habitant de l'ifle de Bourbon, digne de » marcher fur les traces de M. de Ceré : il cul-» tive huit mille girofliers avec le plus grand » fuccès. »

26 *Décembre.* On juge que la perfécution qu'éprouve le docteur Smith fe rallentit, du moins

qu'elle ne l'inquiete guere, car il ne parle plus de s'en aller, comme auparavant : d'ailleurs les magiſtrats du Châtelet, convaincus par l'information faite contre cet étranger & par l'interrogatoire qu'il a ſubi, de la malignité des dénonciations, ont civiliſé l'affaire. C'eſt dans ces circonſtances qu'il publie la *ſeconde partie* de ſon mémoire, dont en général on ſemble plus ſatisfait que de la premiere. Il faut attendre qu'elle ſoit répandue davantage pour en parler plus pertinemment.

26 Décembre. La réunion de la paroiſſe des Innocents à celle de Saint-Jaques-de-la-Boucherie, eſt enfin effectuée ſous le titre de *Saint-Jaques & des Innocents.* La premiere égliſe eſt fermée & doit s'abattre inceſſamment. Dès dimanche dernier 24, l'office commun aux deux paroiſſes a dû commencer.

26 Décembre. Extrait d'une lettre de Rennes, du 10 décembre..... Depuis près d'un an que notre parlement, par ſes démarches ſoutenues & ſes écrits raiſonnés, ſur-tout par les diſcours vigoureux que ſa députation avoit tenus à Verſailles aux miniſtres, étoit revenu triomphant ; rien de tout ce qui avoit été promis ne s'eſt effectué : les fermiers généraux ont perſiſté à nous infecter de leur mauvais tabac & à vouloir le faire paſſer par les habitants. Les magiſtrats laſſés de patienter ont écrit depuis la rentrée une lettre à M. le garde des ſceaux, dont il ne m'a pas été poſſible d'avoir copie : mais on m'en a dit la ſubſtance : en général, le parlement y reproche au chef de la juſtice, l'indécence de faire ainſi manquer de parole au Roi. Il invoque ſon ſecours auprès du controleur général, afin qu'il arrête les entrepriſes des fermiers généraux, & leur donne à cet égard les ordres les plus ſéveres & les plus ſtricts: il déclare que, comme le bail expire, il s'abſtiendra juſqu'au premier janvier 1787 de déployer l'autorité que ſa majeſté a reconnue & dont elle lui a permis d'uſer en pareil cas; mais que ſi, à cette époque, les prépoſés de la ferme ne mettent pas ordre aux plaintes du public, il exercera la plus grande rigueur envers les délinquants, il fera brûler tous ces tabacs infects & punir comme empoiſonneurs ceux qui le vendront.

On aſſure que M. le garde des ſceaux a ſur le champ envoyé la lettre au miniſtre des finances, & que celui-ci jugeant par l'exemple du parlement de Bordeaux que ce ſeroit compromettre l'autorité du Roi, que de ſoutenir les fermiers généraux plus long-temps, a pris le parti de les abandonner, & de leur enjoindre de faire débiter déſormais une meilleure denrée dans notre province. Ainſi nous eſpérons avoir de bon tabac, au moins pour nos étrennes.

26 *Décembre.* On aſſure que le parlement de Beſançon a de nouvelles tracaſſeries avec la cour, ſi vives qu'il eſt mandé à Verſailles, & doit s'y rendre à une époque déterminée.

27 *Décembre.* M. le contrôleur général n'a point quitté Verſailles depuis huit jours. On veut que piqué du mauvais accueil fait par le parlement à ſa déclaration concernant les trois vingtiemes, il ait pris le parti de demander à ſa majeſté un comité pour l'examen de ſes autres projets. Ce comité, tenu en préſence du Roi, ne doit être compoſé que de M. de Vergennes, comme chef du conſeil des finances, & de M. le garde des ſceaux,

comme chef de la justice. Quand ils auront été agréés, il espere que sa majesté les maintiendra & forcera le parlement à les recevoir : tiendra même un lit de justice, si c'est nécessaire. En attendant, comme il a grand besoin d'argent, il mange toujours par anticipation, il emprunte des différents corps & fait bonne contenance, en maintenant les rentes à jour, & en pourvoyant aux remboursements indiqués.

27 *Décembre.* M. le baron de Breteuil, convaincu du danger de laisser l'hôtel-dieu où il est, voudroit bien exécuter le projet de translation de cet hôpital, dont M. Poyet a fourni les plans, les devis & un mémoire circonstancié par ordre de ce ministre. Afin de donner plus de consistance à ce projet, M. le baron de Breteuil a desiré l'appuyer du suffrage de l'académie des sciences. Il a consulté cette compagnie. Elle a nommé huit commissaires, pour visiter les lieux & prendre à cet égard tous les renseignements nécessaires. Ces messieurs ont fait leur rapport, qui est imprimé & excite une grande fermentation. Le ministre de Paris a affecté de lui donner la plus grande publicité, en le répandant en profusion & gratuitement.

27 *Décembre.* Un jugement de la commission concernant les négociations illicites, vient encore d'être affiché pour l'exemple. Il condamne à 6000 livres d'amende un sieur Lubeau, qui, sans être agent de change, ni commis d'un agent de change, étoit contrevenu aux réglements en se mêlant de marchés pour lesquels il n'avoit point de qualité. Au reste, il n'a point comparu, & s'est laissé condamner par défaut.

27 *Décembre.* Extrait d'un lettre de Liege, du

29 décembre..... Le 18 de ce mois M. Blanchard se disposoit à tenir parole : son aérostat étoit rempli d'air inflammable de la légereté d'un à dix, respectivement à l'air atmosphérique ; il avoit extrait cet air du feu, à ce qu'il prétend, sans le secours d'aucun acide. Quarante livres de lest & un porte-voix étoient dans son char : il étoit allé prendre les ordres du prince ; pendant ce temps-là les gardiens du ballon ne l'ayant pas veillé assez soigneusement, il s'est élevé de lui-même, & tous les couriers envoyés jusques ici à sa poursuite n'ont pu en rapporter de nouvelles.

M. Blanchard prétend que c'est le meilleur aérostat qu'il ait encore fait, & il le regrette d'autaut plus, qu'ayant pris sa route par les Ardennes, il le regarde comme absolument perdu.

Du reste, l'intrépide aéronaute ne se décourage point ; il parle déja de faire sa 22e. ascension à la citadelle de notre ville, dans un autre aérostat, & son expérience est indiquée au 27 du mois.

27 *Décembre*. Malgré le tort que cause au commerce & aux négociations l'affaire des banquiers contre les porteurs de leurs lettres de change, elle n'avance point : la commission, composée décidément du lieutenant général de police comme président, des deux lieutenants particuliers du Châtelet & des conseillers de la colonne criminelle, n'ose aller en avant, parce qu'elle sait que sur les représentations des porteurs il s'agit de la révoquer. De leur côté, les consuls, qui ne reconnoissent point cette commission, sans rien statuer, retiennent les assignations & remettent seulement l'audience.

En attendant, les avocats sont nommés : maîtres Martineau & Hardouin occuperont pour les banquiers, & Me. de Seize défendra les porteurs des lettres de change.

27 *Décembre.* L'académie des sciences a sous les yeux actuellement une quantité considérable de clous de girofle venant de Cayenne, qui prouvent combien cette culture y a prospéré en peu de temps : ces clous sont de la plus grande beauté & d'une qualité excellente.

28 *Décembre.* M. le marquis de Condorcet épouse la fille de madame la marquise de Grouchy, sœur de M. Fretteau, & de madame la présidente Dupaty. Il en étoit amoureux depuis quelque temps, & voilà la cause du zele avec lequel il a défendu les trois roués, & les deux magistrats, leurs protecteurs.

La semaine derniere, l'académie des sciences ayant reçu la notification de cet hyménée, a arrêté, suivant l'usage, de députer vers son secrétaire, afin de le complimenter : comme on procédoit à la nomination de ces députés, qu'on en prenoit dans la classe de géométrie, dans celle d'astronomie..... « Messieurs, » s'est écrié M. Dionis du Séjour, le farceur de la compagnie, & qui la tient en gaieté : « ce n'est pas parmi ces » Messieurs qu'il faut choisir : c'est tout ce qu'il y » a de mieux & de plus fort en anatomie, quil » faut envoyer à notre confrere. » Plaisanterie qui a d'autant plus fait rire, que M. de Condorcet a au moins trente ans de plus que la demoiselle, jeune, jolie, bien découplée & morceau de dure digestion pour le nouvel époux.

28 *Décembre.* C'est M. Robert de Saint-Vincent qui a fait la dénonciation du rituel de

M. l'archevêque de Paris, & comme il a spécialement désigné l'article du mariage, où les loix civiles du royaume sont attaquées, le parlement, qui au fond ne se soucioit pas de cette dénonciation, n'a pu se refuser à l'accueillir; mais on a dit aux gens du Roi de ne pas se presser. On veut donner au prélat le temps de se réformer & l'on ne doute pas qu'il ne le fasse, vu son caractere de foiblesse & de pusillanimité. On ajoute même qu'il a été mandé en cour & que le Roi lui a témoigné son desir, qu'il ne renouvellât pas des démêlés qui lui déplairoient fort.

28 *Décembre.* Depuis la derniere piece du fameux collier, ce pamphlet d'une emphase barbare & dégoûtante, qu'on voit clairement avoir été composé à l'instigation du commissaire Chenon & du gouverneur de la bastille, afin de décréditer à force d'imputations ridicules & odieuses, la demande formée en justice par le comte de Cagliostro à la charge de ces deux personnages, le sieur Morande n'a cessé de jouer le même rôle dans le *courier de l'Europe*: on a rendu compte d'une partie des injures que ce journaliste vomissoit périodiquement contre cet étranger, pendant plusieurs mois. Enfin, quelque honteux qu'il soit de lutter même avec une victoire certaine contre un pareil adversaire, il s'est rendu aux invitations de ses amis & adeptes, & il publie, *Lettre du comte de Cagliostro au peuple anglois, pour servir de suite à ses mémoires.*

On doit s'attendre à trouver dans cette lettre, comme dans les premiers mémoires d'un personnage aussi extraordinaire, des invraisemblances, des choses difficiles à croire: mais l'essentiel, c'est qu'il prouve évidemment que le sieur Morande n'est qu'un vil calomniateur, soudoyé par ses ennemis, toujours pour le diffamer, & en le diffamant, en le peignant comme un homme sans fortune & sans honneur, pour détruire dans l'esprit des magistrats & du public, l'impression que ces réclamations y avoient produites; enfin pour empêcher les juges d'accueillir sa demande d'affirmation sous la religion du serment, demande qui ne peut guere s'accorder qu'à un homme opulent & bien famé. C'est pour empêcher cet effet funeste, que la lettre d'abord écrite en anglois & pour le peuple anglois, a été traduite en françois & répandue à Paris & dans tout le royaume. On ne doute pas que cette justification ne soit le résultat des conférences tenues entre le comte de Cagliostro, Me. Thilorier son avocat, & M. d'Epréménil, pendant le voyage que ces deux derniers ont fait à Londres.

Il y a peu de choses à extraire de cette lettre, assez ennuyeuse & roulant sur des accusations & des désaveux, des dits & des contre-dits, qui ne laissent pas carriere à l'éloquence. Voici ce qu'on y remarque de plus essentiel.

1°. Le comte de Cagliostro confirme dans cette lettre ce que l'on a dit, qu'il a reçu la permission de revenir en France, *jusqu'au jugement de son procès contre les sieurs Chenon & Launay*. Ce sont les propres expressions de la lettre de cachet.

2°. On y trouve des détails sur le sieur Morande, qui ajoutent encore à l'idée reçue depuis long-temps de la bassesse du personnage. Le comte de Cagliostro cite entr'autres choses la déclaration authentique des soumissions de ce libelliste envers le comte de Lauraguais, ſignée de lui, qui eſt le comble de la baſſeſſe & de la turpitude.

3°. Enfin la récapitulation que fait le comte de Cagliostro ſur ſes anciens perſécuteurs en Angleterre, au nombre de quatorze, dont dix ſont morts à peu près dans l'eſpace de quatre ans, quoique tous dans la fleur de l'âge & de la ſanté, & les quatre autres ſont diffamés, piloriés, miſérables.

29 *Décembre*. Le 26 de ce mois les enfants aveugles nés ont fait à Verſailles, devant le Roi & la famille royale, des exercices qu'ils avoient d'abord répétés à Paris le 24 devant les membres de la maiſon philantropique de cette ville. Voici les faits vraiment merveilleux qui ont eu lieu dans ces ſéances.

1°. Un aveugle, maître à lire d'un jeune clairvoyant.

2°. Des fautes d'orthographe, corrigées dans une compoſition d'imprimerie par un aveugle, réformée par un autre.

3°. La géographie, appriſe & démontrée ſur des cartes, avec & même ſans relief, par le *Sueur*, premier profeſſeur des aveugles.

4°. Des fractions aſſez difficiles, réduites à un même dénominateur, avec une exactitude ſinguliere.

5°. Ces jeunes éleves ont préſenté au Roi & à la famille royale, *Eſſai ſur l'éducation des aveugles*, livre imprimé par eux.

6°. Ils y ont joint une ode compoſée par le ſieur Huard, l'un d'eux, & imprimée de même.

7°. Enfin ils ont mis ſous les yeux de l'auguſte aſſemblée les modeles de tous les petits ouvrages d'imprimerie, qu'ils exécutent d'apres les foins & l'instruction qui leur ont été donnés par le sieur Cloufier, imprimeur du Roi.

M. le duc d'Angoulême est celui qui a paru prendre le plus d'intérêt à ce spectacle : il s'est amusé à vérifier lui-même, la plume à la main, les calculs des fractions de l'exercice No. 4. Au surplus, M. Haüy a eu lieu d'être satisfait des complimens que toute la cour lui a fait.

29 *Décembre.* On lit avec avidité les volumes 25, 26 & 27 des *Mémoires secrets*, & l'on y trouve en effet des anecdotes hardies & des pieces curieuses. Les details des tracasseries de la dame Vestris avec la Dlle. Sainval, tous ceux qui concernent à cette époque le sieur de Beaumarchais & son *Mariage de Figaro*, y satisferont les amateurs du théâtre : les ballons, le mesmérisme, qui étoient alors les folies de Paris, y occupent encore beaucoup d'articles que leurs enthousiastes verront conservés avec soin : les querelles de la magistrature du même temps sont aussi fort circonstanciées & rappelleront à ceux qu'elles intéressent ce qu'ils ignoroient : en un mot, tous les goûts trouvent à s'y satisfaire, depuis les plus frivoles jusqu'aux plus sérieux. C'est une variété qu'on chercheroit en vain ailleurs, qui rend cette collection unique dans son genre & non moins instructive qu'amusante. (Cet article est tiré d'une gazette manuscrite très-accréditée dans Paris, dans les provinces & chez l'étranger.)

30 *Décembre. Les loisirs d'un ministre*, ou *Essais dans le goût de ceux de Montagne, composés en* 1736, en deux volumes. Tel est le vrai titre de l'œuvre posthume du marquis d'Argenson. Elle est composée de réflexions qu'il avoit faites avant d'entrer dans le ministere, tantôt d'après ses

lectures, tantôt d'après ses conversations. Ces réflexions seroient au fond peu de chose, si elles n'étoient mêlées de traits & d'anecdotes, dont la plupart ont le mérite de la nouveauté pour la génération présente, qui depuis un demi-siecle est presque renouvellee & en avoit perdu généralement la tradition. Une tournure de franchise, de vérité, de naïveté, rare dans un courtisan, caractérisent le style & la façon de penser de l'auteur.

Cet ouvrage décousu présente d'excellents matériaux pour l'histoire, beaucoup de portraits de ministres sur la fin du regne de Louis XV; portraits qui ne sont point flattés & ont une grande ressemblance.

L'éditeur annonce que cette esquisse offerte au public, n'est que le prélude d'ouvrages plus étendus, qu'on doit faire imprimer; developpements importants du systême politique du marquis d'Argenson.

Au surplus, le même éditeur nous apprend par occasion, que l'édition des *Considérations sur le gouvernement*, qui n'a paru qu'en 1784, est la meilleure; mais que n'ayant pas été vendue, elle se trouve dans peu de bibliotheques.

30 *Décembre*. M. Melon, envoyé il y a peu de temps à l'Isle-de-France comme commissaire pour le papier-monnoie, a eu occasion d'y prendre des connoissances sur la culture des épiceries, à laqulle il s'intéresse beaucoup aujourd'hui; il en a parlé à son retour avec chaleur, au maréchal de Castries, au comte de Vergennes; il en a fait parler au Roi par le docteur le Monnier, & a engagé M. le bailli de Suffren à donner aussi les meilleurs témoignages à cet égard.

Il y a quelque temps qu'il a été adressé à M. Melon, à l'Orient, une caisse contenant une trentaine de livres de clous de girofle. Cette caisse a souffert beaucoup de difficultés, parce qu'on vouloit lui faire payer des droits, comme contenant des épiceries étrangeres. Cette difficulté des fermiers généraux a excité beaucoup de rumeurs & de mouvements, & il a fallu une décision ministérielle d'exemptions. Elle est enfin arrivée, & les clous qu'elle contient ont paru d'une bonne qualité & très-aromatiques, quoique n'ayant pas encore toute la grosseur de ceux qui seront cueillis dans quelques années. Ceux-ci proviennent du jardin de M. Hubert à l'isle de Bourbon.

30 *Décembre.* Extrait d'une lettre de Besançon, du 20 décembre...... Notre parlement est aux prises avec la cour à l'occasion de l'intendant. Celui-ci, comme président, chef-né du bureau des finances, a voulu s'emparer des titres & papiers concernant la chambre des comptes de Dôle, supprimée en 1771. Il avoit été ordonné par l'édit, que tous les titres & papiers du greffe de cette cour seroient transférés au greffe de la jurisdiction inférieure. Le président de Choisey de cette chambre, désolé de sa suppression, & travaillant sans relâche à solliciter le rétablissement de sa compagnie, en avoit retenu une quantité. A sa mort, le lieutenant-général de Dôle avoit fait mettre les scellés chez ce président : l'intendant, en vertu d'un arrêt du conseil du 11 août, les avoit fait arracher ; le parlement a pris fait & cause pour le lieutenant général : le commissaire départi s'est pourvu au conseil : cassation de tout ce qu'avoit fait le

parlement, interdiction du lieutenant général de Dôle de ses fonctions pendant un an : séance militaire de M. de Saint-Simon pour l'enrégistrement de toute la procédure ministérielle. A peine le commandant a-t-il été parti, que le parlement s'est rassemblé, & a rendu arrêt pour rétablir le lieutenant général dans ses fonctions. Il paroît que tout cela n'est qu'une suite des intrigues de la présidente de Choisey, non moins active que le défunt pour le rétablissement de la chambre des comptes de Dôle, & qui redoutoit de voir trouver en son domicile des titres studieusement détournés par son mari. Pour mieux éteindre cette querelle, le gouvernement a cru devoir mander le parlement.

30 *Décembre.* Depuis quelque temps on annonçoit un compte rendu au Roi par M. de Calonne, à l'instar de celui de M. Necker, & qu'il vouloit publier. Ce bruit s'étoit dissipé, & l'on a parlé de projets secrets exposés au comité qu'il avoit supplié sa majesté de nommer, & dont on desiroit l'issue avec impatience. Elle est d'une nature à laquelle personne ne s'attendoit, du moins quant à la forme. Il passe pour constant que le Roi, hier en sortant d'un grand conseil tenu à cet effet, a déclaré qu'il venoit de prendre la résolution de convoquer une assemblée des notables de son royaume.

31 *Décembre.* Rien n'est plus vrai que ce qu'ont rapporté les gens de Versailles. Voici comme la nouvelle est annoncée dans le journal de Paris d'aujourd'hui ; il est bon de conserver les paroles même, qu'on doit regarder comme ministérielles, puisque la notice a certainement été envoyée de l'ordre de M. de Calonne.

« La résolution que le Roi a prise de commu-
» niquer à une assemblée de notables de son
» royaume les grandes vues dont sa majesté s'occupe
» pour le bien de son état & le soulagement de
» ses sujets, ne peut être qu'universellement
» applaudie. La nation verra avec transport que
» son souverain daigne s'approcher d'elle & s'unir
» de plus en plus avec elle. Rien n'est plus capable
» de porter jusqu'à l'enthousiasme les sentiments
» dont elle est déja pénétrée. Rien ne peut donner
» plus de ressort au patriotisme. Les assemblées de
» notables ont produit, du temps de Charlemagne,
» les loix fondamentales du royaume; elles ont
» été suivies dans des temps postérieurs d'assemblée
» d'états généraux & les ont ensuite remplacés.

» La derniere assemblée de notables s'est tenue
» en 1626. On ne sait pas encore quels seront les
» objets qui seront traités dans celle qui doit
» s'ouvrir le 29 janvier prochain; mais on ne peut
» pas douter qu'elle ne doive s'occuper des objets
» les plus importants & les plus utiles pour le
» soulagement des peuples, sa majesté l'ayant
» elle-même annoncé. Tout autorise à s'en pro-
» mettre les meilleurs résultats: jamais nouvelle
» n'excita un plus grand intérêt & avec plus de
» raison.

» On dit que la liste est d'environ cent quarante
» personnes, choisies parmi les plus qualifiées &
» les plus éclairées du clergé, de la noblesse, de
» la magistrature & des principales villes : les
» présidents & procureurs généraux des cours
» souveraines y seront convoqués.

31 *Décembre*. Le *Rapport des commissaires chargés par l'académie, de l'examen du projet d'un nouvel*

hôtel-dieu, eſt fort détaillé & fort long ; il contient 128 pages & en voici l'hiſtorique.

Le 10 Décembre. M. le baron de Breteuil envoya à l'académie des ſciences un *Mémoire ſur la néceſſité de transférer & de conſtruire l'hôtel-dieu de Paris, ſuivi d'un projet de tranſlation de cet hôpital, propoſé par le ſieur Poyet, architecte & contrôleur des bâtiments de la ville.* L'objet de cet envoi étoit de conſulter par ordre du Roi la compagnie ſur le contenu de ce mémoire.

En conſéquence des ordres de ſa majeſté, l'académie nomma pour l'examen de l'ouvrage, meſſieurs de Laſſone, Daubenton, Tenon, Bailly, Lavoiſier, la Place, Coulomb, d'Arcet.

Leur premier objet fut de comparer l'hôtel-dieu, tel qu'il eſt aujourd'hui, à l'hôpital qu'on propoſe d'établir dans l'iſle des Cygnes; & avant de viſiter les principaux hôpitaux de Paris, pour acquérir des données de comparaiſon : ils ſe tranſportèrent donc à l'hôpital de la Charité, à l'hoſpice de Saint-Sulpice, aux infirmeries de la Salpêtriere & des Invalides. Dans tous ces endroits ils furent parfaitement accueillis; tout leur fut ouvert, on leur donna toutes les inſtructions dont ils avoient beſoin : à l'hôtel-dieu, au contraire, quoique recommandés au bureau & à l'adminiſtration par le premier préſident & par l'archevêque, ils n'ont pu acquérir les éléments dont ils avoient beſoin ; ils auroient été forcés de renoncer à leur travail, s'ils n'avoient trouvé le moyen de puiſer ces inſtructions dans d'autres ſources qui leur ont ſuffi.

Leur opération a duré près d'un an : le rapport n'a été arrêté à l'académie que le 2 de ce mois.

Le réſultat eſt que l'hôtel-dieu placé où il

eſt, n'eſt pas ſuffiſant pour le nombre des malades qu'il devroit pouvoir contenir; qu'il eſt le plus incommode & le plus inſalubre de tous les hôpitaux: que le nouvel hôtel-dieu, dont M. Poyet a donné le projet, a une grande ſupériorité ſur l'hôtel-dieu actuel : mais les commiſſaires eſtiment, qu'il ſeroit encore plus avantageux de diviſer ce projet trop vaſte & de conſtruire quatre hôpitaux aux quatre extrémités de Paris, pouvant contenir chacun douze cents malades, ou en tout 4800; nombre conſidérable, qui peut quelquefois ſurvenir dans des années calamiteuſes.

31 *Décembre*. Mlle. Caroline Deſcarſin qui, âgée de treize ans ſeulement, continue à briller ſur la harpe au concert ſpirituel & à éclipſer les plus grands maîtres, a, le jour de Noël, inſpiré l'*impromptu* ſuivant à M. Joly de Saint-Juſt.

Toi, qui des fleurs à peine écloſes
As les attraits & la fraîcheur,
Qui ſous tes jolis doigts de roſes,
Sais déployer un talent ſéducteur,
Aimable & belle Caroline,
De qui l'eſprit fin nous lutine;
Pour charmer l'eſprit & le cœur,
Cypris te donna ſon langage,
Apollon ſon luth enchanteur,
Et l'Amour te laiſſa ſon âge.
Ce n'eſt qu'à tes accords brillants,
Que ce petit Dieu doit ſe rendre.
Où trouver des ſons plus touchants!
Ta lyre, où pourroit-il l'entendre?

De Psyché tendre adorateur,
L'Amour la rendit immortelle.
Pour mériter cette faveur
Psyché... Psyché n'étoit que belle.

31 *Décembre.* Le lendemain de Noël la distribution annuelle des maîtrises & grands prix s'est faite aux éleves de l'école royale gratuite de dessin. C'est au château des Tuileries que s'est tenue l'assemblée, présidée par M. le baron de Breteuil, qui ne manque point d'y assister. C'étoit la vingtieme époque de cet établissement.

M. Bachelier, le directeur, dans son discours d'ouverture, simple comme les auditeurs, a fait venir le *Traité du Commerce avec l'Angleterre*, & a encouragé les éleves à redoubler d'efforts pour perfectionner les fabriques nationales, & maintenir leur supériorité sur les ouvrages étrangers. Ce morceau, tiré des circonstances, & qui n'étoit pas un lieu commun, méritoit d'être distingué, & a été fort applaudi.

31 *Décembre.* On vient d'imprimer : *Extrait des Registres du Parlement de Franche-Comté, à la Séance du 7 Décembre*, & voici un détail plus circonstancié des faits.

L'arrêt du conseil du 11 août, non revêtu de lettres-patentes, fut cependant signifié au procureur général le premier septembre, & évoquoit l'affaire, & autorisoit l'intendant à briser les scellés apposés par le bailliage de Dôle, & pour plus d'authenticité & de sureté croisés de ceux du parlement; il les a brisés, sans appeller les officiers du siege, & même sans remplir les formalités exigées par l'arrêt du conseil, dont l'objet étoit de faire un triage de papiers.

Cette effraction faite, & après avoir tenté toutes les recherches qu'il a voulu, l'intendant a appellé les officiers du bailliage pour réapposer les scellés & reprendre les clefs...

Le parlement instruit des faits ordonne une information sur le bris des scellés, & sur la soustraction des papiers & registres de la chambre des comptes, le procès-verbal dressé en conséquence. Pour arrêter les suites de la procédure de la cour, on est parvenu à faire annuller par lettres-patentes du 19 novembre dernier, transcrites d'autorité absolue sur les registres du parlement, & à faire biffer l'arrêt du 27 septembre 1766, portant nomination de commissaire pour la levée des scellés, & celui du 5 septembre suivant, ordonnant qu'il seroit procédé à une information.

Cette transcription s'est faite avec tout l'appareil de l'autorité royale : on a interdit les suffrages, biffé sur les registres, transcrit les lettres-patentes, dont le fruit est de priver le domaine de titres importants : on a contraint la personne des magistrats d'assister à des publications illégales.

En même temps un arrêt du conseil du 18 novembre adressé à l'intendant, a interdit le lieutenant général & le procureur du Roi du bailliage de Dôle.

C'est au sujet de toute cette suite d'actes illégaux & arbitraires, que par délibération du 29 novembre le parlement a nommé des commissaires, & que sur le compte rendu de leur travail, a été formé l'arrêté du 7 décembre, où après une foule de considérations préalables, sans s'arrêter aux arrêts du conseil des 11 août & 18 novembre,

& aux tranſcriptions & radiations illégales faites ſur ſes regiſtres, il a déclaré nulles & incompétentes les procédures & ſignifications faites par le commiſſaire départi : en conſéquence rétablit & maintient le lieutenant général & le procureur du Roi du bailliage de Dôle, dans l'exercice de leur état & office & les renvoie à leurs fonctions. Arrêté en outre des remontrances.

31 *Décembre.* M. Wachter eſt l'artiſte qui a principalement brillé aux concerts de la veille & du jour de Noël, qui auroient été fort médiocres ſans lui. Il joue de la clarinette avec une telle ſupériorité, que cet inſtrument, tout ingrat qu'il ſoit, paroît merveilleux dans ſa bouche. Il en tire un parti unique, il varie ſes paſſages à ſon gré, a des ſons d'une vigueur éclatante, il en fait ſuccéder d'autres pleins de douceur, ſans qu'on s'apperçoive des tranſitions, tant elles ſont habilement ménagées. Il a excité un enthouſiaſme général : cependant des critiques lui reprochent des écarts quelquefois de mauvais goût.

31 *Décembre.* Extrait d'une lettre d'Orléans, du 15 décembre. . . . Notre maiſon philantropique, établie ſous la protection de M. le duc & de madame la ducheſſe d'Orléans, a cauſé déja des biens infinis dans notre ville. Je vous en rendrai compte plus amplement.

31 *Décembre.* Par un arrêt du conſeil en date du 16 décembre, ſa majeſté ſupprime un conte en vers intitulé *la Poularde*, comme licencieux & calomnieux. Il ſe trouve inſéré au N°. 114 du tome VI d'un ouvrage périodique nouveau, intitulé : *Journal polyptique.* Du reſte, aucune animadverſion contre les journaliſtes qui l'ont inſéré;

M 2

mais injonction févere à tous les libraires, colporteurs, particuliers, qui auroient le conte, de le remettre au greffe ou à la chambre syndicale la plus voisine, &c. Toutes les formules ordinaires & extraordinaires ; ordre de publier & afficher l'arrêt par-tout où appartiendra & notamment à Orléans.

On prétend que cette suppression fort singuliere d'une plaisanterie de cette espece, tient à une anecdote qu'il faut éclaircir avant d'en rendre compte.

31 *Décembre*. Extrait d'une lettre de Luzarches, du 26 décembre.... Il vient de se passer ici, la veille de Noël, dans l'église paroissiale de Saint-Damien, une farce pieuse & bouffonne, digne des mysteres de la passion. Je suis bien fâché d'avoir manqué ce spectacle, que je ne puis que vous annoncer, & dont les détails circonstanciés sont fort longs. Il faut que j'en recueille avant toutes les relations, afin d'en extraire la vérité la plus exacte. Le fait ne seroit pas croyable, si nous ne l'avions eu sous les yeux. Le vicaire Feret a profité de la maladie du curé qui le retenoit au lit, pour donner l'essor à son imagination, aidée, il est vrai, par l'ancien directeur des spectacles de Bordeaux, qui dirigeoit ce comédien évangélique. Je ne sais ce qu'en pense le curé : mais son vicaire est digne de toute l'animadversion de l'évêque....

ADDITIONS.

ANNÉE M. DCC. LXXV.

29 Octobre 1775. QUOIQUE le sieur Bernard soit disgracié, son projet n'en subsiste pas moins, & l'on voit une affiche qui annonce l'adjudication au rabais de la fourniture des fourrages pour les chevaux des voitures de la cour & autres en dépendantes, qui doit avoir lieu le 4 novembre.

30 Octobre. Les placards ont produit leur effet : le pain commence à diminuer un peu à Paris ; mais on prétend assez certainement qu'à compter du premier octobre jusqu'au premier janvier prochain, le ministere accorde un dédommagement aux boulangers. Il ne seroit pas alors étonnant que M. le lieutenant général de police eût prédit une diminution fixe pour le mois de décembre.

Premier Novembre 1775. L'intérêt de l'argent se remet comme naturellement à quatre pour cent. Tous les fermiers généraux, receveurs généraux des finances & autres gens riches dans le cas d'avoir des fonds étrangers & de renouveller leurs engagements à la fin de l'année, suivant l'usage, ont déclaré qu'ils ne donneroient plus desormais un intérêt plus fort, & que les propriétaires seroient maîtres de les retirer, si cette condition ne leur convenoit pas. En sorte qu'il n'est aucun doute, si la paix subsiste, que ce taux ne devienne la loi générale du royaume incessamment, & cette réduction volontaire, le fruit de la confiance publique, est la meilleure réponse que les apologistes de M. Turgot puissent opposer à ses détracteurs.

Cette abondante circulation d'argent procure un autre avantage conforme aux intentions du ministere; elle fait monter beaucoup les biens-fonds; augmention qui donne dès cet instant la faculté d'augmenter la taille pour l'année prochaine d'environ treize millions; ce qui rentre dans le système des économistes.

3 *Novembre.* On juge que le contrôleur-général, qui d'abord n'avoit pas voulu céder au cri public contre le sieur Bernard, tout considéré a reconnu que cet homme n'étoit point propre à ses vues : il lui a réellement ôté sa confiance, & l'on ajoute qu'il l'a fait expulser tout-à-fait par les régisseurs.

3 *Novembre.* On peut se rappeller l'histoire du sieur Daugé, caissier & homme de confiance de M. le Maître, trésorier général de l'artillerie. Il vient d'etre condamné par le châtelet au fouet, au carcan, aux galeres, & à être préalablement conduit sur un âne, avec deux quenouilles, pour avoir épousé deux femmes à la fois; pour avoir pris la qualité de comte qu'il n'avoit pas; & enfin, pour avoir volé son maître, &c. Comme il est en fuite, tout cela ne peut s'exécuter que par contumace.

4 *Novembre.* Un certain abbé Borde de Charmois, avocat au parlement, ayant une contestation au conseil, y a présenté une requête, dans laquelle il s'est permis des choses injurieuses,

non-seulement contre ses parties adverses, mais encore contre les membres de la cour souveraine de Nancy, & même contre certains membres du conseil; d'où s'est formé un orage violent sur sa tête. Son audace a d'abord provoqué un arrêt du conseil, du 2 septembre dernier, par lequel son écrit est supprimé, & il lui est défendu de récidiver sous telles peines qu'il appartiendra; l'imprimeur mis à l'amende, interdit, &c. suivant la regle; mais en outre, l'on craint pour lui qu'il ne soit déféré à son ordre, & qu'il n'en résulte quelqu'exclusion fâcheuse.

4 *Novembre. Extrait d'une lettre de Blois, du 25 octobre* 1775...... Voici, Monsieur, les détails du fait dont on vous a parlé, & qui est vrai. On avoit supprimé le présidial de cette ville, dont la plus grande partie n'avoit pas voulu reconnoître le conseil supérieur, créé ici par M. le chancelier. M. Rouillon, lieutenant général, fut de ce nombre, &, suivant la mode d'alors, la jurisdiction supprimée ayant été rétablie l'instant d'après, M. Louet, un président ancien, conseiller au conseil supérieur, fut nommé pour exercer la charge de lieutenant général, ainsi que celle de lieutenant de police; charge distincte & séparée, qui s'exerçoit auparavant tour-à-tour par chacun des officiers.

M. le garde des sceaux, qui cherche à ne laisser aucun vestige des monuments & des ruines de M. de Maupeou, après avoir rétabli les *parlements* dans leur premier état, travaille aux jurisdictions inférieures, & notre présidial méritoit une distinction par sa fidélité. M. de Rouillon est rentré dans ses fonctions, & M. Louet, qui pendant près de cinq ans avoit tenu sa place, lui a remis tous les émoluments qu'il en avoit retirés, & à la compagnie le produit de celle de la police pour être partagé entre les membres comme à l'ordinaire. Contradiction singuliere dans la conduite de ce magistrat, qui ne craint point d'occuper injustement la place de son confrere, & n'a pas le courage de commettre l'iniquité jusqu'au bout, en s'appliquant des honoraires qu'il sait ne pas lui appartenir. Quelques gens regardent cette générosité factice comme une politique bien entendue & appliquée aux circonstances; en sorte qu'elle n'auroit pas eu lieu sous le regne précédent. En effet, pourquoi ne rendoit-il pas annuellement ces émoluments? Au reste, il est différentes façons de voir; & d'autres gens, sans discuter le motif, exaltent le procédé noble du suppôt du chancelier.

5 *Novembre*. Le pain diminue à présent chaque jour de marché; mais le contrôleur général avoue à ses amis, dans l'intimité de conversations particulieres, que cet heureux événement doit moins s'attribuer à l'abondance de la denrée, qu'aux dérogations particulieres qu'il fait sourdement à son édit. Il paroît qu'il est aujourd'hui convaincu des mauvais principes dont les économistes l'avoient imbu, & que les anciens réglements vont reprendre vigueur, mais peu-à-peu, & sans que le public s'en apperçoive en quelque sorte, afin de ne pas trop mettre son administration en contradiction avec elle-même: ce qui est dangereux.

C'est par une suite de son changement de maximes qu'il vient de concéder à des particuliers les magasins à bled de Corbeil, à la charge d'en fournir Paris d'une certaine quantité par jour de marché, & de le donner au prix courant.

6 *Novembre*. Le bruit assez accrédité est que M. Turgot a mis à profit le peu de temps qu'il a eu pour fouiller dans le département de la guerre pendant la vacance ; qu'il a reconnu que de cent quatre-vingts mille hommes passés sur les états, il n'y en avoit que cent six mille d'effectifs : ce qui produit une réduction d'environ soixante mille livres par jour, & d'un million huit cents mille livres par mois.

En outre, dans chaque gouvernement, outre le gouverneur général & le commandant en chef, il y a une multitude de lieutenants généraux sans fonctions, mais avec de gros appointements. Il est question de supprimer ces charges inutiles ; ce qu'on évalue à une épargne de cinq millions environ. Mais comme elles sont occupées par presque tous grands seigneurs, non-seulement la réforme n'est point faite, mais elle ne se fera peut-être jamais. On a pourtant proposé un moyen d'y travailler plus lentement & sans faire tort à personne : c'est de les laisser éteindre à mesure, & de ne les point remplacer.

6 *Novembre*. Quoiqu'on ne doute pas que le ministre de la marine ne travaille sourdement à profiter, pour ce qui concerne son département, des troubles des colonies Angloises ; il est à l'extérieur dans une inaction plus profonde qu'auparavant. Il a déclaré aux différents chefs de la marine, qui l'avoient suivi à Fontainebleau, qu'ils pouvoient retourner à Paris ; qu'il ne se passeroit rien de nouveau.

10 *Novembre.* On écrit du pays de Gex, que pour essayer en petit le projet de l'impôt territorial, on a commencé dans cette province à y établir cet arrangement. M. de Voltaire n'a pas peu contribué à déterminer le ministre à cette épreuve. Il y veille, il la suit, & l'on espere qu'il ne tardera pas à lâcher quelque pamphlet sur cette matiere.

11 *Novembre.* La *seconde Lettre de M. l'abbé Terray*, n'étant que manuscrite, est toujours très-rare. On ne sait pourquoi, avec la facilité d'imprimer tout, cette piece n'a pas encore été mise sous presse.

12 *Novembre.* On mande de Metz, que le parlement, & sur-tout le grand banc, ne sont pas contents de se voir donner pour premier président le sieur Chifflet, qui l'avoit été du parlement de Besançon pendant l'anarchie des loix, & dont l'asservissement au chancelier Maupeou se trouve ainsi récompensé. Ils se plaignent que ce chef, dont n'a pas voulu sa propre compagnie, odieux pour avoir remplacé un chef vertueux (M. de Gros-Bois), qui gémissoit dans la disgrace, vienne présider un parlement fidele, composé de magistrats, tous éprouvés par les rigueurs de la vexation & de la tyrannie. D'ailleurs, c'est dans la conduite de M. le garde des sceaux une inconséquence nouvelle, entre toutes celles dont sa besogne est remplie, qu'on appelle un vrai *gâchis*, terme peu noble, mais énergique.

13 *Novembre.* Les carrosses de la cour ont satisfait le public depuis la nouvelle régie pendant le voyage de Fontainebleau, quant à la commodité & à la célérité de la marche ; mais

nulle diminution ſur le prix, & nul bénéfice pour le Roi, les deux objets principaux de la réſiliation & les deux avantages réels qui en devoient réſulter. On ne croit pas qu'on ait ces avantages de ſi-tôt, peut-être jamais. Il y a eu des relais à moitié chemin, qui faiſoient aller preſqu'auſſi vîte que la poſte.

Les diligences de Lille & de Valenciennes vont commencer, & celle de Rouen aura lieu le premier décembre prochain. On aſſure que la premiere, dans un eſſai, a beaucoup ſouffert, & a été endommagée. M. Turgot paroît déterminé à vaincre toutes les difficultés ; ce qui ne ſe fera qu'à prix d'argent, & produira encore moins l'économie deſirée.

14 *Novembre. Aſſemblée publique de l'académie des inſcriptions & belles-lettres, tenue le* 14 *novembre* 1775, *pour la rentrée d'après la Saint-Martin.*

L'académie des inſcriptions & belles-lettres a tenu aujourd'hui ſa ſéance publique à l'ordinaire, triſtement & obſcurément, c'eſt-à dire, avec un très-petit concours de ſpectateurs. Un éloge & trois mémoires ont partagé le temps.

Le ſecrétaire a commencé par annoncer que le prix propoſé à la Saint Martin 1773, par la compagnie, avoit été accordé à M. Larcher, membre de l'académie des ſciences de Dijon. Le ſujet étoit d'examiner : *Quels furent les noms & les attributs de Vénus chez les différents peuples de la Grece & de l'Italie ? Quels furent l'origine & les raiſons de ces attributs ? Quel a été ſon culte ? Quels ont été les ſtatues, les temples les tableaux célebres de cette divinité, & les artiſtes qui ſe ſont illuſtrés par ces ouvrages ?*

M. Dupuy a enſuite témoigné le regret de

l'académie de n'avoir qu'un prix à distribuer. Elle auroit voulu couronner aussi M. l'abbé Giraud de Lachau, bibliothécaire & garde du cabinet des pierres gravées de M. le duc d'Orléans, dont l'ouvrage a eu beaucoup de voix.

Il a lu le programme du sujet du prix littéraire, fondé dans cette académie en 1733. Il a dit que la compagnie ayant assigné pour le sujet du prix double qu'elle doit distribuer à Pâques 1776, la question qui consiste à examiner : *Quel a été l'état de l'agriculture chez les Romains, depuis le commencement de la République jusqu'au siecle de Jules-César, relativement au gouvernement, aux mœurs & au commerce?* propose pour le prix de Paques 1777, la continuation du même sujet, *depuis le siecle de Jules-César jusqu'à la mort de Théodore, en* 395. Elle avertit les auteurs de bien marquer l'influence de l'agriculture sur le gouvernement, les mœurs, le commerce, & réciproquement celle de ces trois objets sur l'agriculture. On voit que l'académie ne pouvoit choisir une matiere plus intéressante dans les circonstances actuelles, où l'agriculture florissante occupe toute l'attention du ministere.

L'*Eloge de M. Capperonnier* a succédé à ces annonces. Ce savant, neveu du fameux abbé de ce nom, professeur du grec au college royal, ne pouvoit manquer de le devenir sous un si habile personnage. Il fut, comme tant d'autres, érudit par occasion, parce qu'il étoit parent, éleve & chéri d'un homme qui l'étoit. C'est ce qui distingue le savoir & le génie. Les circonstances procurent l'un; l'autre ne s'y ploie jamais : il s'y soustrait quand elles lui sont contraires; il les fait naître ou se les soumet. Ce qui prouve que M. Capperonnier n'avoit pas attrait bien décidé pour sa vocation, c'est qu'à peine fut il admis à l'académie des belles-lettres, il négligea ses études, & après avoir fourni un très-modique contingent de mémoires, resta dans un silence absolu jusqu'à sa mort. L'orateur, son ami, cherche à l'excuser sur ses occupations; il prétend que son travail immense à la bibliotheque du Roi l'empêchoit de satisfaire à ses devoirs envers sa compagnie. Il entre à cet égard dans un détail assez ingénieux de toutes les fonctions minutieuses d'un garde des livres de ce précieux dépôt. Il le peint comme un avare entouré de richesses dont il ne jouit pas. Bien différent cependant d'une pareil fou, il n'économise que pour autrui, & lui prodigue ce qu'il est obligé de se refuser à lui-même. Tout cela est plus spécieux que solide : si l'académicien avoit été possédé d'un grand desir de s'illustrer, d'un besoin urgent de produire & de mettre au jour les fruits de sa fécondité, il auroit trouvé du temps pour tout; il auroit plutôt renoncé à des fonctions qui le contrarioient, ou plutôt il auroit négligé les nouvelles pour les premieres, qui auroient eu pour lui plus d'attrait. Au reste, si son nom ne peut être inscrit au rang des personnages célebres, il le sera dans celui des hommes utiles, des bibliographes distingués, par une mémoire vaste & locale, que dirige un jugement sain, précis & méthodique.

M. Capperonnier a naturalisé, pour nous servir de l'expression du secrétaire, dans la bibliotheque du Roi plus de vingt mille colonistes. Il l'a d'abord augmentée de onze mille volumes environ, légués à sa majesté par le savant Falconnet,

& de huit mille & au-delà, provenant de la bibliotheque de M. Huet, évêque d'Avranches, laissée à la maison professe des jésuites, & devant, par une disposition ultérieure, au cas d'expulsion ou de répudiation, passer à un maître immuable. Enfin il étoit occupé à y donner le droit de bourgeoisie (c'est toujours M. Dupuy qui parle) à plusieurs autres familles littéraires, acquises par Louis XV, de M. le duc de la Valliere, lorsque la mort l'a surpris. L'historien ne dissimule pas que ce fatal événement doit s'attribuer en partie à la gourmandise excessive du défunt; mais il anoblit & le défaut & l'expression. Il dit que M. Capperonnier aimoit excessivement les plaisirs de la société : c'est la table, sur-tout à l'âge de l'académicien, que le panégyriste nous représente d'ailleurs ainsi qu'un modele véritable d'union conjugale. Cette partie de la vie de son héros est encore traitée fort adroitement. Le véridique historien insinue & la bassesse & la nécessité de cet hymen d'une fecondité prématurée, en disant qu'il commence par la simplicité & par l'amour, & finit par le devoir & la vertu.

M. Capperonnier a donné quelques éditions d'auteurs Grecs estimés, & en préparoit d'autres, que son fils, encore jeune, contracte l'obligation de terminer.

Un *Mémoire sur la guerre des anciens* a suivi cet éloge. Il est de M. de Maizeroi, nouvel académicien, & a été lu par M. le Beau. L'auteur établit d'abord la nécessité de la guerre, conséquemment celle de la réduire en principes. Il fait voir que cette matiere, au premier aspect l'effroi & l'exécration du philosophe, devient sous ce point de vue bien entendu, digne de tous ses soins & de toutes ses lumieres. Il établit ensuite l'assertion, que les anciens avoient en cette partie une science très-étendue, très-travaillée, très-perfectionnée. Les Grecs & les Romains sont les seuls auxquels il s'attache. Après avoir divisé les différents objets de leurs études à cet égard, il n'embrasse que la premiere partie, qui est la *Tactique*, comprenant la maniere d'assembler les troupes, de les séparer en différents corps, de les ranger, de les faire marcher, de les discipliner, &c. La phalange chez les premiers, la légion chez les seconds, lui fournissent occasion de développer des détails vraiment intéressants, dans lesquels il seroit trop long d'entrer. Il suffira d'observer que son mémoire, très-bien écrit, & semblant ne présenter rien de neuf, est au contraire extrêmement curieux, par la réunion, la combinaison & l'arrangement d'une multitude de faits épars dans les historiens, connus de tout le monde, mais acquérant ainsi une tournure originale, philosophique & piquante, qu'on n'auroit pas soupçonnée. La fécondité de l'académicien, quoique resserrée par les bornes ordinaires d'un mémoire, est telle, que le directeur (l'abbé le Batteux) a voulu interrompre le lecteur, dans la crainte qu'il ne lui restât pas de temps suffisant pour la lecture des autres mémoires. M. le Beau, piqué de cette apostrophe indécente, n'a tenu compte de l'interpellation & a continué.

M. de Rochefort a pris la parole après lui, & a fait part au public de sa nouvelle traduction en vers de l'Odyssée, dans une préface raisonnée de ce poëme. On connoît le goût, ou, pour mieux dire, la passion de l'auteur pour *Homere*. Il a déja traduit de cette maniere l'Illiade, & depuis long-temps il s'occupoit de l'autre ouvrage. Mais des vertiges qu'une contention trop grande lui occasionnoit dans son travail, l'avoient obligé de l'interrompre. Par une singularité qui annonce la force de l'enthousiasme que lui communiquoit le poëte Grec, c'est que toute autre étude n'affectoit point M. de Rochefort, & qu'il pouvoit y vaquer librement sans être atteint du fanatisme vaporeux qu'il ressentoit en ouvrant Homere. Heureusement il a surmonté cette maladie, & il a pu mettre la derniere main à sa traduction.

De ce préliminaire, nécessaire à savoir, & dont il a fait part à ses amis, ne pouvant trop égoïser à ce point dans son discours, il est aisé de conclure combien Homere lui doit être cher; avec quel respect religieux il en doit parler, ou plutôt avec quels transports il le divinise, & le met au-dessus de tous les génies nés & à naître. Une autre conséquence en devoit suivre: c'est qu'ayant éprouvé une sensibilité si extrême & si merveilleuse en se pénétrant de l'Odyssée, il la devoit préférer à l'Iliade, véritable objet de sa préface, où comparant l'une avec l'autre, en élevant la premiere au-dessus de tous les poëmes, il forme encore une classe supérieure pour y placer l'Odyssee. L'Enéide & le Telémaque sont les deux seuls ouvrages qu'il trouve dans le genre de celui-ci, mais d'un degré bien inférieur.

A ce foible près, d'une admiration trop exclusive de son modele, trop dédaigneuse pour tout le reste, foible, excusable encore, ainsi qu'une suite du délire qui a si fortement exalté l'imagination de M. de Rochefort, on doit regarder sa préface comme un chef-d'œuvre d'éloge & de défense d'Homere. Tout ce qu'on peut dire à l'avantage de ce pere des poëtes, y est exposé de la maniere la plus lumineuse, & ses défauts sont effacés avec une égale adresse : ou plutôt, à entendre son apologiste, il n'en a aucun, & il le persuaderoit presque, si l'autorité grave d'un juge dont on ne peut récuser le suffrage d'Horace, n'infirmoit son assertion. On sait que ce critique exquis, en désignant sur-tout les contes de l'Odyssée, en trouve quelquefois l'auteur bonhomme & soporifique. *Intendum qui bonus dormitat Homerus.*

Cela n'empêche pas que M. de Rochefort n'ait raison sur beaucoup d'autres points. Et même dans son parallele d'*Homere* & de *Virgile*, balancé avec une justesse admirable, peut-être n'a-t-on jamais si bien apprécié ces deux grands maîtres dont l'académicien s'est intimement pénétré. Du reste, noblesse, élégance de style, honnêteté de sentiments, vues fines & judicieuses, érudition dispensée avec sagesse & avec choix, toutes ces qualités ont fait extrêmement goûter & applaudir la préface par le public, qui, d'après ce début, a conçu la meilleure opinion de la traduction. Malheureusement qu'il y a loin d'une préface à une tâche de cette espece ! Nous ne nous permettrons qu'une derniere réflexion. Quoique la traduction en vers de l'Illiade, par le même, ait les diverses qualités requises, ce semble, exactitude, élégance, images, expression, poésie, on y trouve un seul défaut qui gâte tout le reste : une froideur incroyable. Et comment accorder cette froideur avec l'enthousiasme dont le traducteur paroît animé en parlant de son modele ? Est-ce qu'il ne seroit que factice ? que la suite d'un amour-propre qui ne veut pas se démentir, dans son admiration aveugle. Peut-être, au reste, que l'Odyssée, moins susceptible des grands mouvements des élans fougueux du premier poëme, aura été plus analogue aux notions douces & tempérées de l'académicien.

Le dernier mémoire lu, étoit de M. Dacier, roulant sur *la vie & les chroniques de Monstrelet*. C'est une suite du Glossaire, entrepris par feu M. de Sainte-Palaye sur les vieux historiens françois. Celui-ci, mort sous le regne de Louis XI, a principalement rendu compte des divisions des deux factions des *Bourguignons* & des *Armagnacs*. Le dissertateur, après avoir établi la qualité du personnage, sa naissance, ses fonctions & sa mort, vient à son ouvrage, dont il regarde la fin comme interpollée. Il discute ce qui lui appartient, & le défend principalement de l'accusation d'être trop partial envers les Bourguignons : par la citation de traits qui annoncent, au contraire, l'exactitude la plus désintéressée, il le trouve méthodique, sage, judicieux, quoique lourd & diffus.... On ne peut rendre compte du surplus de cet écrit, parce que l'heure ayant sonné pour la fin de la séance, suivant la formule scholastique de cette académie, contre laquelle nous nous sommes élevés plusieurs fois, & qu'on ne sauroit trop ridiculiser, le président a coupé la parole au lecteur, & l'a empêché de continuer.

15 *Novembre. Séance publique de l'Académie des Sciences, pour la rentrée publique d'après la Saint-Martin, tenue le* 15 *novembre* 1775.

M. de Fouchy a ouvert la séance par l'annonce très-détaillée d'un prix extraordinaire, proposé pour l'année 1778, annonce déja faite dans la gazette de France, mais ſuccinctement. On a diſtribué des exemplaires d'un *Proſpectus*, très-ſatisfaiſant, très-développé à cet égard. Ce ſecrétaire n'ayant aucun éloge à lire, on a paſſé aux mémoires, au nombre de cinq.

Le plus intéreſſant & le plus utile eſt, ſans doute, celui de M. Perronnet. M. de la Lande en a fait la lecture. Il eſt la ſuite de trois autres mémoires de feu M. de Parcieu, dont cet académicien fit part au public dans les ſéances de 1762 & 1766. On connoît le zele patriotique qui l'animoit. Ce noble motif lui avoit ſuggéré le projet de fournir aux habitants de la ville de Paris une quantité d'eau ſuffiſante, non-ſeulement pour ſubvenir au beſoin phyſique de chaque individu, mais encore à tous les objets d'utilité, de propreté, de décoration, de luxe, auquel ce fluide peut contribuer. Il avoit imaginé d'amener dans la capitale les deux rivieres de l'Ivette & de la Bievre, qui, réunies, procureroient par jour deux mille pouces d'eau cubes de ſurabondance. Le gouvernement avoit encouragé ſes efforts, & les avoit déja conſacrés par une loi préparatoire, par un arrêt du conſeil qui approuvoit, dirigeoit, ſecondoit ſa marche, lorſqu'il eſt mort. Le projet n'eſt heureuſement pas péri avec lui; M. Perronnet en a entrepris la continuation & l'a ſi heureuſement exécutée, qu'elle eſt aujourd'hui à ſon point de perfection théorique : la poſſibilité en eſt reconnue dans tous les points, les allignements ſont pris, les plans levés, les devis arrêtés, & moyennant 20 millions, chaque maiſon de Paris, au nombre de 25 mille, aura de l'eau ſuffiſamment pour ſes beſoins, c'eſt-à-dire, 50 pintes pour chaque individu, évaluant la qualité des hommes à 8 cents mille ; dénombrement à coup sûr exagéré. Il ne s'agit plus que de trouver les fonds nécessaires pour une aussi belle entreprise, &, sans doute, le gouvernement, tourné, comme il l'est aujourd'hui, vers les objets du bien général, se hâtera de mettre l'auteur existant en état de la réaliser. Par une justice due à l'inventeur, M. Perronnet avoue que presque tous les calculs de M. de Parcieu, estimés par approximation & sur de simples hypotheses, se sont trouvés de la plus entiere justesse.

Le mémoire le plus curieux, après celui-ci, est une préface de M. Bailly, servant d'introduction à son histoire de l'astronomie ancienne & de l'origine & des progrès de cette science. Il en fait remonter la source beaucoup plus loin qu'on ne la place ordinairement, c'est-à-dire, bien au-delà de trois cents ans avant l'ere chrétienne. Suivant lui, les Chaldéens, les Egyptiens, les Indiens, les Chinois, qu'on avoit jusqu'ici regardé comme les inventeurs de cette science, n'ont été que les dépositaires de notions confuses, conservées chez eux par une tradition constante, & qu'ils tenoient d'un premier peuple dont il ne reste plus de vestiges. Ce qui porte à le croire, c'est le point fixe où ces peuples sont restés depuis des siecles en astronomie, sans avancer d'un pas. Le génie ne s'arrête point, il marche toujours, & donne plutôt dans des écarts. Si ces nations avoient eu celui d'acquérir par leur propre énergie les connoissances qu'elles ont, il seroit impossible qu'elles n'eussent pas fait des efforts continuels pour les étendre : & elles auroient réussi, y ayant beaucoup plus loin de l'ignorance absolue à l'état demi-scientifique où elles sont, que de celui-ci aux conceptions sublimes des peuples instruits d'aujourd'hui, alors plongés dans la plus profonde ignorance. Du reste, il soutient son assertion originale par toutes sortes d'inductions fines & ingénieuses, tirées de principes connus, & appuyées sur les conséquences qu'il en tire. L'histoire, la tradition & la fable sont les autorités, qu'il approfondit, explique, combine, discute, & dont il extrait ce qu'il appelle *le noyau de la vérité*. Son ouvrage semble être dans la maniere de *l'Antiquité dévoilée par ses usages*, de M. Boulanger, & du *Monde primitif*, par M. Court de Gebelin Il établit un systême deja accrédité parmi les savants, que le monde a été peuplé par le Nord, & il penche vers celui de M. de Buffon, que la terre est un astre encroûté qui, refroidi par les poles, a dû être habité dans ces parties jusqu'à ce que les citoyens de la nouvelle planete aient pu se rapprocher insensiblement du soleil. Il faut convenir que cette opinion a quelque chose de lumineux; qu'on seroit fort tenté de l'adopter, si elle n'étoit visiblement contraire à la Genese, & ne tendoit à détruire toute l'histoire de la création. Nous avons vraiment été surpris qu'on l'ait avancée aussi hautement & sans aucun correctif, dans une assemblée publique, où, parmi les auditeurs de toute espece, il s'est nécessairement trouvé des hommes religieux, scandalisés d'une telle hardiesse. Et dans quel temps éleve-t-on encore cette these erronée? Lorsque le clergé, présent, porte ses doléances aux pieds du trône, sur les atteintes donnés à la religion par les philosophes, gémit sur leur vanité audacieuse, & réclame contre les académies, vrais repaires d'incrédulité & d'athéisme,

Cette critique ne peut empêcher qu'on ne rende justice à l'érudition claire & méthodique de M. Bailly, à son genre de discussion légere & agréable, à son style précis & élégant. Cette préface donne la meilleure idée du livre, qui paroît, & le fera rechercher.

La lecture des mémoires avoit commencé par celle d'un proposé dès l'assemblée derniere de pâques, & que le temps n'avoit pas permis de communiquer aux auditeurs. Il s'agit de celui de M. Desmaretz, auquel M. de Jussieu le jeune a prêté son organe. Il contient une théorie savante sur un phénomene curieux de l'histoire naturelle, sur les différentes époques qui résultent des vestiges que laissent après elles les éruptions des volcans. Les parties principales à considérer pour parvenir à cette connoissance, sont le crater ou embouchure : les scories, ou matieres dures calcinées ; enfin les laves, ou matieres fluides & inflammables. L'auteur rend compte de toutes ses observations à cet égard, & quoiqu'elles ne présentent au premier coup d'œil rien d'aussi contraire à la physique de Moyse, que l'ouvrage de M. Bailly ; par des conséquences éloignées, mais nécessaires, on pourroit en tirer en effet des inductions qui ne cadreroient pas avec la foi aveugle que nous devons aux faits énoncés dans l'ancien Testament, & sur-tout à l'embrasement de Sodome & Gomorre, aujourd'hui la Mer-morte ou d'Asphalte, dont le systême de l'académicien détruiroit l'événement & la possibilité.

M. Brisson a lu un mémoire de chymie, pour prouver que l'action du fluide électrique n'a aucun effet sur les chaux métalliques, ne peut les réduire ; c'est les faire revenir en l'état de métal qu'elles avoient auparavant. L'objet de cette dissertation savante & ennuyeuse étoit d'en réfuter une d'un cetain marquis ou comte de Milly, qui énonce des faits contraires, déja combattus & détruits par les expériences de l'académicien, auxquelles a participé son confrere M. Cadet. Malgré les preuves non-équivoques que les deux savants lui avoient administrées contre son systême, son amour-propre n'a point voulu voir la vérité : il a persisté dans son erreur & a osé la communiquer au monde chymiste. C'est par un zele mieux entendu que le couple académique n'a point lâché prise, & donne aujourd'hui le compte détaillé d'un grand nombre d'expériences de plusieurs especes, absolument triomphantes contre l'adversaire.

Cet adversaire est apparemment protégé, ami ou connu de M. le comte de Maillebois, directeur, qui, fâché de voir ainsi pulvériser le systême du comte ou marquis de Milly, a réprimandé durement l'auteur sur la forme de son mémoire (*). M. Brisson, qui auroit pu répondre du même ton à l'apostrophe, a montré en ce moment une modération qui n'est pas ordinaire chez les philosophes. Sans rien répliquer il a continué sa lecture. Et cette leçon vaut bien les leçons chymiques de son mémoire instructif.

(*) Quand M. Brisson, après avoir rendu compte de l'etat de la contestation, a passé au détail de ses expériences : *C'est par où vous auriez dû commencer*, lui a dit le comte de Maillebois. Cette observation, qu'il s'est permise, sans doute, en qualité de directeur, est tout au moins d'une pédanterie ridicule.

On peut se rappeller le conte populaire qui a couru l'an passé sur l'anneau de Saturne, qu'on disoit perdu par les astronomes. Ce phénomene a fourni matiere au dernier mémoire de M. Dusejour (*). Il nous y aprend que *Galilée* a découvert le premier cet anneau. Il parcourt ensuite les opinions plaisantes, fausses ou absurdes, de plusieurs astronomes à cet égard. Enfin il s'arrête à celle de Huyghens qui, le premier, en a raisonné pertinemment. Il est reconnu aujourd'hui que cet anneau est un pont, dont est entourée la planete : pont sans arches, mais qui par l'effort de toutes ses parties pour graviter, se soutient & n'acquiert que plus de consistance. L'académicien a entrepris la tâche laborieuse de déterminer les éléments de la marche de cet anneau, & par ses calculs a trouvé les époques de son apparition & disparition depuis sa découverte jusqu'à nos jours & loin au-delà ; ce qui embrasse un espace de plus de trois siecles. C'est le temps qui mettra le sceau aux recherches & aux prédictions de l'astronome, toujours serré, clair, élégant & gai dans son travail, quelque scientifique qu'il soit.

19 *Novembre.* Un des premiers résultats des conférences tenues à Montigny s'est manifesté ces jours-ci, ainsi qu'on l'annonçoit. Tous les commissaires ont reçu ordre du lieutenant de police de veiller à ce que la viande fût donnée désormais au prix de huit sous la livre sans réjouissance, & le pain à onze sous & demi les quatre livres. Les

(*) Ce mémoire est une introduction à un ouvrage complet sur cette matiere, que M. Dusejour doit publier bientôt.

syndics

ſyndics de ces communautés ayant été inſtruits de ce réglement, en ont fait part à leurs confreres. On aſſure que ceux qui y dérogeront, en donnant lieu à des plaintes, doivent être condamnés à des amendes très-fortes. Comme ce réglement n'eſt point connu par des affiches, qu'il n'eſt que traditionnel, on n'en ſait pas les diſpoſitions poſitives ſur tous les points, & c'eſt ce qui étonne : une choſe auſſi intéreſſante pour tout le public, ne ſauroit avoir trop d'authenticité. Il paroît que notre miniſtere n'a pas voulu déroger trop ouvertement à ſon ancien ſyſtême de la liberté ; mais il s'enſuit par le fait qu'il en a reconnu le vice, & a changé totalement de conduite.

19 *Novembre.* Les lettres de Pau, en faiſant mention de la certitude reçue du rétabliſſement du parlement, ne ſont pas conformes aux précédentes qui venoient du parti adverſe. Celles-là parlent de cet événement futur, comme très-agréable au public, puiſque ſur cette ſeule annonce on a tiré le canon, ſonné les cloches, non-ſeulement dans la capitale, mais dans toute la province.

21 *Novembre.* On aſſure que M. le comte de Saint-Germain, bien loin de trouver mauvais que M. Turgot ſe ſoit immiſcé dans la partie de l'adminiſtration des fonds du département de la guerre pendant la vacance du miniſtere, eſt diſpoſé au contraire à adopter toutes les vues du contrôleur général pour la réforme des abus & l'économie convenable ; mais ils varient ſur les moyens d'employer les fonds provenants des épargnes conſidérables, exagérées cependant, & qu'on ne porte aujourd'hui que de neuf à dix

millions. Le ministre des finances, plein de son objet, & regardant comme le plus essentiel de libérer l'état, voudroit les avoir & les faire tourner à la diminution des charges. Celui de la guerre, occupé du sien aussi, peut-être un peu trop, voudroit, avec cet argent, augmenter les troupes du Roi, & mettre la France sur le pied militaire le plus respectable. C'est sans doute le conseil qui décidera, ou plutôt ce seront les circonstances, & de cette solution on pourra conjecturer les événements futurs.

26 Novembre. Les dernieres lettres de l'Isle-de-France font mention du triste état où les plants d'épiceries fines, c'est-à-dire de muscadiers & de girofliers, se trouvoient dans le jardin du Roi, où M. Poivre, alors intendant de cette colonie, les avoit fait placer. Son successeur, le sieur Maillard du Mesle, est accusé par son devancier, d'en avoir totalement négligé la culture, & de l'avoir enlevée à celui que M. Poivre avoit jugé le plus en état de la suivre. On ajoute que le gouvernement, instruit de cette humeur, en a fait des reproches à l'ordonnateur, & lui a enjoint de confier sans délai ces arbustes à celui que son prédécesseur avoit choisi. Il se trouve qu'au lieu de cinq à six cents qu'il y en devroit avoir actuellement, le nombre s'en monte au plus de soixante à soixante-dix, encore sont-ils en très-mauvais état. Ce qui prouve que le dépérissement est dû à la négligence du sieur du Mesle, c'est que les plants de cette espece qu'ont élevés des particuliers, viennent très-bien & se trouvent à merveille du sol.

27 Novembre. Le vieillard de Ferney, toujours malin, vient de jouer un tour bien propre à désoler ceux qu'il concerne. On voit une lettre de lui au comte de Schomberg, où il fait l'éloge de l'ouvrage de M. de Guibert, qui a concouru pour le prix de la Saint-Louis, & le met bien au-dessus de celui de M. de la Harpe couronné, en disant que le premier est l'ouvrage d'un homme de génie, & le second celui d'un homme d'esprit. Cette épître, censée devoir rester dans le sein de l'amitié, est publique depuis peu & humilie étrangement le pupille, ainsi que la compagnie, dont elle censure indirectement le choix. Et M. de Voltaire qui en rit sous cape, en est quitte pour se plaindre, suivant son ordinaire, d'une indiscrétion dont il est complice, & qui révele au grand jour une confidence qui devroit rester à jamais dans le secret de l'intimité.

27 *Novembre.* M. le comte de Saint-Germain, par ses différents services dans les armées étrangeres, s'étoit mis au fait de toutes les constitutions militaires de l'Europe, & avoit écrit sur cet objet. Il en avoit envoyé un échantillon au maréchal de Muy, qui l'avoit placé sous les yeux du Roi. Et cette preuve des talents de ce général n'a pas peu contribué, sans doute, à sa nomination. Quoi qu'il en soit, il profite aujourd'hui des secours que lui donne son ministere, pour vérifier si ses vues sur la nôtre sont exactes & bien combinées d'après les faits. C'est ce travail qui l'occupe aujourd'hui, & il a déclaré que de long-temps il ne feroit d'innovation, pour n'y procéder qu'avec la connoissance de cause la plus entiere.

M. de Saint-Germain travaille seul pour ce qui concerne le secret des projets & ne se confie à personne. Il vient d'appeller à Versailles un commissaire des guerres, son parent ou allié, nommé d'Ervillé, dont il veut faire son bras droit, un sous-ministre dans le goût du sieur Dubois; mais sans qualité ni distinction particuliere.

28 *Novembre.* Sur le bruit qui avoit couru que le Roi s'étoit fait faire la légere opération dont on a parlé, mais utile pour le rendre plus habile à la progéniture, un poëte s'est enthousiasmé & a enfanté le quatrain suivant, où, usant de la liberté, de la familiarité même trop grande que ces messieurs se donnent quelquefois, il exhale ses vœux, afin que les suites de ce sacrifice soient heureuses :

D'un priape de conséquence
On vient de couper le filet.
Décalotez chef de la France ;
Mais B***** avant, s'il vous plaît.

29 *Novembre.* Le *Mémoire à consulter & Consultation pour les religieux Célestins, concernant la réforme de la congrégation*, sont anciens, puisque la derniere signée Camuset d'Assenet, est datée du 18 octobre 1774. Sans doute, on n'a osé le faire paroître que depuis que le clergé assemblé a donné plus de confiance à l'auteur consultant, qui est frere Edme Grenot, sous-prieur & procureur des célestins de Paris, chargé de la procuration de l'abbé général. On y trouve un récit historique & curieux de la maniere dont, sous prétexte de réformer les ordres religieux, on les détruit.

C'est par arrêt du conseil du 23 mai 1766, qu'a été nommée la commission pour la réforme prétendue. Par autre arrêt du 23 avril 1767 ; où le Roi développe ses pieuses intentions, en réglant le pouvoir de ses commissaires, qui est d'assembler les chapitres généraux des ordres religieux, par la nécessité de constater l'état actuel des constitutions de chaque ordre, les comparer aux loix primitives, connoître si ces loix ont éprouvé des variations ou des changements, &c.

Enfin, par l'édit du mois de mars 1768, consolidant par un enrégistrement légal tout ce qui avoit été fait, étendant, développant & clarifiant les intentions du Roi.

Tel étoit l'état des choses, lorsqu'un pere Saint-Pierre, prieur des célestins de Lyon, sortit de son monastere, dès le mois de février 1769, pour entreprendre la destruction de son ordre. Il annonçoit, il publioit la *liberté*, la *sécularisation* : il présente un traité d'*affranchissement*. Scandalisé de tant d'audace, on s'en plaint au pere Métrac, alors provincial; on présente requête aux trois prieurs visiteurs, pour faire déposer ce religieux prêchant l'apostasie, conformément aux saints canons : par une révolution bizarre, par des intrigues fomentées de la part d'hommes puissants, l'accusé est lui-même élu provincial.

Chef déclaré du parti de la sécularisation, pour se rendre mieux maître des suffrages, il fait transférer à Limay près Mantes le siege du chapitre général, & reculer le terme au 2 décembre 1770; quoique selon les constitutions, le lieu doit être la maison de Paris, & le temps, le quatrieme dimanche après pâques.

C'est dans cette assemblée, présidée par M. de Cicé, évêque de Rodez, que ce pere Saint-Pierre fit voir l'impossibilité de la réforme, &c.

conséquemment la nécessité de la dissolution. En conséquence il présenta un réglement relatif en date du 10 octobre, & il se persuada avoir mis le sceau à la réforme générale. Mais M. l'archevêque de Toulouse, au mois de juin 1772, ayant appris qu'il y avoit des réclamations, assigna le lundi 15, pour que chaque religieux pût donner son vœu par écrit à cet égard. Le plus grand nombre assure qu'il fut pour la réforme. Le pere Grenot remit au prélat les oppositions de l'abbé général & des célestins de Louvain, unis à la province de France, à tout ce qui s'étoit fait au chapitre de Limay. Il y joignit un acte séparé d'opposition de sa part. Sur tout cela il est intervenu une bulle du premier mai 1773, & des lettres-patentes, enrégistrées au nouveau tribunal seulement, auxquelles les religieux formerent opposition à raison des motifs & non du fond, puisqu'elles ne permettent aux évêques que de visiter & réformer les religieux célestins dans leur diocese.

D'après cette exposition, l'avocat consultant trouve une foule de nullités dans les délibérations pour la sécularisation, &c.

Premier décembre 1775. Quoique le comte de Saint-Germain ait déclaré qu'il ne feroit aucune innovation de long-temps, cela doit s'entendre seulement des points susceptibles de discussion pour & contre. Il n'en est pas de même des ojets d'une innovation, au moins reconnue sans aucune suite fâcheuse. Telle est la suppression de la compagnie des vivres de terre pendant la paix : c'est ce projet qui va s'effectuer. Les régiments se pourvoiront par eux-mêmes, & l'on juge aisément qu'il en résultera une grande économie.

Il est question aussi de supprimer les étapes. Ce sont des fournitures extraordinaires, faites aux troupes pendant leur passage d'un lieu à un autre. Pendant ce temps leur paie est suspendue & reste en masse au profit du département de la guerre; la premiere dépense étant à la charge du contrôleur général, on sent quels abus peuvent naître de cet arrangement. C'est ainsi que le duc de Choiseul, lorsqu'il ne pouvoit obtenir de fonds extraordinaires pour son département, mettoit sans nécessité en mouvement toutes les troupes du royaume, leur faisoit faire des marches longues & pénibles, & se ménageoit par-là des ressources d'argent. M. le comte de Saint-Germain pénétré de la nécessité de remédier à un abus aussi énorme, veut bien se lier les mains par la suppression desdites étapes, dont les frais seront pris désormais sur les troupes, ou plutôt qui n'auront plus lieu, en les laissant tranquilles & en ne les faisant aller qu'en cas de nécessité.

3 *Décembre.* C'est par une lettre circulaire adressée il y a quelques jours aux munitionnaires généraux des vivres des troupes, que M. le comte de Saint-Germain leur a appris que le Roi les remercioit de leurs services pour le premier mai prochain. On critique déja cette opération, en ce que, disent les frondeurs, il est de toute impossibilité en temps de guerre que ce réglement puisse subsister, & qu'alors on court risque de ne trouver en cette partie que des entrepreneurs peu expérimentés, ou rouillés sur la besogne; ce qui peut être très-funeste; la rapidité & la sureté du service des vivres étant absolument nécessaires pour faire valoir, seconder & réussir les projets du général. Quoi qu'il en soit, il s'ensuit

au moins que quant à présent, on ne songe point à la guerre ; ce qui est très-consolant dans l'état malheureux où est toujours le royaume du côté de la finance.

4 *Décembre*. On parle aussi de la réforme des entrepreneurs des fournitures pour les habillements des troupes ; qu'il est question de remettre ce soin aux majors des régimens, ainsi que la partie des vivres.

On parle encore de supprimer les inspecteurs généraux de l'infanterie & de réduire considérablement le nombre des commissaires des guerres.

4 *Décembre*. On peut se rappeler le mariage de M. de Louvois avec une vieille folle, riche Hollandoise, qui n'a pas été long-temps à s'en repentir. Comme elle s'étoit mariée suivant le rit catholique, elle s'est retirée dans sa patrie, où M. de Louvois l'ayant suivie, l'a trouvée conjointe avec un autre époux.

5 *Décembre*. Suivant le préambule de l'édit du rétablissement du parlement de Metz, il est fondé sur les représentations qui ont été faites au Roi, des effets produits par la suppression de cette cour dans la ville, & accordé aux instantes supplications des sujets de la provinces des Trois-Evêchés. Cette compagnie a donné dans tous les temps des preuves de son amour pour ses souverains & de son attachement pour ses devoirs. Enfin sa majesté a reconnu par l'examen des pieces & mémoires qui lui ont été remis, la justice des réclamations à cet égard.

L'article VII pourvoit aux difficultés formées par les schismatiques de ce parlement, c'est-à-dire par ceux qui s'étant agrégés à la cour souveraine & à la chambre des comptes de Nancy, faisoient difficulté d'y revenir, d'y rester & d'y continuer respectivement leurs fonctions.

Par l'article IX, cette compagnie est réduite à huit présidents à mortier, le premier compris; sept conseillers d'honneur nés; deux conseillers d'honneur; quarante-cinq conseillers, dont quatre clercs; deux conseillers correcteurs des comptes; quatre conseillers auditeurs; deux avocats généraux; un procureur général & cinq substituts.

Par l'article XI, on supprime deux offices de président à mortier; vingt-six offices de conseillers laïcs, & deux offices de conseillers clercs.

Le préambule de l'édit portant rétablissement du siege des eaux & forêts du parlement de Metz, est remarquable par l'énoncé, où il est dit que, quoique le siege n'eût été supprimé par aucun édit, cependant les officiers en avoient cessé leurs fonctions aussi-tôt après la suppression du parlement; & en vertu d'une déclaration du 22 mai 1773, il avoit été procédé à la liquidation de leurs offices, comme s'ils avoient été supprimés, &c.

A la suite est un édit donné à Versailles au mois de septembre 1775, qui termine les prétentions & les difficultés élevées entre la cour souveraine de Nancy & le parlement de Metz, depuis la réunion effective des duchés de Lorraine & de Bar à la couronne, & assure son sort en rendant définitive la confirmation provisionnelle prononcée par les lettres-patentes en forme d'édit du mois de février 1766, & pour marque éclatante de la satisfaction du Roi, lui donne le titre & la dénomination de parlement, lui conserve sa composition actuelle, & lui rend sa jurisdiction des requêtes du palais, dont elle a été privée en 1771.

Cet édit a été enrégiſtré audit nouveau parlement le 5 octobre, les chambres extraordinairement aſſemblées, en conformité des ordres du Roi.

7 *Décembre.* M. de Malesherbes, plus jaloux du bien public, que des prérogatives de ſa place, remet la maiſon du Roi à M. le comte de Saint-Germain, pour tout ce qui concerne la partie militaire; ce qui accrédite les bruits répandus ſur les ſuppreſſions dont on a parlé, & redouble les inquiétudes de ceux qu'elles concernent.

7 *Décembre.* C'eſt au 12 de ce mois qu'eſt fixée la premiere aſſemblée des pairs du parlement depuis la rentrée, concernant le procès du maréchal de Richelieu contre la préſidente de Saint-Vincent.

8 *Décembre.* Il n'eſt du tout plus queſtion de M. Turgot pour la place vacante à l'académie françoiſe. La modeſtie de ce miniſtre aura répugné à une nomination dont il a jugé pluſieurs autres hommes de lettres plus dignes. Il paroît que M. l'archevêque d'Aix n'eſt pas ſi humble: il brigue la place, & l'on regarde ce ſujet comme déſigné. Son ſeul titre eſt le diſcours qu'il a prononcé au ſacre du Roi, qui a produit effectivement ſenſation au débit. Comme il n'eſt pas imprimé, on ne peut en juger pertinemment.

8 *Décembre.* Outre les dix-ſept méchants couplets ſur les femmes de la cour, dont on a parlé, il eſt queſtion d'autres baucoup plus nombreux, où les têtes les plus auguſtes ne ſont pas épargnées, & qui ſont faits avec plus d'eſprit. On veut qu'ils ſoient tombés, on ne ſait comment, dans les mains de la Reine, & que ſa majeſté en ait pleuré amérement. On recherche l'auteur de pareilles atrocités. Elles ſont telles, que la Reine s'eſt écriée qu'on la réduiſoit à craindre ce qu'elle

avoit desiré le plus jusques-là, d'avoir des enfants.

10 *Décembre*. Comme la diminution du prix du pain & de la viande n'est fondée sur aucune loi de police caractérisée, qu'elle n'est point affichée & revêtue d'aucune formalité requise, qu'elle est ignorée des acheteurs, & connue des vendeurs seulement par un quarré de papier imprimé, qui la leur enjoint sans signature, sans date; qu'il n'y a aucune peine comminatoire prononcée, aucune amende contre les contrevenants, les bouchers & les boulangers n'en tiennent pas grand compte, n'en exigent pas moins ce qu'ils veulent, & l'on n'a point appris qu'il y eût personne de puni à cet égard. Les boulangers disent que dans l'ordre de l'équité & du bon sens, ce n'est pas eux qu'il faut taxer, mais le bled, puisqu'ils ne peuvent baisser que suivant le prix de cette denrée, baissant aussi. Et les bouchers, de leur côté, s'écrient qu'on devroit, avant de faire l'opération qui les greve, supprimer la caisse de Poissy, dont il est démontré que le bénéfice est presque de cent pour cent; prélévement qui, en derniere analyse, retombe nécessairement sur le public.

11 *Décembre*. On voit dans la *Gazette de Cleves*, Nos. 83 & 84, une espece de *mémoire apologétique*, en date du 6 octobre, du Sr. *Duval de Soicourt*, *ancien lieutenant particulier criminel d'Abbeville*, fort maltraité dans le *cri du sang*, pamphlet de M. de Voltaire, rapporté précédemment dans la même Gazette, où il s'éleve de nouveau contre les auteurs du supplice du jeune la Barre, dont il faut se rappeller la malheureuse & cruelle catastrophe. Le philosophe de Ferney, usant cette fois-ci d'une modération

qui ne lui eſt pas ordinaire, a fait imprimer une rétractation, dont il faut lire les paroles mêmes pour en apprécier la valeur. Elle a pour titre : *Rétractation néceſſaire d'un des auteurs des queſtions de l'Encyclopédie.*

Fin du trente-troiſieme Volume.